Amare O Non Amare

Manhattan Dinner Club (Edizione Italiana), Volume 4

Jean C. Joachim

Published by Jean Joachim, 2022.

Sommario

AMARE O NON AMARE | Jean C. Joachim | Capitolo Uno 1

Capitolo Due 15

Capitolo Tre 35

Capitolo Quattro 50

Capitolo Cinque 64

Capitolo Sei 79

Capitolo Sette 98

Capitolo Otto 112

Capitolo Nove 125

Capitolo Dieci 140

Capitolo Undici 155

Capitolo Dodici 173

Capitolo Tredici 186

Capitolo Quattordici 200

Epilogo 213

Notizie sull'autrice 217

TORTA AL CAFFÈ A TRE STRATI DI BESS 219

NOTIZIE SULL'E-BOOK ACQUISTATO: L'acquisto non rimborsabile di questo e-book consente di possedere solo UNA copia LEGALE per la lettura personale sul proprio computer o dispositivo. **Non è consentita la rivendita o la distribuzione senza previa autorizzazione scritta dell'editore e del detentore del copyright di questo libro.** Nessun formato di questo libro può essere copiato, venduto o trasferito da un computer all'altro attraverso il caricamento su un programma di condivisione di file peer to peer, gratuitamente o a pagamento, o come premio in qualsiasi concorso. Tale azione è illegale e viola le leggi sul copyright degli Stati Uniti. È vietata la distribuzione di questo e-book, in tutto o in parte, online, offline, in stampa o con qualsiasi altro mezzo attualmente conosciuto o ancora da inventare. Se non si desidera più questo libro, è necessario eliminarlo dal proprio computer.

ATTENZIONE: La riproduzione o la distribuzione non autorizzata di quest'opera protetta da copyright è illegale. La violazione legale del copyright, compresa la violazione senza guadagno monetario, è soggetta a indagini dell'FBI ed è punibile con una pena fino a 5 anni in prigione federale e una multa di $250.000.

AMARE O NON AMARE

Copyright © 2014 Jean C. Joachim

E-book ISBN: 978-1-62622-818-4

Seconda Edizione 2020

Illustrazione di copertina di Dawné Dominique

A cura di Tabitha Bower

Revisione di Renee Waring

Tradotto da Simona Trapani

Copyright di copertina e logo © 2020 di Moonlight Books

TUTTI I DIRITTI RISERVATI: Quest'opera letteraria non può essere riprodotta o trasmessa in alcuna forma o con alcun mezzo, compresa la riproduzione elettronica o fotografica, totale o parziale, senza espressa autorizzazione scritta.

Tutti i personaggi e gli eventi di questo libro sono frutto di invenzione. Qualsiasi somiglianza con persone reali, vive o morte, è puramente casuale.

EDITORE

Moonlight Books

Dedica

Ai miei lettori.
Grazie per aver comprato e letto i miei libri. Mi fate cantare il cuore.

Ringraziamenti

Grazie per l'aiuto e il supporto: Marilyn Lee, Renee Waring, Sandy Sullivan, Larry Joachim, gli scrittori di The Tuesday Tales e Homer.

Altri libri di Jean C. Joachim

SERIE FIRST & TEN
GRIFF MONTGOMERY, QUARTERBACK
BUDDY CARRUTHERS, WIDE RECEIVER
PETE SEBASTIAN, COACH
DEVON DRAKE, CORNERBACK
THE MANHATTAN DINNER CLUB
SALVA IL MIO CUORE
UN CUORE DA SEDURRE
UN AMORE SPLENDIDO
AMARE O NON AMARE
SERIE HOLLYWOOD HEARTS
SE TI AMASSI
UN AMORE DA RED CARPET
RICORDI D'AMORE
UN AMORE DA FILM
L'ULTIMA CHANCE PER L'AMORE
AMORI E BUGIE
His Leading Lady (primo libro della serie)
SERIE NOW AND FOREVER
NOW AND FOREVER 1, A LOVE STORY
NOW AND FOREVER 2, THE BOOK OF DANNY
NOW AND FOREVER 3, BLIND LOVE
NOW AND FOREVER 4, THE RENOVATED HEART
NOW AND FOREVER 5, LOVE'S JOURNEY
NOW AND FOREVER, CALLIE'S STORY (primo libro della serie)

<u>SERIE MOONLIGHT</u>
SUNNY DAYS, MOONLIT NIGHTS
APRIL'S KISS IN THE MOONLIGHT
UNDER THE MIDNIGHT MOON
<u>LOST & FOUND DUET (con BEN TANNER)</u>
LOVE LOST & FOUND
DANGEROUS LOVE, LOST & FOUND
<u>ROMANZI BREVI</u>
SWEET LOVE REMEMBERED

AMARE O NON AMARE
Jean C. Joachim

Capitolo Uno

CENTRAL PARK

Sbam! Un enorme golden retriever peloso travolse il corridore Penn Roberts, facendolo cadere. Concentrato sulla sua preda, uno scoiattolo grigio, il cane non perdeva nemmeno uno dei suoi movimenti, correndo a tutta velocità dietro all'astuto roditore. Il bersaglio peloso si precipitò in sicurezza su un albero, lasciando il cane ad abbaiare frustrato ai suoi piedi.

Faticando a respirare e a torso nudo, Penn giaceva sdraiato sulla schiena in mezzo al fango. Sentiva i ciottoli conficcati nella pelle nuda. La caduta gli aveva tolto il fiato. Il colpevole tornò indietro trotterellando per leccare la faccia di Penn. Penn alzò lo sguardo sugli intensi occhi marroni di quel bellissimo cane. *Buddy!* Era Buddy? Il suo adorato golden era morto sette anni prima. Mentre allungava il braccio per toccare quel cane che non gli sembrava reale, Penn sentì una voce.

"Si è fatto male? Vuole che chiami il 911?"

Penn spostò lo sguardo dal cane agli occhi azzurri più belli, incorniciati da folte ciglia nere, che avesse mai visto. La carnagione color pesca di quella ragazza era perfettamente messa in risalto dai suoi capelli lunghi, neri come il cielo notturno. La sua mano sinistra teneva altri due guinzagli. Uno con un carlino e l'altro con un Boston terrier.

"Lucky non voleva farla cadere," gli disse. Il cane lo leccò di nuovo. "Visto? È dispiaciuto. Sta bene? Riesce a parlare?" La ragazza si sporse, permettendo a Penn di dare una sbirciatina al suo seno allettante. Penn rimase imbambolato.

Si sollevò sui gomiti. "Sopravvivrò. È il suo cane?" Penn accarezzò Lucky.

"Sono la sua dog-sitter."

"Una dog-sitter che non riesce a gestire un cane così grande, eh?" Penn spostò lo sguardo da Lucky alla seducente figura della splendida ragazza accovacciata davanti a lui. Indossava un paio di pantaloncini da ciclista neri e una canottiera turchese scollata. Quei vestiti delineavano perfettamente il suo fisico, lasciando molto poco all'immaginazione di Penn, mandando il suo desiderio su di giri.

"Tutto bene?" La ragazza aggrottò le sopracciglia.

"Non grazie a Lucky, né a lei, oserei dire." Penn cercò di mettere il broncio, ma non ci riuscì.

"Ha ragione. Mi dispiace. Quando vede uno scoiattolo, scatta come una molla. Tutta colpa mia. Mi chiamo Miranda Bradford." Miranda si alzò, poi allungò la mano.

Penn la prese per tirarsi su. "Penn Roberts."

"Che cosa posso fare per farmi perdonare?" Miranda prese il guinzaglio del cane.

È una domanda fondamentale, tesoro. Mi vengono in mente un sacco di cose. Imbarazzato dai suoi pensieri, si sentì arrossire dal petto al viso.

"Vieni a fare colazione con me al Boathouse." Penn si riparò gli occhi dal brillante sole di giugno. Strizzando gli occhi, Penn vide i suoi occhiali da sole modello aviatore, che erano finiti a terra dopo la collisione con il cane. Si tolse la terra dai pantaloncini. Il sudore della corsa gli aveva fatto attaccare la terra del sentiero alla schiena. Penn le porse un fazzoletto e si voltò. "Ti dispiace?"

Miranda porse i guinzagli a Penn. Si appoggiò il fazzoletto sulla mano, poi lo toccò dolcemente.

Penn si contorse. "Ehi, mi fai il solletico!"

"Scusa." Mirando aumentò la pressione per togliere i sassolini. Le sue unghie delicate gli staccarono alcuni ciottoli ostinati dalla pelle. Al suo tocco, sentì un brivido lungo la schiena, che poi andò dritto fino all'inguine. Penn non aveva fretta di staccarsi dalle sue dita calde. Dopo qualche altra carezza, Miranda abbassò il braccio.

"Grazie. Colazione?" Penn la guardò negli occhi con un'espressione calorosa.

Miranda gli porse il fazzoletto sporco. "Non posso... Lucky, vieni qui. Romeo e Blackie, anche voi." Miranda fece un cenno ai due cagnolini, che stavano annusando il terreno.

"Possono stare con noi nella zona all'aperto."

Miranda cercò di nascondere un sorriso. "Mi fa piacere che la tua ferita non ti ha fatto passare l'appetito."

"Già. Il mio stomaco sta bene. Vuoi unirti a me?"

"D'accordo. Se sei un serial killer, Lucky mi proteggerà."

"Leccandomi a morte?" Penn sollevò un sopracciglio. Un sorriso gli apparve sulle labbra.

"Quindi ti chiami Pen, eh? Con una 'n'?" Gli chiese, soffermandosi a lungo sulla sua figura.

"Con due 'n', è il diminutivo di Pennington," le spiegò.

"Nome di famiglia?"

"Come hai fatto a indovinare?"

Miranda si mise a ridere.

"Porti fuori i cani tre volte al giorno?"

"Solo due volte al giorno. Ne ho anche altri."

"Sono molti cani di cui occuparti..." commentò lui, mettendo la mano davanti al naso di ogni cane per farsi odorare.

"Ci sono abituata."

"Sei una dog-sitter professionista?" Penn si abbassò per accarezzare i cani.

"A dire il vero, sono una sceneggiatrice. Fare la dog-sitter, però, mi serve a pagare le bollette." Il suo sguardo sincero gli riscaldò il corpo.

Poco sorpreso dal fatto che Miranda lo stesse scrutando, Penn mise in mostra il suo fisico alto, snello e muscoloso. I suoi limpidi occhi grigio chiaro e i suoi capelli scuri, quasi neri, che lo infastidivano cadendogli continuamente sulla fronte, completavano il quadro. Penn si strofinò il viso, oscurato dalla leggera ricrescita della barba, chiedendosi se quella ragazza apprezzasse la sua barba o se preferisse un viso liscio e rasato. Gli avevano detto che quella leggera barbetta sulla sua mascella squadrata, abbinata alle sue sopracciglia scure, dava al suo viso una maggiore espressività.

"Non ho mai conosciuto una sceneggiatrice prima d'ora. Potrei conoscere qualche tuo lavoro?"

"Le mie opere non sono ancora state prodotte, ma sto per riuscirci... è una lunga storia." Miranda prese i guinzagli per proseguire la sua passeggiata.

È più imbarazzata per il fatto che nessuna delle sue opere sia ancora stata prodotta che per avermi scrutato. Interessante.

Miranda strinse più forte i guinzagli, avvicinando i cani a sé mentre raggiungevano la strada che serpeggiava nel parco. Si diresse verso la grande collina che portava al Ramble, un labirinto di sentieri che si snodavano intorno ad alberi e arbusti piantati ad arte.

Penn le tirò la mano. "Andiamo da questa parte, lungo il Giardino di Shakespeare," disse Penn.

"Ma è un percorso più lungo," protestò Miranda.

"Le rose sono in fiore e sono fantastiche in questo periodo."

"Come fai a saperlo?" Miranda sollevò un sopracciglio.

"Vengo a correre qui al parco tutti i giorni."

Miranda lo seguì, voltando prima a destra verso il teatro delle marionette dello chalet svizzero, poi a sinistra. Penn non le lasciò la mano mentre Miranda stava al passo con lui. Quando si avvicinarono allo chalet, gli abbondanti boccioli di rose rosa e bianche si arrampicavano sulla lunga e tortuosa recinzione che costeggiava entrambi i lati del sentiero. La dolce fragranza del loro profumo li raggiunse, spingendoli a continuare il loro cammino, tanto era allettante il loro odore. I cani si fermarono ad annusare.

"Avevi ragione. È incredibile. È così ogni anno?"

"Le rose sono perenni, quindi la risposta è 'sì'."

"Ti piace il giardinaggio?"

"Mi piace la bellezza," rispose Penn, stringendole la mano, soddisfatto di vederla arrossire in viso. Camminarono lentamente sul sentiero costellato di rose e petali di rosa, dando ai cani la possibilità di sentirne il profumo. Poi arrivarono allo Shakespeare Theater.

"Partecipi mai a Shakespeare al parco?" Gli chiese, mentre indugiavano per un attimo davanti alla statua di Romeo e Giulietta.

"Prima lo facevo. Non ci vado da molto tempo," ammise Penn.

"Io ci vado ogni anno. Fanno diversi spettacoli, quindi ne vale la pena. In più, è gratuito."

"Solo che si deve arrivare qui all'alba per mettersi in coda per i biglietti."

"Ho alcuni amici con i quali facciamo i turni. Io porto la colazione e recupero un po' di sonno o leggo."

"Se ti alzi così presto, riesci a restare sveglia durante lo spettacolo?"

"È Shakespeare. Stai scherzando, vero?"

Penn la guardò con aria interrogativa.

"Mi chiamo Miranda. I miei cani si chiamano Romeo e Giulietta. Non vedi uno schema in questo?"

"Sei appassionata di Shakespeare?"

"Mio padre era Shaw Bradford, un attore shakespeariano. I miei genitori hanno dato a me e mia sorella due nomi shakesperiani. Mia sorella si chiama Cressida," gli disse mentre passavano davanti allo stagno delle tartarughe e si dirigevano verso il Ramble.

"Era?" Penn le lasciò la mano per appoggiarsi alla ringhiera.

"È morto quando avevo diciassette anni."

"Mi dispiace. So come ci si sente. Entrambi i miei genitori sono morti quando avevo quindici anni."

"Entrambi?" Disse Miranda, appoggiandogli una mano sull'avambraccio e stringendolo, con gli occhi spalancati.

Penn annuì e fissò lo stagno, evitando lo sguardo di Miranda. Sei tartarughe riposavano sulle rocce, crogiolandosi al sole. Miranda mise di nuovo la mano nella sua e continuarono a camminare in silenzio. Percorrendo il ripido sentiero verso il Boathouse, Miranda rimase senza fiato quando vide il profluvio di tulipani gialli e rossi davanti alla sala da pranzo privata.

"Cerco di venire qui ogni paio di settimane perché cambiano spesso i fiori e ogni volta sono più belli dei precedenti," le disse, stringendole più forte le dita.

Lucky abbaiò a uno scoiattolo. Romy e Blackie si sedettero e iniziarono ad ansimare. Miranda cercò di calmare il retriever. Lucky scattò di nuovo, cercando di liberarsi. Fece perdere l'equilibrio a Miranda, facendola cadere in ginocchio sul marciapiede. Le lacrime le riempirono gli occhi.

Penn afferrò il guinzaglio di Lucky e lo tirò. "Cane cattivo!" Disse Penn al cane, che si accucciò con un'espressione mortificata. "Va tutto bene?" Le chiese Penn, aiutandola ad alzarsi e aggrottando la fronte.

Quando Miranda si alzò, il graffio che aveva su una gamba iniziò a sanguinare. Gli occhi le si riempirono di lacrime, ma sbatté rapidamente le palpebre per trattenerle. Il suo labbro iniziò a tremare. "Sto bene," gli rispose con la voce tremante.

"Andiamo." Penn prese i guinzagli con una mano e le mise l'altra intorno alla vita per reggerla, ignorando le scintille che sentiva mentre la toccava. La aiutò a sedersi su una sedia al ristorante, poi si diresse verso il bagno degli uomini, tornando con alcuni tovaglioli di carta bagnati, uno dei quali con il sapone.

Miranda tenne i cani mentre Penn si inginocchiava per pulirle la ferita. Le lunghe dita di Penn asciugarono delicatamente la schiuma con un tovagliolo bagnato e tamponarono la ferita. La ferita aveva già iniziato a gonfiarsi e un livido aveva cominciato a comparire. Penn cercò di mantenere la concentrazione sul ginocchio di Miranda, ma riuscì a darle una sbirciatina al seno mentre si sporgeva in avanti.

"Ghiaccio. Torno subito," disse Penn alzandosi di scatto.

"No, no... va bene così," disse Miranda, ma Penn era già a metà strada dal bancone prima di sentirla.

Al ritorno, Penn esaminò la ferita. Non sanguinava più. Era arrossata, ma pulita. Penn avvolse alcuni cubetti di ghiaccio in un tovagliolo di carta e lo appoggiò sulla parte. "Penso che questa ferita richieda una bella colazione, solo il caffè non è abbastanza. Che cosa ti andrebbe?"

"Oh, io..." balbettò Miranda, evidentemente imbarazzata.

"Andiamo. Anch'io ho fame. Andare a prendere tutti quei tovaglioli di carta mi ha fatto venire appetito. Fammi compagnia. Hanno un ottimo bacon qui." Disse Penn, cercando di convincerla.

"Ok, ok. Bacon e uova strapazzate vanno benissimo."

"Come vuoi il caffè?"

"Preferisco il tè, se non è un problema... con latte e un po' di zucchero," gli rispose, guardandolo negli occhi.

"Perfetto," le disse, distogliendo a malincuore lo sguardo da lei e alzandosi.

MIRANDA RIMASE SEDUTA sulla sedia di ferro battuto, tenendo i guinzagli e guardando Penn camminare verso il bancone. *Dio, il suo corpo è pura poesia*, pensò, concentrandosi sulla sua andatura sicura, sulle sue spalle larghe e sul suo bel sedere, senza riuscire a smettere di sorridere, nonostante il dolore al ginocchio.

Dopo aver ordinato, Penn si voltò per guardarla. Mettendosi le mani davanti alla bocca, Penn urlò: "Il ghiaccio!"

Miranda gli sorrise e gli fece un cenno con la mano, poi riappoggiò la piccola borsa del ghiaccio improvvisata sulla ferita. Il freddo le fece calmare il dolore. Quando Penn tornò, portando con sé un vassoio con le bevande e due piatti di carta colmi di bacon, uova e pane tostato, si mise a cavalcioni sulla sedia di fronte a lei.

"Ti ho preso del pane integrale... visto che sei così in forma... voglio dire, sembra che tu faccia sport. Indossi abiti da corsa. Ad ogni modo, ho immaginato che mangiassi in modo sano," le disse, balbettando per nascondere il suo evidente apprezzamento per il suo corpo.

"Ottima scelta," gli rispose Miranda fissandogli il petto, ricoperto da pochi peli scuri. Miranda arrossì mentre posava lo sguardo su di lui, poi abbassò gli occhi confusa e si concentrò sul suo pane tostato. Penn arrossì leggermente, poi prese la maglietta dalla cintura dei pantaloncini e la indossò. *Dio, ti ha notata mentre lo fissavi come una scolaretta.*

"Quindi scrivi opere teatrali. Di che genere? Drammatico? Commedia?" Le chiese, mettendosi in bocca una forchettata di uova.

"Commedia," gli rispose, prendendo delicatamente un pezzo di bacon.

"Amo le commedie." Gli occhi di Penn si illuminarono.

"Come la maggior parte delle persone, ma è il genere più difficile da scrivere."

"Perché?"

"Non lo so, ma si dice così. Far piangere le persone sembrerebbe più difficile di farle ridere, ma non lo è. A proposito, come hai chiamato Lucky? Buddy?" Miranda cambiò argomento.

"Mi ricorda un cane che avevo in passato. Assomiglia proprio a Buddy."

"Quando eri piccolo?"

"L'avevo ricevuto come premio di consolazione appena prima che i miei genitori partissero per una settimana di vacanze alle Bahamas, lasciandomi a casa. Non hanno mai fatto quella vacanza."

"Che cosa è successo?"

"Il loro aereo privato è precipitato e sono morti... insieme. Sono rimasto con Buddy."

Miranda distolse lo sguardo da Penn mentre sentiva le lacrime agli occhi, pensando a quel bambino di quindici anni che era rimasto improvvisamente da solo.

"Buddy è morto sette anni fa. Sento ancora la sua mancanza." Lo sguardo di Penn si soffermò su Lucky.

Miranda prese un pezzettino di pane per ogni cane e ne diede uno a ognuno.

"Li tratti come se fossero i tuoi," osservò Penn, rompendo il silenzio.

Miranda si mise a ridere. "Portandoli a spasso ogni giorno, è come se fossero un po' miei," ammise. "Che cosa ti è successo... dopo aver perso i tuoi genitori? Avevi solo quindici anni."

"Mio zio Alfred, il fratello di mio padre e suo socio in affari, mi ha tenuto con sé per tre anni. Poi sono andato al college. Mio padre mi ha lasciato la sua metà di azienda e la gestisco da dieci anni."

"Di cosa ti occupi?"

"Lavoro nel settore immobiliare... frequenti qualcuno per una relazione seria?" Penn lanciò un'occhiata al suo anulare spoglio prima di guardarla di nuovo negli occhi.

"Non adesso. Sono piuttosto impegnata."

"Troppo impegnata per uscire con qualcuno?" Penn spalancò gli occhi.

"La mia vita è complicata," rispose Miranda, accarezzando Romeo ed evitando lo sguardo di Penn.

"Non è così per tutti?"

"Voglio dire, ho delle responsabilità. Non si tratta solo di me."

"Figli?"

"Niente figli. Ascolta, devo andare." Miranda posò la forchetta e si alzò.

"Aspetta." Penn le afferrò il gomito.

Una fitta di dolore al ginocchio e lo strattone di Penn sul braccio la obbligarono a tornare a sedersi.

"Dovresti tenere ancora un po' il ginocchio a riposo. Dimmi, quali responsabilità?"

"Mi prendo cura di mia madre e mia sorella. Mia sorella si è appena laureata al F.I.T. Spero che riesca a trovare un lavoro presto. Mia madre ha un enfisema e non può lavorare. Abbiamo anche due carlini. Sono molto occupata. La maggior parte dei ragazzi non si interessa a una come me... che non può passare la notte con loro quando vuole o essere sempre disponibile a concentrarsi su di loro. Non posso," gli disse guardandolo negli occhi.

"Gestisco un'azienda. So bene cosa vuol dire avere responsabilità," le rispose, prendendole la mano.

"Davvero? Vivi da solo?"

"Sì."

"Nessun animale domestico... di nessun genere?"

"No."

"Allora non hai la stessa idea delle responsabilità. Le mie sono ventiquattro ore su ventiquattro, non solo dalle nove alle cinque," disse lei, allontanando la mano dalla sua per accarezzare Lucky. Miranda si sistemò i guinzagli in mano. "Hai una ragazza?" Gli chiese dopo una pausa, guardandolo negli occhi.

"Mi do da fare. Più sono, meglio è." Penn si mise a ridacchiare.

"Uno che ha paura di impegnarsi e non ha altre responsabilità al di fuori di sé stesso. Piacere di averti conosciuto e grazie per la colazione," borbottò Miranda, alzandosi in piedi. Miranda fece una smorfia per il dolore, ma continuò comunque. Districò i guinzagli.

"Possiamo rivederci?"

"Perché?"

"Perché mi piaci." Rispose Penn arrossendo.

"Vengo al parco ogni giorno, quando non piove. Grazie ancora per la colazione e per avermi medicato la ferita." Miranda si allontanò con i cani.

"A che ora?" Le chiese da lontano.

"Come oggi."

Penn si voltò e si diresse verso sud, mentre Miranda andava a nord.

PENN GUARDÒ L'OROLOGIO. Avrebbe dovuto essere in ufficio già da un'ora. Aveva perso la cognizione del tempo, distratto dagli intensi occhi azzurri e dal corpo mozzafiato di Miranda. Perfetto era l'unica parola che gli veniva in mente per descriverla, oltre a sensuale. Aveva dovuto trattenersi dal toglierle la mano dal ginocchio ferito per toccarle la coscia snella e andare avanti.

Le sue labbra sembravano morbidissime. Il modo in cui gli aveva sorriso durante la colazione... Penn avrebbe voluto baciarla. Quando si era chinata, si era sentito in paradiso ed era rimasto a fissarla finché non si era alzata. Per un attimo, aveva temuto che gli diventasse duro semplicemente guardandola.

Miranda era diversa dalle donne che frequentava di solito. *È una sceneggiatrice e una dog-sitter, una donna che si prende cura degli altri... non una ragazza il cui maggiore interesse sono le ultime scarpe di Jimmy Choo. È una scrittrice, una creativa, una donna che spende con attenzione il denaro che ha guadagnato* con il sudore della fronte. *Inoltre, sa ascoltare.*

La trovava quasi insopportabilmente sexy. Quando gli aveva toccato la schiena, avrebbe voluto prenderla proprio lì, nel bel mezzo del parco, anche davanti ai cani.

Penn scosse la testa. *Che cosa mi sta succedendo? Dimenticati di lei. Torna al lavoro.* Telefonò a suo zio. "Zio Alfred. Sono Penn. Sarò lì tra quarantacinque minuti, molto prima della nostra riunione delle undici.”

“Dove sei? Perché sei in ritardo?” Gli chiese suo zio.

“È una lunga storia.”

“Me la racconterai quando arrivi. Non fare tardi, è una riunione importante.”

“Lo so. Arrivo tra poco,” lo rassicurò Penn.

“Per caso c’entra qualche ragazza?”

“Perché me lo chiedi?”

“Oh, signore. Chi è?” Si immaginò lo zio Alfred mentre si metteva una mano sulla fronte.

“Devo andare.” Penn interruppe bruscamente la conversazione.

Si sistemò la cravatta e si guardò nello specchio a figura intera dietro la porta della sua camera da letto. Penn sorrise. Con il suo completo nero su misura, la sua camicia bianca e la sua cravatta dorata era la personificazione del successo.

Il maggiordomo di Penn, John Whitfield, un inglese alto di circa cinquant’anni, con occhi e capelli e castano chiaro, fece capolino dalla porta. “È pronto, signor Penn?”

“Siamo abbastanza in ritardo per evitare il traffico dell’ora di punta?” Penn prese la sua valigetta e seguì John fino alla porta d’ingresso.

“Presumo di sì, signore.”

I due uomini scesero insieme in ascensore. “Oh, prima che me ne dimentichi, per favore dica a Maggie che d’ora in poi avrò bisogno della colazione alle sette ogni mattina, non alle sette e mezza.”

John sollevò un sopracciglio. “Dovrei chiederle perché dovrà alzarsi mezz’ora prima, signor Penn?”

“Probabilmente no, John,” gli rispose Penn, guardando dritto davanti a sé e cercando di trattenere un sorriso. Il tragitto in ascensore dall’attico gli sembrò molto lungo. Improvvisamente, il colletto della camicia gli sembrò stretto.

"Va bene, signore. Nessun problema. Glielo dirò." John tirò fuori le chiavi dalla tasca.

Fecero entrambi un cenno di saluto a Fritz, il portiere, mentre attraversavano la lussuosa hall dell'elegante edificio residenziale del Mont Blanc. John aprì a Penn lo sportello del comodo sedile posteriore, poi si sedette al posto del conducente della berlina Bentley argentata parcheggiata sulla Central Park West. Accompagnò Penn al suo ufficio tra la Cinquantasettesima e la Sesta Strada.

L'ascensore lo portò all'ultimo piano. Si aprì davanti all'unica azienda presente, la Roberts & Roberts Holdings.

Penn salutò Nina, la receptionist, che gli sorrise in modo provocante. Si diresse rapidamente verso il suo ufficio, il primo all'angolo, con le finestre a parete intera che si affacciavano a nord e a ovest sul fiume Hudson e il New Jersey. L'ufficio di suo zio Alfred era in fondo al corridoio. La Roberts & Roberts aveva settanta dipendenti e guadagnava duecento milioni di dollari all'anno. Penn guadagnava cinque milioni e mezzo di dollari all'anno, compresi i bonus.

Non appena posò la valigetta, Alfred Roberts entrò nell'ufficio di Penn.

"Sei stato gentile a venire oggi," disse Alfred in tono sarcastico.

"Abbiamo venti minuti prima della riunione," osservò Penn, sollevando un sopracciglio.

"Già. Hai tutto il tempo per parlarmi di questa nuova ragazza."

"Non ho nessuna ragazza... non ancora." Penn sorrise.

"Chi è? È ricca?"

"Alf, ho trentadue anni, smettila di farmi domande personali." Penn aggrottò la fronte.

"Mi preoccupo per i tuoi interessi, come farebbe tuo padre, se fosse qui. Questa ragazza è alla tua altezza?"

"Lascia perdere. Non ho bisogno che tu ti prenda cura di me. Qualche novità sul nuovo progetto?"

"Siamo ancora in un vicolo cieco."

"Accidenti. Qual è l'ordine del giorno della riunione di oggi? Comunque, non è ricca e non mi importa se non lo è, ok?" Rispose Penn con impazienza.

"È una cacciatrice di dote? Ecco l'ordine del giorno," disse Alf Roberts, porgendo un foglio a suo nipote.

"Non credo. Dove sono i dati finanziari?" Gli chiese Penn, esaminando la lista e aprendo la valigetta.

"Come fai a esserne sicuro? Sam sta per portarceli," disse Alf, mentre l'interfono sulla scrivania di Penn iniziava a suonare.

Penn premette un pulsante e Nina annunciò l'arrivo dei partecipanti alla riunione delle undici. Penn si schiarì la voce, mise l'ordine del giorno in una cartellina e si diresse verso l'ascensore con Alfred.

"Non tutte le donne povere hanno la stessa classe che aveva tua madre." Alfred stava al passo con suo nipote.

"E non tutte sono cacciatrici di dote."

"Deve essere molto attraente." Alfred sorrise a suo nipote.

Penn si sentì arrossire sul collo. Tossì mentre voltavano l'angolo ed entravano nella reception.

"Anch'io sono stato giovante, un tempo," disse Alfred ridacchiando. "A volte, mi chiedo... Buongiorno, signor Martin." Penn porse la mano al suo ospite.

Capitolo Due

Miranda si fermò per sedersi su una panchina del parco, a pochi isolati da dove aveva lasciato Lucky e Blackie. Era agitata e le faceva male il ginocchio. Penn era troppo seducente. Bellissimo, dolce — il modo in cui le aveva medicato la ferita — probabilmente economicamente stabile e interessato a lei. Non avrebbe potuto gestirlo. Un'altra persona che richicdeva il suo tempo e le sue emozioni, che faceva richieste, che si aspettava amore, impegno e attenzione... e che, forse, le avrebbe spezzato il cuore. Miranda sentì un nodo allo stomaco.

Eppure, una notte con Mister Sexy... solo una notte. Pensò alle sue spalle larghe, alle sue braccia forti, al suo petto muscoloso e a quelle labbra incredibili, dal sorriso sensuale, tutte da baciare. Sembrava molto sicuro di sé. Il modo in cui i suoi occhi freddi e grigi l'avevano fatta sentire nuda le provocò un brivido lungo la schiena. Pensò alle sue dita sottili, che non si limitavano a toccare il taglio che aveva sul ginocchio e, all'improvviso, si scaldò.

Una notte? Come avrebbe fatto ad avere una notte libera? Preparava la cena per sua madre, portava a spasso i cani, faceva il bucato, puliva la casa e cercava anche di scrivere. *Certo, una notte, così dolce... praticamente impossibile.* Abbassò le spalle e sospirò mentre si alzava per tornare a casa. Una volta arrivata, Miranda aprì la porta, permettendo a Romeo di entrare correndo prima di lei.

"Sono tornata!" Urlò, per rassicurare sua madre di non essere un serial killer. Lo faceva sempre e Susan Bradford lo apprezzava.

"Finalmente. Dove sei stata? La colazione si è raffreddata," disse sua madre, seduta a tavola.

"Colazione? Ho già mangiato, ma'. Non sapevo che volessi cucinare. Che cosa hai preparato?" Miranda si diresse verso la cucina. Si avvicinò direttamente alla ciotola dell'acqua dei cani e ai piatti. Il suo primo incarico tornando a casa era quello di riempirli.

Quando si chinò per dare a sua madre un bacio sulla testa, Miranda vide il piatto intatto che le aveva messo da parte. "Pancake! Ma', ti sei superata."

"Inutilmente. Dove eri finita?"

Miranda riempì nuovamente le ciotole d'acqua e aprì una lattina di cibo per cani, da dividere tra i due carlini. Prima di dividerla, prese un pezzetto di pancake con le dita e se lo mise in bocca. "Mmm. Buono. Panna acida alla cannella. I miei preferiti."

"È per questo che li ho fatti. Dove eri finita?"

"Sembra proprio che tu ti senta meglio oggi, ma'," disse Miranda, evitando la sua domanda per la terza volta.

"Miranda Desdemona Bradford, vieni subito qui!"

Con un sopracciglio alzato e un sorrisino appena accennato, Miranda guardò sua madre.

"Ti ho chiesto dove sei stata." Susan si alzò dalla sedia, poi tornò a sedersi.

"Ti ho sentita e ho deciso di non risponderti."

"Deve trattarsi di un uomo," disse Susan con un sorriso malizioso.

Miranda si sentì arrossire sulle guance.

"Lo sapevo. Allora? Chi è?"

Armeggiando con il cibo per i cani, Miranda si prese del tempo per inventarsi qualcosa di plausibile con sua madre.

"Non disturbarti a mentire, perché non crederò comunque alla prima storia che mi racconterai."

"Non importa chi è, ma'. Perché quando si renderà conto di come funziona la mia vita scapperà comunque. Non pensarci."

"Non se è il Principe Azzurro. Chi è, un senzatetto che vive nel parco?"

"Un uomo d'affari. Ha afferrato Lucky quando mi è scappato per la centesima volta. Mi ha offerto la colazione."

"È carino?" Le chiese Susan, con un luccichio negli occhi.

"Non esattamente, direi proprio che è bello."

Sua madre si mise a ridere tanto da iniziare a tossire. Miranda mise a bollire dell'acqua, perché sembrava che il tè calmasse sua madre dopo un attacco come quello. Un minuto dopo, Susan riuscì a riprendere il controllo del suo respiro. Sua figlia riempì due tazze e si sedette a tavola.

"Bello? Chi è?" Le chiese di nuovo Susan.

"Solo un ragazzo," disse Miranda, fissando la sua tazza di tè.

"Racconta. Monitorare la tua vita amorosa è il mio unico passatempo."

"Quale vita amorosa?"

"Hai ventotto anni e sei bellissima... Potresti avere una vita amorosa se non mandassi tutti via."

"Io non mando via nessuno. Se ne vanno da soli."

"Anche Dewey Mason?"

"Che cosa c'entra Dewey?" Miranda prese una forchettata di pancake.

"Ha chiamato. Richiamalo. So che vuole chiederti di uscire."

"Mi piace Dewey, ma non c'è chimica tra di noi."

"Invece c'è chimica con Mister Bellissimo?" Le chiese sua madre.

Miranda non le rispose. Si voltò, sperando che sua madre non la vedesse arrossire, ma lo sguardo acuto di Susan notava tutto.

"Allora esci con Mister Bellissimo. Va' a letto con lui. Lasciati andare. Divertiti."

"Come fai a sapere se vuole uscire con me?"

"Sei bellissima e intelligente... Chi non vorrebbe uscire con te?"

"Mamma! Ho ventotto anni. Non ho bisogno che tu gestisca la mia vita sessuale o sociale," le disse Miranda, con le guance rosse per la rabbia e l'imbarazzo.

"Qualcuno deve pur farlo. Tu sicuramente non lo fai." Susan si rifiutò di essere sgridata.

Miranda voltò le spalle a sua madre e si mise a lavare i piatti, sperando di non sentire la sua voce con il rumore dell'acqua.

"Non devi restare qui a farmi da babysitter."

"Oh? E starai bene? Che mi dici di ciò che è successo due mesi fa?"

"Sono passati due mesi. Adesso sto bene. Va' a divertirti."

"Ma', non è sicuro che resti da sola."

"Non farlo. Mi stai facendo sentire in colpa. È già abbastanza brutto che tu abbia rinunciato a tante cose. Non fare la martire. Sto bene da sola. Abbiamo i cellulari e se dovesse succedere qualcosa..."

Miranda si voltò. "Se dovesse succedere qualcosa? Succedere qualcosa? E se tu morissi perché io non c'ero? Perché ero fuori a scopare? Non potrei mai imparare a conviverci."

Susan allungò il braccio per toccare la mano di sua figlia. "Per favore, tesoro. Lasciami respirare e non permettere che questo folle senso di responsabilità ti impedisca di vivere la tua vita. Non sarai giovane e bella per sempre. Esci. Divertiti. Lasciati andare."

Miranda aggrottò la fronte e finì di lavare i piatti.

"Una serata fuori ti farebbe bene, anche solo con Dewey," disse Susan, con un tono di voce più dolce.

"Che cosa voleva?"

"Chiamalo," le rispose Susan, porgendole il telefono.

Miranda si asciugò le mani e lo prese. Poi andò in soggiorno per avere una conversazione privata, lontano dalle orecchie di sua madre. "Ciao, come va?" Dopo il saluto di Dewey, Miranda andò dritta al punto.

"Ti ho chiamata per due motivi. Il primo è che l'avvocato, Blake Thomas, mi ha richiamato. Hanno aumentato l'offerta e sono disposti a pagarti sei milioni e duecentomila dollari per la tua casa di pietra arenaria."

"Quale parte di 'non è in vendita' non ha capito quel tipo? Non è in vendita significa che non è in vendita. Digli di smetterla di chiamare per fare delle offerte, ok?"

"Ok, ma sono un sacco di soldi."

"Non è una questione di soldi, Dewey."

"Lo so, lo so. In ogni caso, è un'offerta difficile da rifiutare. Non dovresti parlarne con tua sorella? Possiede metà della casa."

"Cress? La venderebbe senza nemmeno pensarci. Non posso far trasferire mia madre. Questo la ucciderebbe," disse Miranda, cercando di trattenere le lacrime. "Non so quanto tempo le rimane, ma lo trascorrerà qui, dove potrà prendere il sole in giardino, bere una tazza di tè nella sua cucina e stare a casa sua." Miranda si asciugò le lacrime dalle guance.

"Non devi spiegarmelo, lo capisco, ma sei milioni e duecentomila..."

"Il secondo motivo?" Miranda cambiò bruscamente argomento.

"Andiamo a Shakespeare al parco quest' anno?"

"Perché no?"

"Non è esattamente una risposta entusiasta."

"Oh, Dewey, sono *davvero* entusiasta di stare seduta sull'erba a Central Park per cinque ore per prenderti un biglietto per venire a vedere Shakespeare con me. Che privilegio!" Esclamò Miranda.

"Ok, ok. Devo portare la cena, però, vero?"

"Allora?"

"E non ti salterò addosso."

"Te lo ripeto... allora?"

"Il tuo entusiasmo mi sta uccidendo, Miranda, controllati." Dewey scoppiò a ridere.

"Bene. Quando avrò il programma, sceglieremo lo spettacolo."

"Quando passerai la notte con me?" La voce di Dewey si abbassò di un'ottava.

"Come?"

"Spero solo che tu abbia cambiato idea."

"Adesso devo andare. Di' a quel Blake di lasciar perdere," disse Miranda prima di riattaccare. *Il buon vecchio Dewey, mi viene dietro da anni e non ha intenzione di arrendersi.*

"Che cosa voleva Dewey?" Le chiese Susan con voce roca.

"Voleva chiedermi di andare a Shakespeare al parco, mamma." Prima di andare a scrivere nel seminterrato, Miranda tornò a mettere via il cibo e ad asciugare i piatti. "Dov'è Cressida?"

"È in soffitta a lavorare su dei nuovi progetti. Ha alcuni colloqui. Perché non mi hai detto che sta risparmiando per andare a Parigi?" Susan finì il suo tè.

"Non l'ho presa sul serio. Cress che riesce a risparmiare è come l'orso Yogi che smette di rubare i cestini da picnic... non succederà mai."

"Comunque dovrebbe stare lì, vero?"

"Probabilmente. Troveremo un modo per farcela andare, mamma. Ti va di sederti fuori a prendere un po' di sole?"

"Sono stanca. Penso che mi sdraierò un po'." Susan si alzò, dirigendosi lentamente verso la sua stanza accanto alla cucina e trascinando la bombola di ossigeno che usava per le emergenze.

"Sono stati i pancake a prosciugarti le energie?"

"No, l'immagine di Mister Bellissimo che prova a sedurti." Susan fece l'occhiolino.

"Non sai che aspetto abbia Mister Bellissimo."

"Sono stata giovane anch'io, sai. Ho conosciuto anch'io qualche Mister Bellissimo ai miei tempi."

"Pensavo che papà fosse stato l'unico." Miranda finse di essere scioccata.

"Dopo averlo conosciuto, è stato l'unico. Ce ne sono stati altri prima di lui, però..."

"Preferivo non saperlo. Adesso vado a scrivere," disse Miranda, scendendo le scale mentre continuava a sentire il suono della dolce risata di sua madre alle sue spalle.

"IL SUO CAFFÈ È PRONTO, signor Penn," disse John, facendo capolino dalla porta della camera da letto.

"Grazie," mormorò Penn, con la mente altrove. Stava frugando nervosamente nei cassetti, gettando vestiti e altri oggetti ovunque nella sua grande e sontuosa camera da letto. Il suo letto matrimoniale era coperto di racchette da tennis, barattoli di palline da tennis, riviste e felpe che Penn aveva tirato fuori dall'armadio.

"Che cosa sta cercando, signore?" Gli domandò John.

"Il mio binocolo, accidenti!" Penn imprecò mentre apriva il cassetto inferiore della sua moderna cassettiera laccata di nero, ma lo richiuse a mani vuote.

"Il suo binocolo? Mi pare di ricordare che li ha usati l'ultima volta quando ha trovato un nudista dai capelli rossi che viveva sulla Fifth Avenue, proprio dall'altra parte del parco."

"Accidenti, John, so perché li ho usati l'ultima volta, ma dove diavolo sono *ora*?"

"Signore, credo che li abbia lasciati nel cassettone del soggiorno, in modo da trovarli facilmente. Vuole che vada a controllare?"

"Sì! Ha ragione. Dove li ho messi l'ultima volta. Dio la benedica. Lei è un genio." Penn si mise una pallina da tennis in tasca prima di correre verso quel punto. Una caraffa e una ciotolina di macedonia giacevano sul tavolino davanti a un'enorme porta scorrevole in vetro che dava su un'ampia terrazza.

Penn aprì il cassetto superiore di un cassettone e prese il binocolo. Usando la sua maglietta, li spolverò e si lasciò cadere sul divano. Dopo essersi riempito una tazza di caffè, sistemò le lenti. Poi, se li mise intorno al collo e uscì in terrazza. Mentre sorseggiava il suo caffè con una mano, abbassò lo sguardo sul percorso nuziale di Central Park con l'altra.

Guardando l'orologio, notò che erano solo sette e dieci. Miranda non sarebbe arrivata lì prima delle sette e mezza. Penn tenne d'occhio l'orario.

John si schiarì la voce. "Sta cercando qualcuno, signor Penn?"

"Certo che sto cercando qualcuno."

"Beh, non c'è bisogno di rispondere male, signore."

Penn si voltò. "Mi scusi, John. Ha ragione. Sono stato scortese."

"Ieri ha conosciuto una ragazza al parco, signore?"

"Sì. Una piuttosto interessante. Oggi ci tornerà." Penn guardò di nuovo tra un sorso di caffè e l'altro.

John annuì e sorrise, avvicinandosi a lui.

"Non voglio perdermela," disse Penn.

"Vuole che continui a cercarla mentre mangia la sua macedonia?"

"Buona idea. Ha i capelli quasi neri e dovrebbe camminare con un branco di almeno tre cani."

"Tre cani?"

"Uno assomiglia molto a Buddy," disse Penn, tornando al tavolino e iniziando a mangiare la macedonia mentre John sollevava il binocolo per scrutare il parco. "Da un momento all'altro, dovrebbe arrivare da nord, dirigendosi lungo il percorso nuziale."

"Credo di averla vista, signore. Sembra che venga dalla Novantesima Strada, con un cane grande e tre piccoli. Vediamo. Sì, quattro cani." John appoggiò il binocolo.

Penn praticamente divorò il resto del cibo, bevve un sorso di caffè, poi balzò in piedi e prese una giacca leggera.

"Ce la farà, signore. La ragazza è a quindici isolati di distanza..."

"Non se Lucky le scappa di nuovo." Penn si precipitò fuori dalla porta. Non si preoccupò di fare stretching o di riscaldare i muscoli e iniziò semplicemente a correre verso il percorso nuziale. *Devo convincerla a uscire con me. Non può essere sempre impegnata.* Si toccò la tasca per assicurarsi che la pallina fosse ancora lì. Sorrise al pensiero di giocare con Lucky.

Davanti a sé, scorse la figura di una ragazza snella che camminava verso di lui. La sua coda di cavallo scura ondeggiava da un lato all'altro e il suo seno rimbalzava. Mentre la guardava, il suo cervello fu invaso da pensieri peccaminosi. *Mi piacerebbe metterci le mani.*

"Bene, bene. Che sorpresa!", disse lei, con un tono di voce sarcastico.

"Già, proprio una sorpresa!" Penn allungò la mano verso il guinzaglio di Lucky. Miranda lo lasciò con un sorriso. Penn lanciò la pallina da tennis e guardò il golden che saltava per prenderla. Giocarono con la pallina mentre Penn la conduceva verso la Boathouse.

"Chi è il nuovo carlino?"

"Giulietta, la sorella di Romeo. Anche lei è mia. L'altro giorno l'avevo lasciata a casa con mia madre."

Penn si chinò e le porse la mano. Giulietta la annusò, poi gli diede una leccata di approvazione.

"Colazione?" Penn sollevò le sopracciglia.

"Di nuovo?"

"Non hai ancora assaggiato i loro pancake alle mele."

"Sembrano ottimi. Andiamo."

Penn spostò il guinzaglio di Lucky per liberarsi la mano sinistra. Le sue dita calde e asciutte strinsero quelle di Miranda. La strinse a sé e le mise con disinvoltura il braccio intorno alle spalle. Fu un movimento naturale e rilassato e Penn non la strinse troppo, per non farla sentire costretta.

Miranda si mise a ridacchiare.

"Che cosa c'è di così divertente?"

"Tu." Miranda non riuscì a trattenersi.

Penn sollevò un sopracciglio.

Miranda gli si avvicinò e gli sfiorò le labbra con le sue.

Penn le sorrise. "Come mai?"

"Per la tua impudenza."

"Cosa?"

"Ti sei rasato e hai anche messo il dopobarba. Non ci siamo incontrati per caso."

Penn arrossì in viso. "Mi hai beccato."

"Credo che sia una cosa carina."

"Carina? Ahia! Sai come ferire un ragazzo."

"Scusa."

"Dimmi se anche questo ti sembra carino," le disse, stringendola forte tra le braccia mentre la baciava, chiedendole di entrare con la lingua e continuando a tenerla stretta. Quando Penn si staccò da lei, Miranda cercò di riprendere fiato. Un sorriso lento e sensuale gli apparve sulle labbra. "Allora, è stato carino?"

"Travolgente."

"Puoi dirlo forte." Penn sorrise.

Miranda si leccò le labbra. "Ricordami di dirti di nuovo che sei carino."

MAGGIE, LA MOGLIE DI John, nonché cuoca e governante di Penn, entrò per sparecchiare la tavola.

"Sembra che Penn abbia una nuova ragazza." John puntò il binocolo sul parco.

"Lo stai spiando?" Maggie si avvicinò.

"Solo per darle un'occhiata." John si allontanò da Maggie.

"Dammi subito quel binocolo. Quel povero ragazzo ha diritto alla sua intimità."

"Spero che stavolta non rovini tutto."

"Non hai fiducia nel nostro ragazzo." Maggie mise la tazza vuota di Penn nella ciotolina.

"Vorrei tanto averne," disse John, continuando a guardare.

Maggie gli tirò il braccio. "Adesso rientra in casa. Se la inviterà a uscire, la conoscerai presto."

"Immagino di sì." John posò i bicchieri e aiutò sua moglie a togliere i piatti.

"Spero che lo zio Alfred non ficchi il naso in questa storia." Maggie aprì l'acqua del lavello della cucina.

"Quell'uomo crede che tutte le donne siano cacciatrici di dote, a meno che non siano già ricche di loro."

Maggie si mise a ridacchiare. "Se poi è ricca, dice che è una persona noiosa."

"Penn dice che questa ragazza è diversa e interessante. Non l'ha mai detto prima." John asciugò una ciotola e la ripose.

"È un buon segno. Il nostro ragazzo ha bisogno di qualcuno. È così solo."

"Nella sua torre d'avorio? Forse un po' meno di arroganza e un po' più di umiltà e fascino potrebbero aiutarlo."

"È molto affascinante. Anche bello." Maggie sollevò un sopracciglio.

"Mi chiedo cosa sappia di lui questa nuova ragazza."

"Spero che le nasconda ciò che ha preso da suo padre, almeno finché non l'avrà conquistata. Poi quella ragazza comincerà a trovare delle giustificazioni per la natura spietata di Penn e gli resterà accanto."

"Ti piacerebbe, Maggie. Qualsiasi ragazza che valga qualcosa lo lascerebbe in un secondo se scoprisse le sue pratiche aziendali." John prese lo strofinaccio.

"Non è Penn. È Alfred. Quel vecchio bastardo è l'uomo più cattivo di tutta la città."

"Spero che tu abbia ragione. Mi piace pensare che il nostro ragazzo sia migliore di Alfred Roberts." John asciugò una tazza.

"Penn assomiglia di più a sua madre. Sì, sono d'accordo. Vedo molto di lei in lui."

"Mi ricordo che suo padre diceva sempre: 'Nessun uomo degno di tale nome assomiglia a sua madre.' Temo che Penn abbia preso quelle parole troppo sul serio."

Maggie sospirò e appoggiò la spugna. "Comunque è uguale a sua madre. Quella donna era un sogno. Era dolcissima."

"Penn non lo ammetterà mai, Maggie."

"Forse no. Questa, però, è la parte di lui che mi piace di più."

"Anche a me."

"E se questa ragazza fosse quella giusta?" Maggie ripose l'ultimo piatto e portò il piumino per spolverare in soggiorno. John la seguì. Maggie si mise a spolverare i paralumi mentre John spazzava il pavimento di legno intorno al tappeto.

"Intendi dire, se si sposasse davvero?" John sollevò le sopracciglia.

"Ha più o meno l'età giusta per fare sul serio. Non è più un ragazzino."

"Lo so, ma con i suoi precedenti?"

"E se lo facesse? Che ne sarà di noi?"

"Immagino che continueremmo a lavorare per lui e sua... moglie. È così buffo dire questa parola. Come facevamo quando Penn stava a casa di Alfred." John si chinò reggendo la paletta mentre spazzava il pavimento.

"Che ne sarà di noi? Che cosa vogliamo fare?" Maggie si fermò e si appoggiò le mani sui fianchi.

"Che ne dici di andare in pensione, trovare una spiaggia appartata dove fa sempre caldo e vivere lì come nudisti per il resto della nostra vita?", sussurrò John, stringendole il sedere con una mano.

"Oh, John! Sei proprio matto. Anche se fa caldo, avremo bisogno dei vestiti ogni tanto." Maggie si mise a ridere e gli diede un bacio sulle labbra. "E se avrà dei figli?"

"Figli? Non ci ho mai pensato. Diventeremo un po' nonni, no?" John si mordicchiò il labbro.

"Dovremo andare in pensione qui. Non possiamo perderci quei nipotini."

"Santo cielo, Maggie. L'hai già fatto diventare padre senza aver nemmeno avuto un appuntamento con quella ragazza."

"Il potere del pensiero positivo, John." Maggie annuì e tornò in cucina.

"Dovremmo ritinteggiare le pareti. Fare la stanza per il bambino. Mmm. Quando ce ne andremo, ci sarà spazio per un paio di bambini nei nostri alloggi."

"Riesci a immaginarti dei piccoli Penn che corrono per la casa?" Maggie sorrise.

"Lascia che superino il primo appuntamento prima di metterti a sferruzzare, nonnina."

"E se quella ragazza non fosse gentile e gli spezzasse il cuore?"

"Dovrebbe prima riuscire a trovarlo, il cuore," disse John ridacchiando.

Maggie gli diede una pacca con la mano. "Penn ha un gran cuore. Bisogna solo scavare un po'."

"Spero che quella ragazza resti abbastanza a lungo."

"Anch'io, John. Anch'io."

MIRANDA NON RIUSCÌ a sgattaiolare fuori di casa senza che sua madre si accorgesse del suo trucco leggero. Quando uscì, alle sette meno un quarto, Cressida stava ancora dormendo.

"Saluta Mister Bellissimo da parte mia," urlò Susan.

Miranda rabbrividì e uscì per andare a prendere Lucky e Blackie. Portò con sé Romeo e Giulietta. Uscendo un po' prima, era sicura che avrebbe incontrato Penn. Sperava che la aspettasse. Naturalmente, uno che non voleva relazioni serie come Penn era perfetto per la sua vita incasinata. Il ragazzo perfetto per finire con il cuore spezzato. "Lasciati andare," le aveva detto Susan, così Miranda aveva indossato il suo top color lampone più seducente e un paio di pantaloncini aderenti a vita bassa, sperando di rivederlo.

Raggiunse il parco e accelerò il passo, rendendosi conto di doversi trovare nei pressi dell'ingresso della Settantaduesima Strada intorno alle sette e mezza. I cani correvano al suo fianco. I carlini rimasero indietro rispetto a Lucky e al Boston terrier. Miranda rallentò per riprendere fiato prima di imbattersi "casualmente" in Penn. Di certo, mentre girava intorno all'enorme roccia davanti alla Settantaquattresima Strada, Penn era lì, intento a correre lentamente. *Forse aspetta che lo raggiunga?*

"Ehi, Penn!" Urlò. Poi, quando Penn si voltò, gli fece un cenno con la mano. Penn le fece un enorme sorriso e si mise a correre per raggiungerla.

"Ti va di portare Lucky oggi?" Gli propose.

Penn annuì, prendendole il guinzaglio dalla mano e tirando fuori la pallina da tennis dalla tasca. La lanciò qualche metro davanti a sé e lasciò libero il cane. Il retriever scattò a correre, prese la pallina e tornò trotterellando verso Penn, lasciando cadere il giocattolo ai suoi piedi.

"Gli piaci," osservò Miranda.

"Gli piace chiunque gli lanci una pallina," ribatté Penn, lanciandola di nuovo. "Facciamo colazione insieme oggi?" Le chiese, soffermando lo sguardo sul suo fisico snello con ammirazione.

"Ok."

"Prendiamo il tuo percorso attraverso il Ramble," le suggerì. Si voltarono con i cani e si diressero verso la Settantasettesima Strada. Questa volta, salirono la collina e svoltarono a destra.

"Da questa parte..." Disse Miranda, prendendogli la mano. Cercando di prolungare il loro tempo insieme, Miranda condusse Penn su un percorso secondario attraverso l'elaborato labirinto di sentieri. In alcune parti, il sentiero diventava così stretto che dovettero camminare in fila indiana. I cani si misero in fila dietro di loro. Mentre si avvicinavano all'arco di pietra, Giulietta si mise ad abbaiare a Blackie, che corse verso di lei, ma Giulietta riuscì a schivarlo.

"Blackie, no!" Gli ordinò Miranda. Il Boston terrier non le prestò attenzione, perché il gioco era già iniziato. Giulietta correva da una parte all'altra, inseguita da Blackie. Mentre correvano intorno a Miranda, le avvolsero i guinzagli intorno alle gambe. Poi, Lucky si lanciò verso uno scoiattolo, dando uno strattone alle gambe di Miranda. Miranda cadde addosso a Penn, intrappolandolo tra l'arco e sé stessa.

Penn le mise le braccia intorno per impedirle di cadere, poi la strinse a sé. I cani piccoli si lasciarono cadere ansimando sul fresco sentiero di pietra per riposarsi.

Sentendo il respiro di Penn sulla guancia, Miranda fissò le sue labbra avvicinarsi alle proprie. La quiete e la solitudine del Ramble incoraggiarono la sua mossa audace. Penn reclamò le sue labbra, all'inizio delicatamente, sfiorandogliele e mettendola alla prova. Quando Miranda si lasciò sfuggire un lieve gemito, Penn inclinò la testa per approfondire il bacio, passandole una mano tra i capelli. Miranda aprì le labbra mentre Penn le si avvicinava ancora di più e faceva scivolare la lingua su quella di lei.

Il calore si stava accumulando nel corpo di Miranda.

Aveva il seno schiacciato sul petto di Penn, una mano appoggiata sulla sua spalla e l'altra intorno al suo collo. Continuò a baciarla lentamente, sensualmente, con le dita che le cullavano la testa e la lingua che le scivolava sulle labbra e poi di nuovo dentro la bocca. Miranda si stava abbandonando tra le sue braccia, indifesa contro il desiderio che Penn aveva risvegliato in lei.

Penn reagì alla loro improvvisa pomiciata facendo pressione sull'addome di Miranda. La sua asta gonfia fece aumentare il suo desiderio, facendola bagnare.

Miranda voleva di più, ma la paura la bloccò. *È un estraneo. Che cosa stai facendo?* La piccola voce della ragione nella sua testa la trattenne dal lasciarsi andare totalmente. Lucky tirò il guinzaglio mentre cambiava posizione, distogliendola dai suoi pensieri. Miranda guardò gli occhi grigi di Penn, che brillavano di passione.

Ancora appoggiata a lui, cercò di allontanarsi dal suo petto. Penn le prese i bicipiti e la aiutò a sollevarsi. Miranda sorrise. Penn le diede un bacio sul naso, poi si sistemò la giacca che aveva legato intorno ai fianchi per nascondere la sua erezione. Miranda si srotolò il groviglio di guinzagli dalle gambe. Si rimise a posto i vestiti, sistemando la maglietta stropicciata, e spostò lo sguardo verso i cani, seduti pigramente sul sentiero ad aspettare con calma che Miranda ricominciasse a camminare.

Miranda si sistemò i pantaloncini con un movimento nervoso e si schiarì la voce. Penn si allontanò con le guance tutte rosse mentre Miranda gli fissava l'inguine. Miranda distolse lo sguardo, sistemò i guinzagli e riprese a camminare.

Essere le uniche due persone a camminare lungo il Ramble era romantico. Cespugli, arbusti e piante rampicanti erano perfetti luoghi appartati per due innamorati che volevano cedere ai loro desideri *all'aperto*. Miranda non aveva mai notato quei posti prima d'allora. *Ispirata da Penn?* Miranda fece un respiro profondo e si fermò. L'unico suono era il richiamo di una cincia al suo compagno.

"Ho fame," disse Miranda, evitando lo sguardo di Penn per nascondergli il proprio desiderio.

"Andiamo," le rispose lui, prendendo il guinzaglio di Lucky in una mano e intrecciando le dita con le sue mentre si allontanavano dal Ramble per raggiungere l'ampio sentiero verso il Boathouse.

Ancora una volta, Miranda tenne i cani mentre Penn andava a prendere da mangiare. Lo guardò allontanarsi, prendendosi qualche istante per ritrovare il proprio equilibrio. Si passò la lingua distrattamente sul labbro inferiore. Sentiva ancora il calore che svaniva lentamente sulle guance e tra le gambe. L'intensità del loro incontro l'aveva lasciata senza fiato. Si aspettava di essere un po' intimidita dalla sua passione ma, invece, si sentiva eccitata ed elettrizzata.

Il profumo del suo sapone costoso e della sua mascolinità la eccitavano. La carezza della sua lingua e il tocco delle sue dita sulla schiena e sui fianchi le facevano desiderare di più. Non era ancora nemmeno uscita formalmente con lui e stava già pensando di fare l'amore con lui. Si sentiva in imbarazzo. *Cambio di soprannome. Adesso Penn era diventato Mister Tremendamente Sexy.*

Quando Penn tornò al tavolo, mangiarono in silenzio per qualche minuto, fissando il loro cibo. Dopo un po', Penn fece scivolare la mano sul tavolo e la strinse intorno alla sua. "Quando potrò leggere la tua sceneggiatura?" Le chiese.

"Vuoi farlo davvero?"

"Mi piacciono le commedie e, anche se non so nulla di sceneggiature, mi piacerebbe imparare," le rispose.

"Di solito non permetto a nessuno di leggere quello che scrivo, tranne a Geoffrey."

"Chi è Geoffrey?" Le chiese con un pizzico di gelosia.

"Geoffrey Reed, noto regista di Broadway e migliore amico di mio padre. Ci è rimasto vicino dopo la morte di papà. Non si è mai sposato ed è sempre stato come uno zio."

Penn annuì. "Quindi è vecchio?"

"Troppo vecchio per me, se è questo che intendi." Miranda sorrise.

"Non riesco a nasconderti niente," disse Penn, ridendo e guardandola negli occhi. "Allora? Posso leggerla?"

"Ci penserò," gli rispose Miranda.

"Prometto di non essere critico. Sono solo curioso," la rassicurò. "Parlami di tua sorella."

"È una stilista. Ha molto talento. Aveva solo dodici anni quando papà è morto."

"Immagino che sia stata dura per lei."

"È stata dura per tutte noi. Mamma ha dovuto trovare un lavoro. Era un'infermiera. A volte lavorava a orari strani, quindi ero io a occuparmi della casa. Ho rifiutato una borsa di studio completa alla Vassar per andare alla Hunter."

"Perché?" Le chiese, spalancando gli occhi per la sorpresa.

"Perché qualcuno doveva stare a casa con mia sorella e mia madre non poteva. I dodici anni sono un'età difficile. Ci sono un sacco di occasioni per mettersi nei guai. Quindi andavo e tornavo dal college tutti i giorni."

"È stato un bel sacrificio."

"Forse. Ho passato cinque anni più di lei con mio padre, però."

"Dovevi essere molto legata a lui."

"Andavo alle prime di tutti i suoi spettacoli. Spesso mi portava alle prove. Mi portavo i libri per fare i compiti e andavo con lui. È lui il responsabile del mio desiderio di scrivere."

"Senti ancora la sua mancanza?"

"Ogni giorno," ammise Miranda, abbassando lo sguardo.

"Sei legata a tua sorella?"

"Eravamo molto legate quando era piccola, ma adesso ha la sua vita. È alta, slanciata, bionda, magra, bella, praticamente una modella. Disegna bellissimi vestiti e a volte fa qualche vestito speciale per me."

"Perché speciale?"

"La maggior parte dei suoi vestiti sono fatti per le modelle, con il petto piatto e tutto il resto, sai, e io, beh, non sono esattamente così." Miranda si sentì arrossire sulle guance.

"Certo che no. Hai tutte le forme nei punti giusti." Penn le fissò il seno con sincero apprezzamento.

Miranda incrociò le braccia sul petto.

"Ti sei laureata alla Hunter?"

"Dopo aver vinto un concorso di scrittura alla N.Y.U. per la mia seconda sceneggiatura teatrale, ho vinto una borsa di studio completa per gli ultimi due anni."

"Grandioso," disse Penn, annuendo.

"Non proprio. Non ho fatto molto dopo la laurea, anche se mi hanno prodotto un paio di spettacoli mentre frequentavo l'università." Miranda lanciò un'occhiata ai cani.

"Da quanto tempo sta male tua madre?" Le chiese.

"Da circa cinque anni, ma sembrano molti di più," gli rispose.

"È molto tempo per prendersi cura di qualcuno."

"Sta tenendo duro in questo momento. Non è peggiorata molto negli ultimi otto mesi."

"Siete legate?"

"Ho preso il mio senso dell'umorismo da lei, ma a volte mi fa impazzire."

"Come con mio zio Alfred."

"Vivi con lui?"

"Vuoi scherzare?" Penn scoppiò a ridere.

"Beh, ho solo pensato che..." si interruppe Miranda, imbarazzata.

"Vivere con Alfred? Sarebbe un grosso limite per la mia, ehm, vita sociale..."

"Certo. Naturalmente."

"Lavoro con lo zio Alfred. Era il socio in affari di mio padre, insieme all'altro mio zio Jonathan, che è più un socio silenzioso da quando sua moglie si è ammalata. Man mano che invecchia, Alfred passa sempre meno tempo in ufficio. Penso che finalmente si fidino di me per gestire l'azienda."

"Alfred ha figli?"

"Ha divorziato circa cinque anni fa. Non hanno mai avuto figli. Ho un sacco di cugini da parte di Jonathan, che ha una famiglia numerosa."

"Vivi da solo?"

"Solo con il personale di servizio."

"Il personale di servizio?" Miranda spalancò gli occhi.

"Il mio autista, John, e sua moglie, Maggie, che cucina e si occupa della casa per me. Stanno con me da prima che i miei genitori morissero. Sono come una famiglia."

"Vivono con te?"

"Hanno le loro stanze dall'altra parte dell'appartamento," le spiegò.

"Deve essere molto grande!"

"Le terrazze sono la parte migliore."

"Ce n'è più di una?"

"Tre, per l'esattezza, ma una è davvero molto piccola."

Miranda prese dei pezzetti di pane tostato da dare ai cani.

"Devi venire a vederle con i tuoi occhi."

"Hai anche delle acqueforti? 'Vieni a vedere le mie terrazze' è il nuovo 'Vieni a vedere la mia collezione di farfalle," disse Miranda scherzando.

Penn scoppiò a ridere e arrossì. "Sono così trasparente?"

"Sei un uomo, no?"

"E allora?"

"Per quale altro motivo un uomo dovrebbe invitarmi a casa sua? Sicuramente non per mostrarmi la sua nuova cravatta!" Miranda prese i guinzagli e si alzò. "È ora di tornare a casa. Grazie mille per la colazione."

"Possiamo rivederci domani?"

Miranda si fermò e sorrise. "Per un vero appuntamento?" Miranda spostò lo sguardo su di lui.

"Assolutamente sì, ma non ho intenzione di mettermi in tiro," disse Penn scherzando.

"Nemmeno io."

"Meno vestiti indossi, meglio è," ridacchiò lui.

Miranda gli diede un colpetto scherzoso sul braccio prima di lanciargli il guinzaglio di Lucky. "Renditi utile."

"Andiamo, Lucky, sono nei pasticci." Penn si mise a correre con il retriever.

Capitolo Tre

Quella settimana, Miranda e Penn fecero colazione insieme ogni mattina. Il venerdì, Penn le chiese di uscire insieme il sabato sera.

"So che il preavviso è breve, ma posso invitarti a cena domani sera?"

"Non posso uscire a cena. Devo preparare la cena per mia madre ogni sera."

"Certo. L'avevo dimenticato. Potresti prepararle la cena presto e poi uscire con me?"

"Forse. Ecco il mio numero. Chiamami domani, dipende da come si sentirà la mamma. Non mi piace lasciarla sola a cena, ma insiste perché io esca con te."

"Le hai parlato di me?" Le chiese, spalancando gli occhi.

"L'ha capito da sola."

"Senza che tu le dicessi niente?"

"Deluso?" Miranda lo guardò.

"Un po', forse." Penn arrossì.

"Capisce sempre tutto. È una vera ficcanaso. Prima che me ne accorga, mi spingerà a venire a letto con te," ribatté Miranda.

"Allora devi proprio incoraggiare il suo interesse." Penn le sorrise con un'espressione maliziosa.

Miranda distolse lo sguardo da lui, nascondendo un sorriso.

"Potremmo cenare sulla terrazza."

"E io sarò il dessert?" Miranda strinse gli occhi.

"Ottima idea!"

"Chiamami domani." Miranda prese i guinzagli per tornare a casa.

"Ai suoi ordini, capitano. A domani, allora." La accompagnò fino al marciapiede, dove si separarono.

Il signor Penn Roberts restò nei pensieri di Miranda mentre lasciava Lucky e Blackie, prima di dirigersi verso casa con i suoi carlini.

"Allora, quando mi presenterai Mister Bellissimo?" Chiese Susan a sua figlia, quando Miranda entrò dalla porta.

"Chi è Mister Bellissimo?" Chiese Cressida, riempiendosi la tazza di caffè.

"Buongiorno, signore." Miranda ignorò le loro domande.

"Chi è questo tizio, Mira?" Le chiese Cress.

"Solo un ragazzo che ho conosciuto al parco."

"Mi ha detto che è bellissimo," aggiunse Susan.

"Ma', nessuno dice più che un ragazzo è bellissimo. Oggi diremmo che è un gran figo... Mister Superfigo,". Cress corresse sua madre e guardò Miranda.

"Ok, Mister Superfigo. Allora, com'è?"

"Vuole portarmi fuori a cena domani sera."

"Bene. Va' a divertirti," le disse sua madre con un cenno della mano.

"E tu, ma'? Noi ceniamo sempre insieme."

"Cenerò con Cress."

"Ho un appuntamento, ma.'"

"Ok, ok. Allora cenerò davanti alla televisione con Romeo e Giulietta."

"Magari posso chiedere Brooke di venire a stare un po' con te," le suggerì Miranda, prendendo il telefono.

"Adoro Brooke, ma non ho bisogno di una babysitter, Mira! Esci con Mister Superfigo. Io starò bene."

"Parlami di lui," le disse Cressida.

"Non c'è niente da dire. Abbiamo fatto colazione insieme ogni giorno questa settimana."

"Ogni giorno! Devi piacergli davvero."

"Perché cercate entrambe di spingermi tra le braccia di questo ragazzo?" Miranda mise via il cellulare.

"Vogliamo solo che tu sia felice," le spiegò Cress.

"Proprio così. Una bella ragazza come te non dovrebbe stare da sola."

"Capelli, occhi?"

"Sì, ce li ha anche lui." Rispose Miranda ridacchiando.

Cressida diede un colpetto a sua sorella. "Spara!"

"Ok. Capelli neri o quasi neri."

"Come i tuoi."

"Non interromperla, ma', o non ce lo dirà mai."

"Sì, ha i capelli come i miei. Occhi grigi. Occhi fantastici. È come se fossero quasi trasparenti. Come se potessi guardare dentro di loro, o forse sono loro a guardare dentro di me."

Cressida sospirò, appoggiandosi il mento tra le mani.

"E ha un bel fisico. Accidenti. Ha delle belle spalle larghe."

"Muscoli?" Le chiese Cressida.

"Sì, pettorali e braccia, cavolo, abbastanza forti da prendermi in braccio."

"Oh?" Susan alzò un sopracciglio. "E ti ha presa in braccio?"

"Mamma!" Miranda arrossì. "Mi ha impedito di cadere. E mi ha medicato la ferita sul ginocchio quando i cani mi hanno fatta cadere."

"Come un dottore, eh?"

"È solo gentile. Tutto qui."

"Bel culo?" Le chiese Cressida.

"Certo." Miranda si sentì arrossire sulle guance.

"Sembra divino," disse Susan.

"Decisamente Mister Superfigo." Cress annuì.

"E ti ho già detto che potrebbe essere ricco? Ha un appartamento con tre terrazze e due domestici."

Cressida fece una smorfia. "Va bene. Non esagerare, Mira. Mi hai quasi convinta, per un attimo."

"Sto dicendo la verità."

"Come se potessi mai trovare un ragazzo del genere."

"È così. È molto dolce. Adora Lucky."

"Continua a sognare, sorellina. Sembra una delle storie che mi raccontavi quando eravamo piccole."

"È tutto vero. Quel ragazzo è reale."

"*Pfff.* Come no. Continua pure a sognare." Cressida si alzò in piedi e mise la tazza vuota nel lavello.

"Sei gelosa."

"Gelosa di Mister Superfigo Immaginario? Non credo proprio."

"È reale quanto te e me."

"Deve avere qualcosa che non va."

"Non direi proprio. Sembra, beh... perfetto per me."

Susan diede una pacca sulla spalla a Miranda. "Bene. Ti meriti la perfezione, Mira." Poi Susan si alzò e uscì dalla porta sul retro per andare a sedersi in giardino.

Forse Cress ha ragione. Nessuno è perfetto.

QUEL SABATO MATTINA Penn voleva alzarsi tardi, ma i suoi occhi si spalancarono con i primi raggi del sole. Era troppo emozionato per dormire. Si mise a camminare sulla terrazza, controllando l'orologio ogni cinque minuti. Sembrava che il tempo si fosse fermato. Andò a correre, perché non era civile chiamare Miranda prima delle nove. O almeno era ciò che pensavano Maggie e John. In seguito, Penn fece colazione leggendo il giornale, mentre teneva d'occhio l'orologio.

Alle nove in punto, prese il cellulare. Aveva lo stomaco in subbuglio e le mani sudate. *Ma che diavolo sto facendo? Non ho tredici anni. È una stupidaggine.* Discutere con sé stesso non gli fu d'aiuto. Era da anni che non si sentiva nervoso all'idea di chiamare una ragazza per un appuntamento, ma in quel momento lo era. Si asciugò la mano sui pantaloncini e chiamò.

"Miranda, sono Penn. Che cosa hai deciso per stasera?" Le chiese.

"Buongiorno anche a te."

"Oh. Scusa. Buongiorno. Allora, per stasera?" Le chiese, con il labbro superiore sudato.

Miranda scoppiò a ridere. "Per stasera va bene."

"Fantastico!" Sospirò Penn.

"Dove e a che ora?"

"A casa mia alle sette? Se questo ti rende nervosa..."

"Nessun problema, ma ti dispiace se mi porto il mio storditore elettrico?"

Silenzio.

"Sto *scherzando,* Penn!"

"Oh, ok, per un minuto ho avuto qualche dubbio."

"Stavo scherzando. Non mi serve uno storditore. So dove prendere a calci un uomo, in caso di bisogno."

Di nuovo silenzio.

"*Sto scherzando* anche adesso!"

"Per un uomo, non è uno scherzo."

"Mi dispiace."

"Ti prometto di non saltarti addosso. Se non vuoi che lo faccia."

"E se invece lo volessi?" Penn credette di notare un barlume di speranza nel suo tono di voce.

Si mise a ridacchiare. "Questo sì che *è* divertente!"

"Dammi il tuo indirizzo esatto," gli disse Miranda.

"Manderò John a prenderti, quindi mandami il tuo indirizzo a questo numero," le disse, leggendo a voce alta il numero del cellulare di John. "Ti va bene alle sette?"

"Perfetto."

"A stasera."

"A stasera, Penn."

Penn mise giù il telefono. Il cuore iniziò a battergli all'impazzata. Si precipitò in cucina. "Maggie, Maggie!"

Maggie arrivò di corsa, con i capelli castani soffici e corti che le contornavano la testa, gli occhi azzurri spalancati e lo strofinaccio che portava sempre appeso sul fianco tutto svolazzante. Era senza fiato. "Penn! Che cosa succede? Qualcosa non va? John, chiama il 911!" Maggie appoggiò la mano sulla fronte di Penn.

"Sto bene," le disse, mettendole una mano sulla spalla.

"Allora perché stava urlando?" Maggie si mise i pugni sui fianchi, sollevando un sopracciglio.

"Verrà qui," annunciò Penn.

"Cosa?"

"Verrà a cena qui, stasera!"

"Chi verrà a cena?" Maggie si voltò verso John che, nel frattempo, li aveva raggiunti.

"Miranda."

"Chi è Miranda?" Gli chiese Maggie.

"Central Park. Miss Binocolo," rispose John.

"Ohhhhh." Maggie lanciò a John un'occhiata d'intesa.

"Verrà a cena qui, stasera alle sette. Deve essere tutto spettacolare."

"Spettacolare o romantico?" Maggie spalancò gli occhi.

"Entrambe le cose."

"Vuole decidere il menu insieme a me?"

"Sì. No. Sì. Come preferisce, Maggie. Ho bisogno di... musica."

"Deve essere una ragazza molto speciale, Penn." Il tono di voce di Maggie si addolcì.

"Lo è. Lo è." Penn le rivolse un sorriso a trentadue denti. Maggie gli diede una pacca sulla spalla prima di tornare in cucina.

Penn andò nella sua stanza. Esaminando i cappotti sportivi appesi nel suo armadio, chiamò il suo maggiordomo "John, dov'è la mia giacca di lino?"

"Fresca di lavanderia, appesa dietro la porta." John staccò dal gancio la giacca, ancora avvolta nella plastica.

Penn sorrise a John con aria imbarazzata. "Oh. Mi scusi." John tolse l'involucro di plastica e appese la giacca insieme alle altre.

"Posso consigliarle la sua camicia bianca sportiva con i pantaloni marrone chiaro?"

"Ottima scelta. Perfetto. Cravatta?"

"In una calda serata estiva? Forse è meglio di no."

"Bene. Giusto. Troppo caldo. Odio le cravatte. E se Miranda si vestisse elegante?"

"Allora sarà ancora più bella. Andrà tutto bene, signor Penn. Non c'è bisogno di vestirsi in modo formale. È casa sua."

"Giusto. Giusto. Tendo a dimenticarmi questo genere di cose."

"È per questo che ci siamo Maggie e io."

"Non so come farei senza di voi."

"Nemmeno io." John si voltò per andarsene.

Penn gli tirò la manica. "Aspetti. Una domanda. Ha mai sentito parlare di un certo Shaw Bradford?"

"Shaw Bradford? L'attore shakespeariano?"

Penn annuì.

"Certo che sì. Alcuni anni fa, *Maggie e io l'abbiamo visto in Amleto, Come* vi piace e *La bisbetica domata.*"

"Era bravo?"

"Era magnifico. Il migliore. È una vera tragedia che sia morto così giovane. Lo chieda a Maggie. È lei l'esperta di teatro. Perché vuole saperlo?"

"Era il padre di Miranda."

"Oh, Signore! Una celebrità." Il viso di John si illuminò. "Devo dirlo a Maggie."

Penn sorrise tra sé e sé. *Mi ha detto la verità.*

ALLE SEI, LA SORELLA di Miranda fece capolino nella stanza.

"Ho alcuni nuovi abiti che ho creato per una donna come te," le disse Cressida.

"Intendi una con il seno e i fianchi?"

"Non sminuirti."

"Scusa. Ottimo, perché non c'è niente che mi piace in questo armadio."

"Non ti ho mai vista così nervosa prima di un appuntamento. Mister Superfigo deve essere molto più che superfigo. Ti piace da impazzire, eh?"

"Mi piace, Cress, tutto qui. Non dirlo alla mamma, ok?"

"Non dico mai niente alla mamma."

"Si lamenta sempre con me del tuo silenzio."

"In questo modo, non devo mentirle."

"Che cosa c'è da nascondere?" Miranda inclinò la testa, fissando sua sorella.

"Sono abbastanza grande da avere dei segreti, Mira." Cressida spostò lo sguardo sui vestiti.

"Ok, ok, prendi i vestiti, Cress."

Alle sette meno un quarto, suonò il campanello. Susan si alzò, ma Cressida raggiunse la porta prima di lei. Miranda era fuori dalla sua stanza, appollaiata in cima alle scale, e si stava mangiucchiando una cuticola.

"Sono venuto a prendere la signorina Miranda Bradford," disse John.

"Salve, io sono sua sorella Cressida. Lei è Mister Super... ehm... il suo accompagnatore?"

"Santo cielo, no. Potrei quasi essere suo padre. Sono qui per portarla a cena dal signor Penn," le spiegò John.

"Dal signor Penn, eh? Vado a dirglielo." Cress salì le scale due gradini alla volta.

Miranda scese lentamente le scale scricchiolanti. Indossava top di seta turchese con il reggiseno integrato e una gonna di seta abbinata, aderente sui fianchi e svasata sulle cosce. Aveva una giacca di broccato argentata sopra il braccio e stringeva in mano una borsetta di pelle nera. Il suo trucco era perfetto, leggero ma alla moda, e i capelli scuri appena lavati le scendevano dolcemente sulle spalle. Mentre passava, emanava profumo di lillà.

John spalancò gli occhi quando la vide. Le fece un cenno prima di parlare. "Il signor Penn mi ha mandato a prenderla, signorina," le disse.

Miranda gli sorrise e gli porse la mano. John la prese, facendo per un attimo un'espressione sorpresa. Miranda diede il bacio della buonanotte a sua madre. "Non farò tardi, ma'. Mi porto il cellulare. Tu hai il tuo telefono in tasca? Brooke arriverà tra venti minuti. La cena è nel forno."

"Smettila di agitarti. Sembri una vecchia, Mira. Starò bene. Divertiti e non fare nulla che io non farei," le disse Susan con un luccichio negli occhi.

"Ma'!" Esclamò Miranda.

Cressida scoppiò a ridere e John distolse lo sguardo, arrossendo sulle guance.

John aprì lo sportello per Miranda. Lo chiuse e si sedette al volante. *Solo una principessa ha una limousine con l'autista.*

"Deduco dal suo accento che lei è inglese, vero?"

"Giusto, signorina."

"È da tanto che vive qui?"

"Sì, signorina. Da più di trent'anni."

"Lavora per Penn da molto tempo?"

"Oh, sì, signorina. Da prima che i suoi genitori morissero."

"Capisco. È sposato?"

"Sì. Mia moglie, Maggie, è la cuoca e la governante del signor Penn."

Durante il tragitto verso l'appartamento di Penn, si scambiarono opinioni sul sindaco di New York e sulle loro squadre sportive preferite. *Piaccio a John? Mi ritiene all'altezza?*

Miranda raggiunse l'ascensore del Mont Blanc, l'elegante condominio di Central Park West. Quando le porte si aprirono, proprio davanti all'attico, Penn era lì, rasato e bellissimo, con un paio di pantaloni color kaki appena stirati e perfettamente su misura per il suo fisico e una camicia sportiva bianca. Non era mai stato così bello, nemmeno con i pantaloncini e la canottiera che indossava solitamente per andare a correre al parco.

Quando vide Miranda, Penn trattenne il respiro. Miranda gli porse la giacca.

"Sei... non lo so... bellissima non ti rende giustizia. Incredibile è meglio. Dove hai trovato qualcosa che ti sta così bene?" Penn la esaminò con lo sguardo.

"È stata mia sorella a disegnare questi vestiti."

"Sono un'opera d'arte addosso a te." Penn le si avvicinò. Lo sguardo caloroso di Penn fece fremere Miranda. Miranda si agitò e iniziò a mangiucchiarsi un'unghia, in un'improvvisa consapevolezza di sé stessa.

Guardò il soggiorno moderno, il divano in pelle bianca, il tappeto bianco e nero e il grande tavolino in vetro fuori dalla porta sulla parete più lontana. Il suo sguardo fu catturato dalla vista di Central Park.

"Oh, wow! È... È davvero stupendo." Miranda si diresse verso la terrazza. "Da qui si vede fino alla Quinta Strada." Miranda si fermò davanti alle portefinestre chiuse.

Penn era proprio dietro di lei. "Ti va un bicchiere di vino?" Penn aprì le porte, le prese la mano e la condusse fuori. "Ne ho messo un po' in fresco."

Penn riempì due bicchieri di Chablis per Miranda e per sé. Miranda si fermò davanti alla ringhiera, senza riuscire a distogliere lo sguardo da quel panorama. La terrazza era profonda cinque metri e lunga dieci, esattamente come il soggiorno. C'erano piante in fiore, arbusti lussureggianti, alberi da frutto profumati e fioriere di impatiens rosa e bianche e violette colorate, abilmente posizionate per non ostacolare la vista e dare la sensazione di stare in un giardino o in un parco.

Miranda bevve un sorso di vino e alzò lo sguardo mentre Penn avvicinava la bocca alla sua. Penn le mise una mano sulla vita e la strinse a sé. Miranda appoggiò il bicchiere su un tavolo, facendolo quasi cadere per mettergli le braccia intorno al collo. Le dita di Penn accarezzarono la morbida seta della parte posteriore del suo top, mentre con la lingua invadeva la sua bocca, esplorandola, persuadendola, seducendola e generando calore. Poi, Miranda fece un respiro profondo e si allontanò.

"Inizi sempre con il dolce?" Disse Miranda scherzando, tornando verso la ringhiera mentre si passava la lingua sul labbro inferiore e guardava Penn.

Penn scoppiò a ridere. "È una promessa?"

"Niente promesse." Miranda si voltò di nuovo verso il panorama.

Penn si avvicinò a lei da dietro e le mise una mano sulla spalla. Il suo tocco sulla pelle fresca non si limitò a scaldarle la pelle. Penn fece scivolare la bretellina del delicato top di seta sulla spalla di Miranda e iniziò a baciarla in quel punto. Le accarezzò la spalla mentre le passava le dita sul petto, fino ad appoggiarle sulla parte superiore del suo seno. Il desiderio le scorreva nelle vene, poi si fermò alle sue gambe.

Miranda chiuse gli occhi quando Penn inclinò la testa per sfiorarle il collo con le labbra, mentre i suoi polpastrelli le accarezzavano la pelle. L'effetto dei suoi movimenti la rese debole. Penn le strinse l'altro braccio intorno alla vita, tirandola verso di sé.

Poi sussurrò: "Non so come farò a mangiare se non riesco a toglierti gli occhi di dosso."

"Penn," gemette lei, inclinando la testa all'indietro per appoggiargliela sul petto ed esponendo ulteriormente il collo alle sue labbra morbide.

"Potrei prenderti qui sulla terrazza, davanti a tutto il mondo," sussurrò lui.

Miranda si voltò e ritrovò la bocca di Penn, che iniziò a baciarla avidamente. Miranda gli strinse le braccia intorno al collo e si abbandonò al suo corpo robusto. I loro corpi, con il petto di Penn e il seno di Miranda a contatto, si trasmettevano calore. Le sue dita le sfiorarono la schiena e i fianchi, creando eccitazione ovunque la toccassero, e Miranda riusciva a malapena a respirare. Miranda chiuse gli occhi, sentendo il colore crescere dentro di lei. Penn la strinse a sé e continuò a esplorarle la bocca.

Sentirono qualcuno che si schiariva la voce, in modo discreto ma insistente. Penn la lasciò andare a malincuore, asciugandosi la bocca con il dorso della mano, poi si voltò verso John e Maggie, che erano in piedi davanti alle porte di vetro.

"La cena è servita, signor Penn," annunciò John, mentre Maggie usciva in terrazza e disponeva dei piattini sul tavolino di vetro rotondo apparecchiato per due.

"Grazie." Penn appoggiò una mano sulla schiena di Miranda, conducendola verso una sedia.

Maggie guardò Miranda, imbarazzata di essere stata sorpresa tra le braccia di Penn, e poi guardò Penn, spalancò gli occhi e si schiarì la voce.

"Mi dispiace, Maggie. Miranda, ti presento Maggie. Maggie, Miranda."

Maggie fece un passo avanti e strinse la mano di Miranda. Con i tacchi, Miranda sovrastava la minuta signora inglese. Le due donne si sorrisero.

"Piacere di conoscerla," disse Miranda.

"Il piacere è tutto mio," le rispose Maggie con un cenno del capo. "La prima portata è insalata di lattuga con cuori di carciofo e funghi marinati," annunciò Maggie prima di voltarsi per andarsene, prendendo John per il gomito.

Penn spostò la sedia per Miranda, poi si sedette. Accese le candele, mettendoci sopra il parafiamma per proteggerle dalla brezza estiva.

"Maggie e John. Sono adorabili," disse Miranda.

"Maggie è come una madre per me e John è come un fratello maggiore. Non so cosa farei senza di loro," confessò Penn.

"Siete fortunati a esserci gli uni per gli altri."

"Che cosa c'è nella busta che hai portato?" Le chiese sollevando la forchetta, senza distogliere lo sguardo da lei.

"Il primo atto della mia sceneggiatura. Hai detto che volevi leggerla. Spero che non ti dispiaccia. Non è un problema se hai cambiato idea..."

"No, no, mi fa piacere che tu l'abbia portato. Ne sono lusingato."

Miranda sorrise per il calore che Penn le mostrava. Penn strinse le dita intorno alle sue. Miranda guardò verso il parco e vide che il cielo si faceva più buio.

"Tra poco mangeremo al chiaro di luna," osservò Penn.

"È molto romantico."

"Non so quanto altro romanticismo riuscirò a tollerare con te senza..." Penn esitò.

"Un gentiluomo?" Penn annuì e le strinse la mano prima di lasciarla.

Maggie arrivò con la portata principale: filetto di manzo, patate fingerling e asparagi freschi.

L'appetito di Miranda crebbe alla vista del bellissimo cibo, cucinato alla perfezione e servito ad arte. Alzò lo sguardo verso Maggie e le sorrise. "Ha un aspetto delizioso." Miranda si mise il tovagliolo sulle gambe. "Sto morendo di fame."

"Maggie è una cuoca straordinaria. Mi vizia molto."

"Puoi dirlo forte!" Maggie fece un sorriso smagliante.

Quando Maggie si allontanò, iniziarono a mangiare. "È una coccola non dover cucinare." Miranda tagliò la carne succulenta.

"Lavori molto vero?"

Miranda alzò le spalle. "Mi diverto, anche. Mia madre e mia sorella sono piuttosto matte."

"Mi manca avere un fratello o una sorella." Penn prese con la forchetta un pezzo di asparago.

"Ci sono giorni belli e giorni brutti."

"Ti sei mai innamorata?" Le chiese, prima di mettersi in bocca un pezzo di carne.

Miranda alzò lo sguardo dal piatto. "Come mai questa domanda?"

"Voglio sapere tutto di te. Allora, la tua risposta?" Penn la guardò.

"Molte infatuazioni, ma mi sono innamorata solo una volta per davvero. Ero fidanzata."

"Fidanzata?" Penn aggrottò la fronte.

"Ci siamo lasciati tre anni fa," gli spiegò, mangiando un pezzetto dell'ottima verdura.

"Perché?"

"È un archeologo. Doveva andare in Nord Africa e io dovevo restare qui."

"Chi è stato a lasciare l'altro?"

"Sono stata io. Ho conosciuto Joe al college e ci siamo innamorati."

"Ti manca?"

"Joe Collier è un brav'uomo, ma non è il tipo giusto per me."

"Come mai?"

"Non lo è e basta. E tu?" Miranda evitò di dargli ulteriori spiegazioni.

"Si, una volta."

"Quando?" I loro sguardi si incrociarono.

"Cinque anni fa."

"Che cosa è successo?"

"Jane e io parlavamo di matrimonio. Poi Jane è andata alla facoltà di medicina in California e ci siamo allontanati."

"Come è successo a me con Joe. È difficile mantenere una relazione a distanza. Da allora non c'è stato più nessuno?"

"Niente di serio. È stato difficile perderla." Penn abbassò lo sguardo.

Miranda allungò il braccio e gli prese la mano. "Io non vado da nessuna parte," gli disse, così piano che sembrava quasi un sussurro.

"Me lo prometti?" Penn la guardò negli occhi.

"Te lo prometto," gli rispose Miranda, stringendogli le dita.

Quando finirono, John uscì in terrazza per togliere i piatti sporchi. Maggie lo seguiva, con un piatto di bocconcini di brownie e delle grosse e succulente fragole immerse nel cioccolato. John tornò con un vassoio di tè e caffè, accompagnati da una piccola zuccheriera e un bricchetto del latte.

"Il cioccolato è il cibo dell'amore," annunciò Maggie, mettendo il piatto al centro della tavola.

"Maggie!" Penn arrossì sulle guance.

"È imbarazzante quasi quanto mia madre." Miranda scoppiò a ridere.

Capitolo Quattro

Quando finirono il dessert, John sparecchiò la tavola. Erano le nove e mezza e mancava solo un'ora e mezza prima che Miranda dovesse andarsene. La serata era piacevolmente calda. Penn riempì di nuovo i bicchieri di vino e rimasero sulla terrazza a guardare la luna e le stelle.

"Hai un progetto, un sogno?" Gli chiese Miranda, reggendo il bicchiere con entrambe le mani.

"Vedi quell'edificio grigio e nero? Quello alto?" Penn indicò dall'altra parte del parco.

"Quello con le luci blu lampeggianti in cima?"

"Sì. Quelle sono per gli aerei. L'ha costruito mio padre. Il condominio più alto e lussuoso della Quinta Strada."

"E?"

"Voglio costruire il condominio più elegante e lussuoso del West Side. Qui ci sono delle restrizioni sull'altezza. Non posso costruirne uno alto come il suo. Sarà più elegante, però. Maggiori servizi di portineria. Una palestra completamente attrezzata e asilo nido. Ci sarà tutto. Voglio chiamarlo con il suo nome. Matthew Roberts Tower." Penn disegnò un profilo nel cielo con la mano.

"Wow. Perché vuoi farlo?"

"Mio padre non ha vissuto abbastanza a lungo da vedere i miei successi. Miglior giocatore della mia squadra di football alla scuola superiore privata e al college. Laurea ad Harvard. Ho messo in piedi un'azienda più grande di quanto immaginasse."

"Deve essere difficile per te fare tutto questo senza tua madre e tuo padre." Miranda gli mise una mano sul braccio.

Penn le accarezzò la schiena. "Papà diceva sempre che un ragazzo dovrebbe prendere da suo padre, non da sua madre."

"Tu, però, hai preso qualcosa da entrambi, vero? Io l'ho fatto."

"Mia madre era la persona più dolce e gentile del mondo. Era un'artista. A volte disegno... degli scarabocchi, per lo più. Papà non approvava."

"Essere un artista non è una cosa da uomini?"

"Qualcosa del genere."

"E Pablo Picasso? Van Gogh? Renoir? Rembrandt? Molti grandi artisti erano uomini."

"Mi fece capire cosa pensava della mia arte quando buttò via il mio blocco da disegno. Non sono molto bravo. Ora lo faccio quando ho tempo. Non è una parte importante della mia vita. Quell'edificio però lo è. Quando riuscirò a superare un ostacolo, lo costruirò."

Miranda esaminò il suo viso. I suoi occhi brillavano, ma aveva un'espressione imbronciata. "E la tua arte?"

"C'è una cosa che mio padre non è riuscito a buttare. Un piccolo dipinto a olio di Buddy."

"Posso vederlo?"

Penn scoppiò a ridere. "Preferisci vedere un pessimo dipinto a olio di un sedicenne invece dei fantastici progetti architettonici per il mio nuovo edificio?"

Miranda annuì. Penn appoggiò il bicchiere ed entrò in casa. Miranda lo seguì. Attraversarono il soggiorno fino a un corridoio che conduceva a una grande camera da letto, la stanza di Penn. Anche se Miranda era un po' nervosa di trovarsi in quella stanza, Penn sembrò ignorare l'allusione e si diresse direttamente verso l'ampio armadio. Accese una luce e frugò lì dentro per qualche minuto. Un'esclamazione di vittoria lo fece indietreggiare, con in mano una tela di trenta centimetri per trenta.

"Non lo guardavo da anni. È tutto impolverato."

Miranda tirò fuori un fazzoletto da una scatola sul cassettone e gli prese il dipinto dalle mani. Lo pulì delicatamente, prima sulla parte anteriore e poi sul retro. Dopo aver acceso una piccola lampada sul comodino, Miranda si sedette sul letto e sollevò il dipinto.

Il ritratto del golden retriever era dettagliato. Il pelo di Buddy era stata dipinto in tonalità diverse per renderlo tridimensionale. Due grandi e dolci occhi marroni risaltavano in mezzo al pelo. Il giovane Penn aveva catturato in modo splendido l'espressione dolce ed espressiva del cane.

"È straordinario," sussurrò Miranda.

"Davvero? È sciocco. Solo il tentativo di un ragazzino di tenere il suo cane con sé per sempre. Niente dura per sempre."

Miranda colse il suo tono di voce triste. *Tristezza e perdita.* Si voltò verso di lui e gli accarezzò la guancia. Penn le baciò la mano. "Io lo trovo bellissimo."

"Non è nemmeno incorniciato." Penn lo prese e lo ripose con cura nel suo nascondiglio. "Ora sei nella mia camera da letto...", le disse, guardandola negli occhi. "Che ne dici di un po' di musica?" Penn accese il lettore CD e le note di un brano di Michael Bublé riempirono l'aria.

"Amo Michael Bublé," disse Miranda.

Penn la prese tra le braccia e disse sulle note di "You Don't know Me" e iniziarono a fluttuare lentamente attraverso la stanza. Mentre la canzone andava avanti, Penn la strinse ulteriormente a sé e Miranda gli fece scivolare le mani sul petto, per poi unire le dita dietro il suo collo. Quando la musica si fermò, Penn abbassò la testa per baciarla, ignorando la canzone successiva. Miranda gli rispose, aprendo le labbra e chiudendo gli occhi, sentendo il suo corpo contro il suo, insieme al tocco persuasivo e al gusto delizioso della sua lingua.

Penn le accarezzò la schiena con le mani e la strinse a sé. Penn emise un gemito, facendole scivolare le dita lungo i fianchi. Quando il calore che le attraversava il corpo divenne quasi travolgente, Miranda fece un passo indietro e lo guardò negli occhi. Gli occhi grigi di Penn iniziarono a brillare.

Le note di "Sway" cominciarono a suonare. La prese tra le braccia e iniziarono a ballare la marimba. Penn aveva appoggiato le mani sui fianchi di Miranda, facendoli muovere allo stesso ritmo dei propri mentre scivolavano sul pavimento, con i corpi incollati, in perfetta sincronia e con il respiro affannato. Man mano che la musica accelerava, Penn e Miranda aumentavano il ritmo.

Miranda riusciva a sentire il suo respiro sul collo. Smise di pensare e rilassò il corpo accanto al suo. Si muoveva senza sforzo mentre i loro corpi volteggiavano e la loro pressione cresceva insieme alla musica. Con le mani appoggiate sulle spalle di Penn, premette un po' le dita sui suoi muscoli e i suoi piedi seguivano quelli di lui come se ballassero insieme da anni.

Quando la canzone finì, Penn le appoggiò le mani sul sedere, stringendolo e avvicinando ulteriormente Miranda a sé. Miranda percepì la sua eccitazione e sentì un lieve gemito di Penn mentre faceva pressione sul suo corpo. Le appoggiò il viso sul collo, sfiorandoglielo delicatamente con le labbra mentre le metteva una mano intorno al seno. Il suo pollice trovò facilmente il suo capezzolo e le sue labbra le scesero lungo il petto fino alla scollatura del top.

La strinse delicatamente mentre continuava a baciare la sua pelle nuda. Miranda emise un gemito, con il respiro affannato e la vagina bagnata. Chiuse gli occhi mentre gli appoggiava la fronte sulla spalla e si abbandonava al piacere del suo tocco. Si sentiva come se volasse su una nuvola di desiderio.

Dopo alcuni minuti, riuscì a sollevare la testa e a sussurrargli all'orecchio: "Stai cercando di sedurmi?"

"Ti voglio," le mormorò, con la voce roca per la passione. Continuò ad accarezzarle il seno, stimolandole il capezzolo duro mentre sollevava le labbra per raggiungere le sue.

Le abbassò delicatamente la bretellina del top e tirò leggermente giù la scollatura, cercando di abbassarla e di esporla completamente. Il respiro di Penn era irregolare.

La realtà aveva lottato contro la passione di Miranda e aveva vinto. All'improvviso, Miranda rinsavì. *Che cosa stai facendo? Lo conosci a malapena.* Miranda si liberò dalle sue braccia e si allontanò, tirando su la bretellina e sistemandosi la scollatura.

"Ti conosco solo da due settimane," gli disse ansimando, aspettando che il suo battito si calmasse e che il calore abbandonasse il suo corpo. Si spostò i capelli dal viso.

"Ho immaginato che ogni giorno fosse un appuntamento, quindi questo sarebbe il nostro sesto appuntamento, come se ti conoscessi da sei settimane," le spiegò, ansimando con gli occhi che brillavano dal desiderio.

"Non dire sciocchezze. Due settimane. E già vuoi venire a letto con me?"

"Voglio fare l'amore con te. C'è una bella differenza," disse Penn, passandole le dita tra i capelli e abbassando lo sguardo su di lei.

"Forse per te."

"Che cosa pensavi? Che non mi interessasse fare l'amore con te? Perché dovrei invitarti se non mi interessasse fare l'amore con te?"

"Pensavo che volessi la mia compagnia," rispose Miranda gentilmente.

"Certo che voglio la tua compagnia, ma sono un uomo. Gli uomini vogliono..."

"Fare sesso. Lo so."

"Ci tengo a te, Miranda, non è solo sesso."

"Ci tieni a me dopo due settimane?"

"Per quanto assurdo possa sembrare, è così. Non ho mai conosciuto nessuna come te," ammise.

Miranda ridacchiò. "Una dog-sitter che dice di essere una scrittrice?"

"Una donna bella, intelligente e sexy che si prende cura degli altri e mi fa ridere," le rispose.

"Ti porti a letto ogni donna che inviti a uscire?" Miranda ignorò il suo complimento.

"Sono sempre disposto ad accettare un rifiuto." Penn si mise una mano sul fianco, aggirando la domanda.

"Allora per stasera è un no," gli rispose lei.

"Ok, mi arrendo," disse Penn, sollevando le mani.

Miranda si mordicchiò il labbro inferiore. "Non sei arrabbiato, vero?"

Penn scoppiò a ridere. "Miranda, accettare un rifiuto vuol dire non arrabbiarsi quando succede, soprattutto *prima che* le cose vadano troppo oltre. Non puoi biasimarmi per essere deluso, ma non mi *aspettavo che* ti concedessi a me stasera, al massimo lo speravo. Sono un uomo paziente. Posso aspettare. Vale la pena aspettare te." Le passò il pollice lungo la guancia.

Miranda fece un respiro profondo e guardò l'orologio. "È quasi ora che io torni a casa."

"Così presto?"

"È ora di dare il cambio alla mia amica, che è rimasta con mia madre."

"Tua madre sta così male?" Penn aggrottò la fronte.

"Per adesso è stabile, ma potrebbe cambiare tutto in un batter d'occhio. Non migliorerà. La sua è una malattia progressiva. Nessuno guarisce." Miranda si guardò le mani.

Penn la prese tra le braccia. Miranda chiuse gli occhi, gli strinse le braccia intorno alla vita e gli appoggiò la testa sul petto. Inspirare il profumo della sua camicia appena lavata, del sapone e del suo desiderio maschile era inebriante. Le baciò i capelli, ma non la lasciò andare. Le sue braccia forti e il suo petto robusto erano come le mura di un castello, che la circondavano proteggendola da tutti i mali del mondo. Miranda non riusciva a staccarsi da lui.

Alla fine, Penn la lasciò andare. "Un ultimo sguardo al cielo?"

"Certo."

Penn le sorrise e le prese la mano. Una volta usciti, Miranda gli mise le braccia intorno per proteggersi dal lieve freddo dell'aria notturna. Penn colse il suo segnale e la strinse a sé. Rannicchiandosi tra le sue braccia, Miranda alzò lo sguardo e notò una stella cadente. In silenzio, espresse un desiderio.

"Vado a prenderti la giacca," le disse, lasciando la terrazza. Mentre Penn non c'era, Maggie uscì in terrazza per prendere i bicchieri di vino e la bottiglia vuota.

"Scommetto che Penn lo fa sempre." Miranda guardò il cielo.

"Non dopo Jane, a dire il vero," la corresse Maggie.

"Non porta qui nessuna donna?"

"No. Solo Jane. Certo, è un uomo normale, a volte passa la notte da qualcuno, ma raramente porta qui una ragazza e mai a cena. Di solito, le invita a uscire. Lei è la prima da cinque anni." Maggie sorrise calorosamente a Miranda.

Imbarazzata dall'occhiata consapevole di Maggie, Miranda fu grata che fosse buio, perché in questo modo poteva nascondere il rossore del suo viso. Forse *era* davvero speciale per lui.

Penn tornò in terrazza e si accorse che Miranda era arrossita. "Maggie, che cosa le ha detto?"

"Nemmeno una parola." Maggie sorrise.

"Deve averle detto qualcosa. È rossa come un pomodoro."

Miranda prese la borsa e la giacca. Penn le prese la mano e la accompagnò alla porta d'ingresso. Miranda si fermò prima di uscire con Penn. "Grazie per la magnifica cena, Maggie, e per le sue parole gentili." La donnina inglese le strinse la mano.

"È stato un piacere, signorina, un vero piacere."

Miranda prese di nuovo la mano di Penn e scesero in ascensore con John, che l'avrebbe accompagnata a casa.

"Lunedì a colazione?" Le sussurrò.

Miranda annuì. "Che ne dici se preparo un picnic da fare al parco il prossimo fine settimana?"

"Stupendo! Quando?"

"Sabato a pranzo?"

"Perfetto."

"Sono stata molto bene stasera, Penn. Grazie per la magnifica cena, il vino, la terrazza, per tutto." La baciò dolcemente, poi approfondì il bacio. Miranda chiuse gli occhi, mettendogli una mano tra i capelli e l'altra sul petto.

"Sei fantastica, Miranda," le mormorò Penn all'orecchio.

John le aprì lo sportello. Penn la baciò rapidamente e le porse la borsa prima che Miranda si sedesse in macchina. Rimasero in silenzio per tutto il tragitto. John non le fece domande. Quando arrivarono a casa di Miranda, le aprì di nuovo lo sportello.

"È stato un piacere conoscerla, John," gli disse, porgendogli la mano. John gliela strinse, poi aspettò che Miranda entrasse prima di allontanarsi con la Bentley argentata.

Miranda chiuse la porta alle sue spalle e vi si appoggiò, chiudendo gli occhi e cercando di tornare a respirare normalmente.

"Ti sei divertita?" Le chiese Brooke, la sua migliore amica del Dinner Club. Una bottiglia aperta di Chablis giaceva sul tavolino. Il bicchiere di Brooke era quasi vuoto.

"Il miglior appuntamento di sempre."

"Sembri Cenerentola dopo essere tornata a casa dal ballo. Dove sei andata?"

"Sulla sua terrazza. Che serata!" Miranda chiuse gli occhi, ricordando il suo odore.

Brooke spalancò gli occhi. "Sulla sua terrazza? Siete rimasti a casa nella tua serata libera?"

"Rimasti a casa? Se per restare a casa intendi cenare su una terrazza al ventesimo piano che si affaccia su Central Park, allora sì," le rispose Miranda sospirando.

"Quindi, Mister Superfigo è stato all'altezza del suo nome, eh?"

"Puoi dirlo forte."

"Raccontami."

"Si è comportato esattamente come volevo che facesse. Molto romantico. Il cibo, la serata, il chiaro di luna. Pensavo che non avrei mai conosciuto un uomo come Penn."

"Ci sei andata a letto?" Brooke si versò un altro po' di vino.

Miranda la raggiunse sul divano. "No, ma avrei voluto farlo. Non lo conosco ancora abbastanza." Miranda bevve un sorso di vino dal bicchiere della sua amica.

"I dettagli. Spara."

"Aspettiamo la prossima riunione del Dinner Club, così non dovrò ripetere tutto."

"Che tortura! Devo aspettare? Accidenti. Ci ha provato con te?"

"Più o meno. Ma ha preso bene il rifiuto."

"Bene. Un vero gentiluomo. Una mosca bianca."

"Già. Non si è nemmeno lamentato! Non era facile dire di no. Quando Penn si accende, ti serve un bel ventaglio." Miranda scoppiò a ridere.

"Ce lo farai conoscere?"

"Forse. Siamo ancora all'inizio."

"Non preoccuparti. Divertiti."

"Come è andata con mia madre?"

"Stasera si è addormentata presto. Per fortuna, Romeo e Giulietta sono rimasti svegli fino alle nove con me."

Miranda si tolse le scarpe ed entrò silenziosamente nella stanza di sua madre dalla cucina. Rimboccò le coperte a Susan e sentì i carlini che russavano comodamente sul letto matrimoniale, poi chiuse delicatamente la porta alle sue spalle.

"Ti devo un grosso favore," le disse Miranda, lasciandosi cadere sul divano accanto alla sua amica.

"Non mi devi niente," le rispose Brooke, prima di prendere la borsa per tornare a casa. Si fermò davanti alla porta. "Ci vediamo lunedì. E voglio tutti i dettagli."

Quando la sua amica se ne andò, Miranda chiuse la porta con il chiavistello e sospirò profondamente. Dopo essersi tolta i tacchi, salì le scale verso la sua stanza con le scarpe in mano, canticchiando "Sway" tra sé e sé e muovendo i fianchi al ritmo della canzone.

Una volta sotto le coperte, spense la luce, chiuse gli occhi, e vide Penn in tutta la sua bellezza, con il suo sorriso smagliante, tutto nudo nel letto, leggermente coperto da un lenzuolo. Non riusciva a smettere di sorridere mentre si abbandonava a quei dolci sogni.

LUNEDÌ MATTINA, PORTANDO a spasso i cani nel parco, Miranda non incontrò Penn. *Non può essere già finita, vero?* Prima di riuscire ad arrabbiarsi, le squillò il cellulare. Mettendosi tutti i guinzagli in una mano, guardò il cellulare, sollevata di vedere il nome di Penn.

"Mi dispiace di non essere riuscito a venire al parco stamattina. Ci vediamo tra un'ora. Non ci vediamo da un giorno intero. Possiamo vederci stasera per bere qualcosa?"

"Mmm. Di lunedì? Non ce la faccio." Miranda continuò a camminare con i cani.

"Oh? Hai un amante del lunedì sera di cui non sono a conoscenza?"

"Ho la cena con le mie amiche del Dinner Club."

"Cos'è il Dinner Club?"

"Siamo un gruppo di amiche — sì, puoi rilassarti, siamo tutte donne. Ci siamo conosciute a Central Park grazie ai nostri carlini."

"Avete tutte dei carlini?"

"Sì. Allora... Bess ha Polpetta, Brooke ha Freddy e Ginger e Rory ha Baxter. Bess è una chef professionista in un programma televisivo. Ci incontriamo a casa sua per mangiare gli avanzi di quello che cucina, chiacchierare e far giocare insieme i nostri carlini."

"Di che cosa parlate?"

"Un po' di tutto." Miranda si sentì arrossire sulle guance.

"Di uomini?"

"Sì, anche." *Bugiarda. Soprattutto di uomini.*

"Hai intenzione di parlare di me con loro?"

"Forse. È un problema per te?"

"Se dirai loro che hai conosciuto l'uomo più bello, più affascinante e intelligente del pianeta e hai intenzione di andare a letto con lui il giorno dopo, allora parla di me quanto vuoi."

Miranda scoppiò a ridere fragorosamente.

"Non dirai così? Accidenti."

Miranda trattenne il fiato. "Vorranno sapere tutto di te."

"Tutto?"

"Sai cosa intendo."

"Ti sto solo prendendo in giro. Sembrano simpatiche e divertenti."

"Sono le migliori. Ci sono sempre per me e il cibo è fantastico."

"Non potete invitare anche gli uomini ogni tanto?"

"Mi dispiace, solo donne... donne e carlini."

"Cavolo. Ci ho provato. Divertiti. Ci vediamo domani al parco."

"Ciao, Penn."

"Ciao, piccola."

Alle sei, Miranda si mise una bottiglia di buon vino sotto il braccio e uscì con Romeo e Giulietta per andare a casa di Bess Cooper. *Non vedo l'ora di raccontare loro di Penn. Sono curiosa di ciò che diranno.*

Miranda arrivò in anticipo. Aiutò Bess a preparare la salsa di carciofi e spinaci, a tagliare le crudités e ad affettare le baguette. Aprì la bottiglia di Sauvignon Blanc, riempì due bicchieri e poi lo rimise in frigo per tenerlo in fresco. Romeo e Giulietta annusarono Polpetta prima di iniziare a inseguirsi per l'appartamento.

Bess e Miranda si sedettero sul divano mentre una teglia di patate dolci e il prosciutto si riscaldavano nel forno. Miranda guardò fuori dalla finestra verso Central Park.

"Allora, parlami di questo ragazzo," disse Bess, prendendo il bicchiere.

"Come l'hai saputo?"

"Brooke mi ha chiamata."

"Avrei dovuto immaginarlo. Le notizie si diffondono rapidamente in questo gruppo."

"Mi ha detto che sembra fantastico."

"Lo è. È incredibile. Bello, intelligente, dolce e divertente."

"Mi sembra perfetto."

"Lo è. E questo mi preoccupa." Le ragazze si misero a ridacchiare.

Prima di finire il primo bicchiere di vino, arrivarono le altre. Romeo, Giulietta e Polpetta erano acciambellati su una cuccia e stavano russando. Quando il portiere chiamò al citofono, però, i cagnolini scattarono sull'attenti. Corsero verso la porta, guidati da Polpetta, abbaiando come se l'appartamento avesse preso fuoco.

Due minuti dopo, Rory e Brooke liberarono i loro carlini, scatenando il pandemonio. I sei cagnolini iniziarono a rincorrersi da una stanza all'altra e lungo il corridoio. Il rumore delle zampe sul pavimento di legno segnalò il ritorno del branco di cagnolini ansimanti, che iniziarono a correre intorno alle sedie e al tavolo.

Miranda porse il vino alle due nuove arrivate e le ragazze si accomodarono vicino agli *antipasti*. I carlini esausti erano già tornati a sdraiarsi sulle cucce sotto il tavolo della sala da pranzo. Russavano all'unisono.

"Dimmi che aspetto ha il tuo nuovo uomo," le disse Rory, prendendo un po' di salsa con un pezzetto di peperone verde.

"È alto. Molto più alto di me. Capelli neri, occhi grigi... e un corpo! Cavolo, non inizia a fare caldo qui dentro?" Miranda si sventolò con la mano.

"Se vogliamo una descrizione dettagliata, faresti meglio ad accendere l'aria condizionata, Bess," ridacchiò Brooke.

"Quali parti del suo corpo hai visto?" Rory inarcò un sopracciglio.

Miranda si sentì arrossire in volto. "Corre nel parco a torso nudo. Tutto qui. Niente di più."

"Beh, non è sufficiente?" Disse Bess ridacchiando.

"Dipende," disse Brooke.

Le ragazze si misero a ridacchiare. Mentre finivano il vino e gustavano la salsa, si confrontarono sulle caratteristiche fisiche dei propri uomini. Mezz'ora dopo, suonò il timer del forno.

"La cena è pronta," annunciò Bess, tirando fuori un'insalata dal frigorifero.

Le donne entrarono in azione. Rory apparecchiò la tavola. Brooke prese un'altra bottiglia di vino dal frigorifero e la stappò, mentre Bess e Miranda disponevano i vassoi caldi sui poggiapentole.

Quando la torta di caffè a tre strati di Bess arrivò in tavola, le ragazze spalancarono gli occhi per lo stupore. Iniziarono a passarsi i piatti colmi di cibo. Dopo aver mangiato le prime forchettate, le ragazze iniziarono ad applaudire a Bess. La combinazione del vino e di quella deliziosa torta al caffè le spinse a parlare liberamente. Ognuna di loro parlò dettagliatamente della parte che preferiva del corpo di un uomo.

"Gli occhi, Bess? Davvero?" Le chiese Rory.

"Beh, sì. Amo gli uomini con dei begli occhi."

Brooke scoppiò a ridere. "Davvero? Preferisci gli occhi agli addominali?"

"Vogliamo parlare dei pettorali?" Intervenne Rory.

Continuando a bere vino e a mangiare la torta, le loro risate si fecero più forti e i loro commenti sugli uomini diventarono più piccanti. Brindarono allegramente tra di loro.

"Che tutte le tue notti con Penn siano soddisfacenti," disse Brooke, sollevando il bicchiere.

"Soddisfacenti?" Disse Bess.

"Bollenti. Più bollenti dell'inferno," disse Brooke.

"Da film porno," precisò Rory.

"Se fa l'amore bene come bacia, sentirete le mie urla fino a qui," ridacchiò Miranda.

Le ragazze continuarono a brindare e a bere. Il vino fece rilassare Miranda, sciogliendole la lingua. Rivelò alle sue amiche ciò che provava per Penn, dicendo loro che il calore di Penn le aveva quasi fatto perdere il controllo al loro primo appuntamento ufficiale. Ognuna di loro raccontò le proprie prime esperienze e la serata proseguì tra risate e sospiri. Alle nove, erano sazie e felici.

Rimisero in ordine la cucina e chiamarono i loro cani. I carlini si svegliarono con gli occhi assonnati e si stiracchiarono controvoglia. Alcuni di loro sbadigliarono mentre le loro proprietarie mettevano loro i guinzagli. Bess diede a ognuna delle sue amiche un biscottino per i loro cani e ogni carlino ricevette il proprio. I cani rimasero pazientemente seduti in attesa del proprio turno. Questo gesto segnalava sempre la fine della loro serata, così i cagnolini trotterellarono verso la porta.

Circondata dall'amore delle sue amiche, Miranda si diresse verso casa felice. Romeo e Giulietta, rinvigoriti dal loro pisolino, trotterellavano davanti a lei. Miranda non riusciva a smettere di sorridere. La fortuna di avere amiche tanto speciali e un uomo che adorava era molto più di quanto si aspettasse.

Quando arrivò a casa, sua madre stava dormendo. I carlini raggiunsero Susan. Miranda si spogliò e si mise sotto le coperte. Con la felicità nel cuore, il sonno arrivò rapidamente.

Capitolo Cinque

Penn e Miranda si incontravano a Central Park ogni mattina alle sette e mezza. Facevano passeggiare i cani e poi si fermavano al campo delle rane, dove Penn giocava con Lucky al riporto. Dopo aver giocato, Lucky si accoccolava affettuosamente a Penn. Romeo, Giulietta e il Boston terrier si inseguivano nello spazio aperto, correndo in cerchio fino a fermarsi senza fiato.

Il sentiero che si snodava attraverso il Ramble li conduceva all'arco di pietra, dove si scambiavano dei baci bollenti. Concludevano la passeggiata al Boathouse, dove facevano colazione con bacon e uova, frittelle di mele o focaccine e confettura.

A Penn era piaciuto il primo atto della commedia di Miranda, "Il bacio di April." Miranda gli diede il secondo atto da leggere e, quasi ogni mattina, provava con lui scene e battute divertenti. Alle nove e un quarto, si separavano a malincuore e tornavano alle loro vite separate fino al giorno successivo.

Il giorno del picnic, splendeva il sole e faceva e caldo. Miranda indossava un prendisole di cotone bianco, con dei ricami rosa chiaro e scuro sul collo e sull'orlo, un paio di sandali bianchi e dei grandi occhiali da sole viola. Aveva legato i capelli in una coda di cavallo con un foulard rosa.

Penn non voleva che portasse il cesto pesante, così mandò la macchina a prenderla. Quando il sabato a mezzogiorno John venne a prenderla, Miranda stava aspettando sulla scalinata d'ingresso. Si incontrarono davanti al palazzo di Penn. Portando il cesto e del Moscato freddo di *Barefoot*, la sua azienda vinicola preferita, Penn porse la coperta a Miranda. Miranda se la mise sotto il braccio, insieme a una valigetta, e si diresse verso il parco insieme a Penn.

"Conosci un buon posto per un picnic?" Gli chiese Miranda.

"Conosco il posto perfetto. Molto intimo," le disse, prendendole la mano.

"Dove?"

"Un posto nascosto dove andavo con Buddy quando avevo bisogno di evadere."

Camminarono in silenzio, mano nella mano, avvistando diverse specie di uccelli. Miranda gli indicò una coppia di cardinali, un maschio e una femmina, su un albero ai piedi della collina. Presero una strada nuova, che passava davanti a una mangiatoia per le cince.

Mentre si dirigevano verso il parco giochi Diana Ross, vicino all'ingresso dell'Ottantunesima strada, Penn la strinse a sé e le indicò un sentiero appartato, nascosto dagli arbusti.

"Vedi? Eccolo lì." Le disse, indicandolo con il dito.

Mentre si avvicinavano al parco giochi, un sentiero comparve dal nulla. Conduceva a una ripida scalinata di pietra, che si snodava su per una collina fino a una radura circondata da una bassa parete rocciosa.

Una volta in cima, Penn decise di andare a destra. Non indossando le scarpe adatte, Miranda ci mise un po' di tempo. Proseguirono verso delle panchine di legno e un gruppo di tre gradini di pietra. Salirono, superando degli arbusti bassi, verso una piccola radura erbosa, circondata su tre lati da cespugli e leggermente schermata dall'altro lato da un muretto basso.

Penn prese la coperta e la aprì, stendendola sull'erba.

"Venivi qui con Buddy?"

"Portavo qualche biscottino per lui e mi distendevo, usandolo come cuscino. Oppure mi sdraiavo accanto a lui a leggere. Era un posto tranquillo e lontano da Alf, Maggie, John e chiunque altro volesse dirmi cosa fare. Avevo sedici anni ed ero ribelle e testardo."

"E magari anche un po' solo?" Gli chiese dolcemente.

"Magari." Penn si lasciò cadere sul plaid di pile. "Sto morendo di fame. Che cosa c'è nel tuo cesto magico?"

"Pollo fritto, per gentile concessione di mia madre. La mia ricetta segreta dell'insalata di patate, insalata di asparagi, baguette e fragole." Mentre Miranda enunciava il cibo, lo stomaco di Penn iniziò a brontolare. Miranda tirò fuori i piatti di carta, i tovaglioli e i contenitori di cibo.

"Che cosa preferisci... il petto?" Gli chiese Miranda innocentemente.

"Stiamo parlando del pollo o di te?" Penn si mise a ridacchiare, abbassando lo sguardo sul petto di Miranda.

"Penn! Poi magari una coscia?" Man mano che Penn continuava a menzionare varie parti del corpo, il viso di Miranda arrossiva sempre di più.

"Non credo che tu abbia quello che voglio in quel contenitore."

Confusa, Miranda glielo porse. "Serviti pure."

Penn ne prese un pezzo e lo mise sul piatto. "Ti imbarazzi facilmente." Penn prese il pollo succulento e gli diede un morso.

"La tua è un'idea fissa," sbottò Miranda, mettendo su un piatto l'insalata di patate.

"Non posso resistere. È troppo facile farti irritare. Questo pollo è stupendo."

"Mia madre è un'ottima cuoca."

"Ha fatto questo per me?" Penn diede un altro morso al pollo.

"Mi ha detto 'Mister Sup...'" Iniziò a dire Miranda, arrossendo violentemente mentre stava per rivelargli il soprannome che gli avevano dato.

"Mister cosa?"

Miranda rimase in silenzio, dando un morso a una coscia di pollo.

"Mister cosa? Tua madre mi ha dato un soprannome? Andiamo. Dimmelo."

Miranda si concentrò sul cibo. Si mise in bocca una forchettata di insalata di patate per non parlare, ma non riuscì a evitare di arrossire.

"Spara. Qual è?"

Miranda scosse la testa.

"Andiamo. Non può essere così orribile. Mi hanno dato un sacco di soprannomi."

Miranda rimase in silenzio, guardando il cielo. Penn le afferrò gli avambracci e la spinse delicatamente sulla coperta, tenendola ferma e appoggiandosi su di lei, a pochi centimetri dal suo viso.

"Dimmelo!" Esclamò Penn, con gli occhi che gli brillavano mentre sorrideva.

"Mister Superfigo," sussurrò lei, arrossendo ulteriormente sulle guance.

Penn scoppiò a ridere, lasciandole le braccia e lasciandosi cadere di nuovo sul plaid. "Pensi che io sia figo?" Le chiese dopo aver ripreso fiato, con la bocca incurvata in un sorriso scaltro.

"Forse," mormorò lei, distogliendo lo sguardo da Penn.

Penn le mise le dita sotto il mento e le sollevò il viso verso il suo. "Anch'io penso che tu sia molto sexy," le disse Penn dolcemente, appoggiando le labbra sulle sue.

Dopo un rapido bacio, Miranda si allontanò, evitando lo sguardo di Penn. Rimase seduta senza i sandali ai piedi, con le gambe incrociate sulla coperta. Quando finalmente lo guardò, notò il suo sguardo di approvazione, mescolata a un tocco di lussuria.

"Che cosa c'è lì dentro?" Penn indicò la valigetta di Miranda prima di tornare a concentrarsi sul piatto.

"Ho portato alcune nuove pagine che ho scritto per la commedia. Darò tutto a Geoffrey quando le revisioni saranno finite. Ti va di darci un'occhiata insieme a me?"

Penn annuì, asciugandosi la bocca con un tovagliolo e bevendo un sorso di vino. Miranda aprì la valigetta e tirò fuori dieci fogli di carta. Una busta cadde dal mucchio di pagine. Mentre Miranda rimetteva in ordine i fogli, Penn raccolse la busta bianca. C'era scritto "rispedire al mittente" accanto al nome del destinatario, Joe Collier.

"Che cos'è questa?" le chiese, con un tono di voce acuto.

Miranda gliela prese dalle mani e guardò la parte anteriore della busta. "Una lettera per Joe che è tornata indietro," rispose Miranda, senza troppi giri di parole.

"Scrivi ancora al tuo ex fidanzato?" Penn aggrottò la fronte.

"Questa è tornata indietro. Deve essersi trasferito. L'ho scritta un mese fa."

Il viso di Penn si oscurò. "Mi avevi detto di aver rotto con lui."

"È così. Questa non significa nulla. Eravamo amici."

"Amici? Non conosco nessuno che riesca a restare amico di una ragazza che l'ha scaricato. Come stanno davvero le cose, Miranda?" Le chiese con un'espressione sospettosa.

"Joe non significa più niente per me... tu sei... Joe è..." balbettò Miranda. La rabbia inespressa di Penn la rendeva nervosa.

"Joe è cosa?" Insistette Penn.

"Inesistente," sottolineò Miranda.

"Non sembra così."

"Lo è. Tu sei... tu sei..." disse Miranda, cercando di controllare i nervi.

"Qui? Io sono qui? E Joe è lì?" Quando Penn completò la sua frase, Miranda aggrottò la fronte.

"Ti prego, Penn, non renderlo qualcosa che non è. È evidente che Joe non è interessato. Si è trasferito e non mi ha nemmeno dato il suo nuovo indirizzo."

"A me non piace arrivare secondo, Miranda, io voglio vincere. Ho bisogno di essere l'unico, altrimenti non gioco nemmeno."

Miranda allungò una mano per accarezzargli la guancia. Penn si allontanò. Miranda gli si avvicinò.

"Sono rimasta in contatto con Joe per un motivo. Ho pensato che, se mia madre fosse morta, avrei accettato la sua offerta di matrimonio e di una vita itinerante, viaggiando da uno scavo all'altro. Avrei messo da parte la mia carriera di scrittrice e avrei seguito Joe. Poi, però, ti ho conosciuto. Da quel momento, è cambiato tutto. La storia di Joe. Sei tu l'unico per me." Miranda abbassò lo sguardo.

"E lui?"

"Guarda il timbro postale. Ho spedito questa lettera più di un mese fa. Non gli ho più scritto, da quando ti conosco. Te l'ho già detto: sei tu l'unico per me." I loro sguardi si incrociarono.

Penn le mise una mano dietro la testa e la tirò verso di sé per darle un bacio animalesco. "Sei mia," mormorò Penn, prendendole la bocca per un secondo bacio.

Miranda si sporse verso di lui, toccandogli le spalle. Penn allungò una mano dietro di lei e le sciolse la sciarpa. Poi, tirò la fascia che le legava la coda di cavallo, sciogliendole i capelli per farglieli ricadere dolcemente sulle spalle. Penn ridusse la pressione sulla bocca di Miranda, mordicchiandole il labbro inferiore.

"Mi piacciono sciolti. Così posso toccarli."

Affascinata, Miranda si avvicinò di più a lui. Penn le prese la vita mentre l'altra mano si perdeva tra i suoi folti capelli. La strinse a sé per un bacio appassionato, ma delicato. Miranda si leccò il labbro inferiore e lo fissò negli occhi. Penn non stava sorridendo. Miranda indietreggiò, prese la lettera e la strappò a metà, poi di nuovo a metà, senza mai distogliere lo sguardo dal suo.

"Sei tu l'unico per me," gli sussurrò, in cerca di una risposta.

"Sei tu l'unica per *me*." Penn le spostò i capelli dalla fronte.

Miranda gli mise le braccia intorno alla vita e gli appoggiò la guancia sul petto. Penn la strinse a sé. Miranda chiuse gli occhi, apprezzando la sicurezza del suo abbraccio. *Perché mi sento al sicuro? Penn è affidabile? Ne dubito.* Penn le diede un bacio sulla testa. Anche un'ora o due con Penn la rendevano felice.

"Anche la tua insalata di patata è bollente," le sussurrò all'orecchio.

"Una bollente insalata di patate fredda." Miranda si staccò da lui ridendo.

"Diamo un'occhiata a quelle pagine." Penn la liberò dal suo abbraccio e prese la valigetta.

Passarono l'ora successiva a leggere la sua commedia e a discuterne. Miranda recitò tutte le parti e Penn si mise a ridere in tutti i momenti giusti.

Miranda si sentiva piena di speranza. "Non ridi solo per farmi sentire meglio, vero?"

"Nessuno me l'ha mai chiesto prima d'ora."

"Sai cosa intendo dire."

"Sarebbe un atteggiamento condiscendente, Miranda. Le battute sono divertenti, credimi."

Miranda fece un sorriso di sollievo e rimise le pagine e i suoi appunti nella valigetta. Prese la lettera strappata e la buttò nel sacchetto che avevano portato per la spazzatura.

"Lo prendo io." Penn glielo tolse rapidamente dalle mani.

"Non ti fidi di me?"

Penn rimase seduto in silenzio.

"È ora del dessert." Miranda aprì il contenitore di fragole.

Ne prese una e imboccò Penn, poi diede un morso a una fragola succosa. Penn si avvicinò per leccarle via il succo dal labbro inferiore e dal mento. Le si avvicinò ulteriormente. Miranda prese una fragola. Penn le diede un morso, poi Miranda mangiò l'altra metà. Penn le asciugò le labbra con il dito e Miranda lo prese immediatamente in bocca, leccandolo e succhiandolo. Penn spalancò gli occhi vedendo il dito scomparire nella sua bocca. Quando Miranda lo lasciò, Penn la baciò.

Miranda abbassò la schiena, tirandolo giù sopra di sé. Penn le mise una mano tra i capelli mentre le sue labbra continuavano a esplorarla. La fece rotolare su un fianco e le accarezzò il viso, mentre le esplorava la bocca con la lingua. Miranda chiuse gli occhi, sentendo un brivido in tutto il corpo.

Penna le abbassò una bretella del vestito mentre le sfiorava il collo con le labbra, dandole dei piccoli baci. Le fece scivolare la mano sotto il seno, stringendovi intorno le dita, mentre indugiava con le labbra sull'incavo del collo, per poi risalire verso le labbra di Miranda.

Quando la toccò, Miranda si sentì travolta dal calore. Spostò le labbra per mordicchiargli il labbro superiore. Il desiderio cresceva dentro di lei mentre la sua mano le massaggiava la pelle.

Poi, sentirono delle risatine. Penn abbassò immediatamente la mano. Si alzò in piedi e si voltò, vedendo due bambini di circa undici anni che li fissavano. Miranda si sollevò e tirò su la bretella appena in tempo per vedere una madre arrabbiata che cercava di far allontanare i bambini.

"Prendetevi una stanza!" Sbottò la donna prima di allontanarsi.

Miranda si mise le braccia sul petto per coprirsi, rossa come un pomodoro.

"Lezione di educazione sessuale numero 101 a Central Park." Penn scoppiò a ridere. Anche Miranda si mise a ridere, ritornando del suo colorito normale.

"Ho una stanza, sai? Non è lontano, proprio dall'altra parte della strada." Penn sollevò le sopracciglia.

Miranda scosse la testa e iniziò a raccogliere i resti del loro picnic.

"Picnic finito?" Le chiese, concentrando lo sguardo sulla sua bocca. "Ottimo cibo. Posso mandare un biglietto di ringraziamento a tua madre?"

"Morirebbe, ma fallo comunque," gli disse. Penn scrisse qualcosa su un pezzo di carta e lo mise nel cestino. Miranda si alzò e si stiracchiò le gambe e le braccia. Penn la seguì. Quando si guardarono intorno, si accorsero che il parco era pieno di gente.

"Prima o poi, ci avrebbero scoperti," osservò Miranda.

Erano le quattro. Penn chiamò John per chiedergli di venire a prenderli all'ingresso della Settantasettesima Strada tra dieci minuti. Penn prese il cesto con una mano mentre teneva Miranda stretta a sé con l'altra.

"Vuoi portarti il pollo a casa?" Gli propose Miranda.

"Dallo a tua madre per cena."

"Ci resterebbe male se le riportassi qualcosa. Tienilo tu."

"Non hai bisogno di convincermi."

"Ci vediamo lunedì a colazione, come al solito?"

Miranda annuì, con gli occhi chiusi, respirando il suo profumo maschile, toccandogli il petto e riuscendo a malapena a staccarsi dal suo abbraccio.

Quando arrivò, John aprì lo sportello posteriore e Penn abbassò il braccio, permettendole di salire in macchina più facilmente. Le tenne la mano mentre tornavano a casa.

Quando Miranda entrò in casa, sua madre, riposata dopo il suo pisolino pomeridiano, era seduta al tavolo della cucina per bere un po' di caffè. "Com' è andato il picnic?"

"Bene."

"Di nuovo? Solo bene? Mi impegno a cucinare, faccio il pollo e tutto ciò che sai dire è bene?"

"Più che bene. Adesso sei contenta?"

"Su, Miranda, rendi felice una povera vecchietta."

"Ok, ok. Il pollo che hai cucinato gli è piaciuto moltissimo. Ti sei superata, mamma, era davvero stupendo. L'appuntamento è stato... assolutamente meraviglioso, favoloso. Così va meglio?"

"Più o meno. Gli è piaciuto il pollo, eh? Ha buon gusto per le donne e per il cibo." Susan sorrise.

"Ti ha anche scritto un biglietto," disse Miranda, mettendo il cestino da picnic sul tavolo.

Susan allungò una mano e lo trovò. Lo lesse e scoppiò a ridere. "Leggilo," disse lei, sollevandolo.

"Leggimelo tu, mamma, mentre svuoto il cestino." Miranda iniziò a muoversi per la cucina per mettere tutto in ordine.

"'Mamma, grazie per il pollo fritto migliore di New York e per la figlia più sexy.' Firmato: 'Mister Superfigo.'"

Ignorando l'espressione maliziosa di sua madre, Miranda prese il tabellone dello scarabeo. "Forza, mamma. Oggi vincerò io."

"Come si scrive? Figo o fico?" Le chiese Susan, con gli occhi che le brillavano.

IL QUATTRO LUGLIO ERA venerdì. A Miranda non importava di rimanere in città per tenere compagnia a sua madre, perché Penn sarebbe stato lì e avevano appuntamento per un picnic a Riverside Park per guardare i fuochi d'artificio. Il parco sarebbe stato più tranquillo, perché molte persone erano partite per le vacanze. Ci sarebbero stati un sacco di turisti, ma per lo più nel quartiere dei teatri e a Central Park, non a Riverside.

Magari, quel fine settimana, Penn e lei non sarebbero stati interrotti da nessuno.

Quel venerdì Penn la invitò a pranzo da O'Neal davanti al bacino delle barche del fiume Hudson, sulla Settantanovesima strada. Passeggiarono mano nella mano, parlando del loro programma di vedere lo spettacolo pirotecnico, che quell'anno si sarebbe tenuto sul fiume Hudson, e non sull'East River, come l'anno precedente.

Si sedettero fuori al ristorante, ordinarono dei deliziosi hamburger alla brace e guardarono le barche alla ricerca del posto migliore per gettare l'ancora e assistere ai fuochi d'artificio dopo il tramonto.

Il telefono di Penn iniziò a squillare. Mentre parlava, Miranda guardò gli yacht sull'acqua calma, che erano uno più grande dell'altro. Si chiese come fosse possederne uno. Se avesse accettato l'offerta di sei milioni e duecentomila dollari per la loro casa, forse avrebbe potuto scoprirlo. Poi scosse leggermente la testa. *Non avrebbe venduto finché sua madre sarebbe rimasta in vita.*

Quando arrivarono gli hamburger, Penn ricevette un'altra chiamata. La mise in vivavoce per poter mangiare mentre parlava.

"Ciao, amico."

"Ciao, Chip. Che succede? Sto pranzando."

"Ci vorrà solo un minuto. Il mio capo è su uno di quegli yacht nell'Hudson e vuole che vada con lui per il fine settimana e che porti un amico. Ci sono troppe ragazze a bordo. Come se potessero mai esserci troppe ragazze, eh? Ti va di venire?"

"Posso portare Miranda?" Gli chiese Penn, guardandola negli occhi. Poi appoggiò la mano sul telefono. "Vuoi venire su uno yacht con me per il fine settimana?"

"Ehi, amico, te l'ho già detto. Basta pollastrelle."

Penn coprì di nuovo l'altoparlante del telefono con la mano.

"Non posso. Cressida andrà via per il fine settimana e devo stare con mamma," gli rispose Miranda. "Ma tu va' pure. Va' a divertirti," gli disse, dandogli una pacca sul braccio. "Non voglio che rinunci a trascorrere un fine settimana su uno yacht," mentì.

"Davvero?" Penn sollevò un sopracciglio. "Non dovevamo guardare i fuochi d'artificio insieme?"

"Ci andrò con mia madre. Non fa niente." Miranda abbassò lo sguardo sul piatto. Aveva lo stomaco in subbuglio.

"Penn? Penn?" Lo chiamò Chip, continuando a parlare.

"Solo un minuto, cazzone." Penn scoprì l'altoparlante, poi lo coprì di nuovo e si rivolse a Miranda. "Sei sicura?" Penn spalancò gli occhi.

"Certo," mentì lei. Miranda sentì una fitta nel petto.

"Non portare la tua ragazza. Il mio capo ha promesso che ci saranno delle supergnocche." Penn aveva spostato la mano e la voce di Chip si sentì forte e chiara.

"Supergnocche?" Disse Miranda.

"Vieni anche tu, rendimi un eroe," disse Chip.

Miranda inspirò. Trattenne il respiro, con le lacrime che minacciavano di scenderle dagli occhi, ma determinata a non piangere a tutti i costi. Miranda guardò l'orologio. "Adesso devo andare. Ho molto da fare prima dei fuochi d'artificio." *Devo andarmene, altrimenti rischio di perdermeli.* Mise il tovagliolo accanto al mezzo hamburger che aveva lasciato.

"Ma non hai finito."

"Sono piena. Non ho più fame. Grazie."

"Ti accompagno a casa," si offrì Penn.

"Penn? Penn, ci sei ancora?" La voce di Chip si interruppe per un attimo, poi tornò a farsi sentire.

"Ti richiamo dopo." Penn si mise il telefono in tasca.

"Sono sicura che hai da fare anche tu, come preparare la valigia e cose del genere. Vado a piedi. Ho bisogno di camminare." Miranda evitò lo sguardo di Penn.

"Hai detto che avevi fretta e ora vuoi camminare? John può arrivare in cinque minuti, Miranda. Ti prego, aspetta," insistette Penn, chiamando il suo autista.

Miranda rimase seduta, volendo solo scappare, senza sapere per quanto tempo sarebbe riuscita a trattenersi. *Per fortuna che per lui era l'unica,* pensò Miranda, sbattendo le palpebre per trattenere le lacrime le lacrime, cercando di sciogliere la tensione che le stringeva il petto.

Salirono in macchina. Penn le prese la mano e Miranda dovette soffocare l'istinto di allontanare la mano dalla sua.

Quando arrivarono a destinazione, Miranda aprì lo sportello. John frenò.

"Grazie del passaggio." Miranda mise le gambe fuori dall'auto e appoggiò i piedi sul marciapiede.

Penn allungò la mano, ma Miranda la respinse. "È un problema per te?"

"Non sei di mia proprietà," sbottò lei.

Penn indietreggiò, come se Miranda gli avesse dato uno schiaffo. Aveva bisogno di andarsene in fretta, mentre le lacrime le scendevano sulle guance. Sbatté lo sportello un po' troppo forte e si mise a correre per la strada. Prima di raggiungere casa sua, si fermò e si voltò. La Bentley di Penn era sparita, insieme alla sua speranza di trovare l'amore.

Improvvisamente le spalle le diventarono troppo pesanti per reggerla. Quando iniziò a sentire un vuoto nello stomaco, si pentì di non aver finito l'hamburger. Quando la sensazione di vuoto aumentò, però, Miranda capì che non aveva niente a che fare con la fame.

Accidenti. Come ho fatto ad affezionarmi così in fretta? Perché mi importa tanto? È solo un altro ragazzo, giusto?

Miranda sospirò dal profondo del suo petto. Non aveva bisogno di prendersi in giro. Penn non era "solo un altro ragazzo." Penn era la speranza. La speranza che questa volta il vero amore non le avrebbe voltato le spalle. Le piaceva tutto di Penn. Miranda aveva creduto di essere ricambiata. Evidentemente, si sbagliava.

Una sensazione di vuoto le avvolse il cuore. *Addio, Penn.* I suoi passi rallentarono, perché si sentiva come se i suoi piedi pesassero cento chili ciascuno. Quando arrivò davanti alla casa, il terrore prese il posto della tristezza. *Come farò a dire loro ciò che è successo?* L'orgoglio le punzecchiava gli occhi mentre un milione di scuse per Penn le passava per la testa. Una breve risata triste le uscì dalla gola. Non era mai riuscita a ingannare sua madre, quindi perché provarci stavolta?

Miranda arrancò su per le scale, desiderando, con ogni cellula del suo corpo, di avere un altro posto dove andare. Il familiare abbaio dei suoi carlini portò un sorriso sulle sue labbra leggermente tremanti.

Miranda chiuse la porta alle sue spalle mentre Romeo e Giulietta attraversavano di corsa il soggiorno, abbaiando. Si chinò per accarezzarli e permise loro di leccarle il viso.

"Miranda?" La chiamò sua madre dalla cucina.

"Sì! Scusa!" Urlò lei con la voce tremante, prima di correre al piano di sopra. Alcuni secondi dopo, i carlini si misero a grattare dietro la sua porta. Quando la aprì, entrarono e saltarono sul letto.

Miranda chiuse la porta ed emise un sospiro spezzato. Abbracciò i cani, appoggiando il viso sul pelo di Romeo per attutire il suono dei suoi singhiozzi. Giulietta le leccò il viso ed emise un gemito, guardandola preoccupata, con lo sguardo carico di compassione.

"Mira?" La voce era senza fiato.

Nessuna risposta.

"Mira, sono io."

Quando la porta si aprì lentamente, Romeo e Giulietta alzarono lo sguardo dai loro giacigli. Miranda aveva gli occhi gonfi e il naso rosso e, sul comodino, c'era un mucchietto di fazzoletti usati. Susan fece diversi respiri profondi, si sedette sul letto e prese Miranda tra le braccia, scatenando una nuova ondata di pianto.

Susan le accarezzò i capelli. Non fece domande a sua figlia, limitandosi ad abbracciarla.

"Sono proprio un idiota! Sapevo che sarebbe successo di nuovo. Come ho fatto a credergli? L'unica donna per lui... come no!", esclamò Miranda, soffiandosi il naso e asciugandosi gli occhi.

"Mister Superfigo?"

Miranda annuì. "Mister Playboy."

"Mira, tesoro, mi dispiace che ti abbia ferita." Susan abbracciò di nuovo sua figlia.

"Mi ha ferita molto. Mi fidavo di lui, mi piaceva molto, lo amavo," confessò Miranda, con gli occhi chiusi e le lacrime che le scorrevano sulle guance.

Susan rimase seduta ad abbracciarla finché non si calmò. "Non verrà con noi stasera, vero?"

Miranda scosse la testa, fece un sospiro profondo e si soffiò di nuovo il naso.

"Ci divertiremo. Andiamo a cena fuori," le propose Susan.

"Abbiamo preparato tutto quel cibo, tagliato la frutta e tutto il resto. Voglio comunque fare un picnic a Riverside Park prima che inizino i fuochi d'artificio."

"Va bene, Mira. Tutto quello che vuoi, tesoro."

"Grazie, ma,'" disse Miranda, restando tra le braccia di sua madre.

Capitolo Sei

In centro, a venti isolati di distanza, Penn era nella sua stanza e stava tirando fuori i vestiti dai cassetti, mentre Chip era disteso sul letto a bere una birra.

"Yacht, birra, ragazze in bikini, wow!" Esclamò Chip, asciugandosi la fronte.

"Forse non dovrei venire." Penn scosse la testa. Si lasciò cadere sul materasso.

Chip rimbalzò e afferrò il braccio del suo amico. "Perché? Perché vai a letto con la dog-sitter?"

"È una sceneggiatrice e non andiamo a letto."

"Una ragione in più per venire. Ti ha detto lei di farlo, no?" Chip gli afferrò la spalla.

Penn si fermò e guardò la terrazza della sua camera da letto. *Miranda diceva sul serio?*

Maggie entrò nella sua stanza, portando la biancheria piegata e pulita. "John mi ha detto che andrà in barca questo fine settimana," disse, con un'espressione corrucciata.

"Con Chip," rispose Penn, frugando tra i vestiti che aveva buttato su una sedia.

"Non doveva andare a vedere i fuochi d'artificio con Miranda stasera?" Maggie inclinò la testa.

"Sì, ma Miranda mi ha detto che non sarebbe stato un problema se fossi andato con Chip."

"John mi ha detto che ci saranno delle donne sullo yacht," proseguì Maggie, incrociando le braccia sul petto.

"Sì. Non è fantastico?" Un sorriso sciocco e compiaciuto apparve sulle labbra di Chip.

"Lo è?" Chiese Maggie, alzando un sopracciglio verso Penn, con le labbra serrate.

"Sta scherzando? Guardare i fuochi d'artificio con una birra fredda in una mano e una bella ragazza nell'altra su uno yacht da un milione di dollari? È matta, signora?"

Maggie lanciò a Chip un'occhiata gelida.

"Miranda mi *ha detto* di andarci." Penn sollevò leggermente il mento.

"Davvero? E lei fa sempre quello che dice qualcun altro, vero?" Disse Maggie, fissandolo dritto negli occhi e annuendo.

"Pensa che non dovrei andarci?" Penn spalancò gli occhi. *Maggie sa qualcosa.*

"Di certo, non sono affari miei. Ma al suo posto, con una ragazza così bella innamorata di me..." Maggie scrollò le spalle e si diresse verso la porta.

Penn le appoggiò una mano sulla spalla per fermarla. "In che senso 'innamorata' di me?" Il cuore iniziò a battergli forte.

"Qualunque idiota se ne accorgerebbe. Davvero, Penn. Non sia stupido," Maggie si allontanò, liberandosi dalla sua presa.

"Miranda è innamorata di me? Gliel'ha detto lei?" Penn voleva che fosse vero.

"Per essere un ragazzo così intelligente, a volte riesce a essere piuttosto stupido," ribatté Maggie in tono scherzoso.

"Andiamo, amico. La lancia dello yacht verrà a prenderci tra mezz'ora," disse Chip. "Ragazze e birra." Chip afferrò il braccio di Penn.

"Ok, ok." Penn si liberò dalla stretta del suo amico.

Mise dei vestiti in un borsone e uscì dalla camera da letto. John lo stava aspettando alla porta d'ingresso, con uno sguardo severo.

Penn si fermò. "Pensa anche lei che non dovrei andarci, vero, John?"

"Non sono affari... Ehm, onestamente, penso di no, signor Penn. Non che siano affari miei, ma con una ragazza come la signorina Miranda, mi chiedo cosa possa cercare altrove." Gli disse John sinceramente.

"Che cosa ti importa di quello che pensano? Andiamo, Penn," disse Chip, tirando la manica di Penn. "Me l'hai promesso. Quella ragazza sarà ancora qui quando torneremo."

John scosse la testa mentre prendeva il borsone di Penn. "Rovinerà di nuovo tutto, vero? Se solo ci avessi scommesso stavolta!"

"Che cosa intende dire?" Gli chiese Penn, con un tono di voce ostile.

"Che lei fa sempre così. Conosce una brava ragazza, poi fai qualcosa di totalmente stupido e la perde. E adesso ci risiamo."

"Io non voglio perdere Miranda."

"Davvero? A me sembra il contrario. Sembra che lei stia facendo di tutto per perderla il più velocemente possibile." John si diresse verso la porta.

"Perché mai dovrei farlo?"

"Vorrei tanto saperlo." John seguì i ragazzi nella sala. "Mi perdoni per aver detto ciò che penso, signor Penn."

"Io voglio sempre la verità."

"Bene, perché io dico sempre la verità."

"Lei è geloso," disse Chip.

"Se conoscesse mia moglie, capirebbe quanto è stupida la sua affermazione," sospirò John.

"Che cosa intende dire?" Gli chiese Chip.

"Che mia moglie è una su un milione. Non fanno più donne come lei. Tranne, forse, la signorina Miranda."

I tre uomini salirono in ascensore e scesero in silenzio. Penn guardò John e pensò a ciò che gli aveva detto. Era difficile pensare con Chip che gli parlava di alcolici e sesso all'orecchio. John aprì lo sportello ai due giovani amici e si mise al volante, guidando la macchina nel traffico.

MIRANDA MISE NEL CESTINO le crudités, la frutta tagliata, il brie e il formaggio Boursin in un sacchetto separato e poi lo ripose nel bauletto del motorino di sua madre. Prese una baguette e un paio di bottiglie d'acqua e le sistemò nel cestino.

Susan guidava lentamente mentre Miranda camminava accanto a lei e si dirigevano verso Riverside Park per il loro picnic e lo spettacolo pirotecnico che facevano ogni 4 luglio. Gli occhiali da sole coprivano gli occhi gonfi di Miranda, mentre un grazioso prendisole color albicocca a fiorellini gialli e bianchi delineava la sua figura. Aveva i capelli sciolti e indossava dei sandali.

Susan non riusciva a camminare a lungo, quindi utilizzava il motorino per spostarsi. In questo modo, non era obbligata a stare sempre in casa. Miranda pensava che sua madre fosse buffa a guidare quel piccolo aggeggio sul marciapiede, manovrandolo intorno alla gente e ai passeggini come una professionista.

La giornata era soleggiata e calda, ma non insopportabile. Alle sette meno un quarto, quando arrivarono al parco, c'era ancora il sole. Era presto. I fuochi d'artificio non sarebbero iniziati prima delle nove, ma Miranda era stanca di correre e voleva prendersi il suo tempo per arrivare al parco, preparare tutto e cenare.

Ci misero quindici minuti per trovare il posto perfetto. Dopo che Susan parcheggiò, Miranda stese la coperta e prese il cestino. Si sedettero e iniziarono a sgranocchiare le verdure, guardando il fiume Hudson.

L'appetito di Miranda scomparve quando vide diversi yacht sul fiume, in attesa dello spettacolo pirotecnico. *Su quale si trova Penn?* Lo immaginò circondato da donne con dei seni enormi e bikini minuscoli, che lo servivano e lo riverivano. Quell'idea le fece stringere lo stomaco e intristire il cuore.

"Stai pensando a Mister Superfigo?" Le chiese Susan.

Miranda annuì brevemente.

"Prenditi del tempo, Miranda. Se lo ami veramente, come sembra, abbi fede. Non escluderlo ancora."

"Vedremo, ma." Miranda tirò fuori la macedonia.

"Guarda tutte le barche. Stare su una di quelle con un bicchiere di champagne e la tua bella macedonia di frutta sarebbe il paradiso," disse Susan, cercando di tirare su Miranda.

Miranda scoppiò in lacrime.

Susan aggrottò la fronte. Aveva detto la cosa sbagliata. "Voglio fare un sonnellino. Ti va di leggere?"

Miranda tirò fuori un piccolo cuscino dal bauletto del motorino e lo porse a sua madre. Entrambe le donne si sdraiarono. Non riuscendo a concentrarsi, Miranda mise via il libro e chiuse gli occhi. L'odore dell'erba appena tagliata le ricordava il suo picnic a Central Park con Penn. Si ricordò la loro conversazione e la loro intimità, sdraiati sulla coperta mentre si baciavano, prima che arrivassero quei bambini, e sorrise a quel pensiero mentre si abbandonava al sonno.

Alle sette e mezza, il parco si era riempito di persone. Miranda e sua madre stavano dormendo l'una accanto all'altra, quando percepì vagamente un uomo che si sdraiava sulla coperta accanto a lei e la abbracciava. Le sussurrò all'orecchio. Miranda sorrise e si voltò, poi si svegliò di scatto e si alzò rapidamente.

"Eri carina mentre dormivi." Penn sollevò la schiena, raccolse un filo d'erba e glielo passò lungo il braccio nudo.

"Che cosa ci fai qui?"

"Bella accoglienza per un ragazzo che ha rinunciato a una serata a base di birra e donne per stare con la sua ragazza." Penn si strinse il lato sinistro del petto, fingendosi ferito.

"Che cosa è successo?" Miranda socchiuse gli occhi.

"Ho cambiato idea. Ho deciso di stare con te."

Miranda gli gettò le braccia intorno al collo e lo baciò, chiudendo gli occhi e stringendolo sempre più forte.

"La donna che mi sta fissando è tua madre?" Sussurrò Penn, alzando un sopracciglio.

Miranda si voltò e vide lo sguardo di sua madre. "Ma, questo è Mister...Penn, mamma, questo è Penn," balbettò Miranda.

"È un piacere, signora Bradford," la salutò Penn, porgendole la mano. Susan sembrava insicura. Lo guardò accennando un sorriso, ma gli strinse la mano.

"È stato un inferno trovarti in mezzo alla folla. Ti cercavo da un'ora."

"Perché non mi hai chiamata?"

"L'ho fatto. Il tuo telefono deve essere spento."

Miranda tirò fuori il cellulare e trovò sette chiamate perse da parte di Penn. Sorrise, felice che Penn l'avesse preferita alla serata sullo yacht con tante belle ragazze e alcolici gratis.

"Chip è andato da solo?"

"Alcolici gratis e donne disponibili. Nemmeno un branco di elefanti selvatici riuscirebbe a tenerlo lontano da quello yacht." Penn scoppiò a ridere.

"Sono contenta che tu sia qui."

"Anch'io."

"Se continuate con queste smancerie, mi verrà da vomitare," disse Susan, alzandosi in piedi.

"Dovremmo cercare un posto dove stare in piedi. I fuochi d'artificio inizieranno presto."

"Vado a cercare un posto, così tu e tua madre potrete raggiungermi."

"Magnifico. Grazie."

Penn trovò un buon posto mentre la notte scendeva sulla folla. Miranda e sua madre, a bordo del suo piccolo scooter, lo raggiunsero. Penn stava in piedi dietro Miranda, con le braccia strette intorno ai suoi fianchi e il mento appoggiato sulla sua testa. "Tu sei l'unico spettacolo pirotecnico di cui ho bisogno," le sussurrò.

Dopo la spettacolare esibizione, Penn, Miranda e Susan si fecero strada tra la folla.

Susan ricevette una chiamata da Cress. "Tua sorella ha litigato con il ragazzo con cui è uscita. Sta tornando a casa. Perché voi due non uscite?"

"Vieni a casa mia," le disse Penn.

"Sei sicura, mamma?"

Susan tirò il braccio di sua figlia per sussurrarle qualcosa all'orecchio. "Passa la notte con lui. Io starò bene." Miranda si mise a ridere, felice che il buio nascondesse il rossore delle sue guance.

Aspettarono all'angolo, rinfrescati dalla piacevole brezza di quella serata estiva. Poco dopo, Cressida arrivò tutta agitata, gesticolando e parlando a voce alta.

Miranda prese le braccia di sua sorella. "Cress. Accompagna la mamma a casa."

"Chi è lui, Mira?" Cressida lo squadrò dalla testa ai piedi.

"Cressida, ti presento Penn. Penn, Cressida."

"Tu sei Mister Superfigo? Wow. Niente male."

"Chiudi la bocca, Cress. Penn e io vogliamo uscire. Tornerò tardi. Non aspettarmi sveglia."

"Non lo farò." Metre tornava a casa con Susan, Cress fece una risata grave e gutturale.

PENN RIEMPÌ DUE BICCHIERI di vino. Portarono i drink sulla piccola terrazza della sua camera da letto. John e Maggie erano usciti, o forse erano andati a letto. L'appartamento era buio e silenzioso. Penn appoggiò il bicchiere sul tavolino e accese alcune candele. Si sedette su una sedia e fece a Miranda cenno di sedersi sulle sue ginocchia. Miranda bevve un sorso, poi appoggiò il bicchiere accanto a quello di Penn e si sedette sulle sue cosce.

Il bagliore di una mezza dozzina di piccole candele illuminava la terrazza abbastanza da permettere loro di vedersi. Penn la strinse tra le braccia. La baciò leggermente, poi approfondì il bacio mentre Miranda gli stringeva le braccia intorno al collo. Le passò la mano tra ii capelli, lasciandole una scia di calore tra le labbra e il collo mentre Miranda reclinava la testa all'indietro per facilitargli l'accesso. Penn le appoggiò le dita sulla spalla, abbassandole la bretella del vestito e accarezzandole il seno.

No, no, non qui. Non riesco a fermarmi. Non voglio fermarmi. Miranda gli allontanò la mano e si alzò. "Troppo esposto," sussurrò lei, conducendolo in camera da letto, dove mise una candela sul comodino.

"Sei sicura?" Penn spalancò gli occhi.

"Senza alcun dubbio." Miranda si tolse le scarpe. Penn le prese la mano e la spinse sul letto, poi si distese accanto a lei. "Se cominciamo, non voglio fermarmi."

"Nemmeno io."

Penn si appoggiò sui gomiti, guardandola. Miranda gli fece scivolare le mani sul petto. Voltandosi su un fianco, Penn la strinse a sé, mentre la passione si accendeva tra di loro. Penn le divorò la bocca. Miranda gli tirò la maglietta, tirandola fuori dai pantaloncini e sollevandola. Penn si staccò da lei, se la tolse dalla testa e la lasciò cadere sul pavimento.

Miranda trattenne il fiato alla vista del suo petto muscoloso, leggermente coperto da sottili peli neri. Vederlo a torso nudo giorno dopo giorno aveva solo alimentato il suo desiderio di toccarlo. Miranda gli passò le mani sui pettorali prima di appoggiargliele sulle spalle. Il contatto con la sua pelle e i suoi muscoli le fece ribollire il sangue nelle vene fino al bacino.

Penn allungò una mano dietro di lei, le tirò giù la cerniera del vestito e le abbassò le bretelline sulle spalle. Miranda si sollevò e il vestito le scivolò giù fino ai fianchi. Il suo seno florido era baciato dalla luce soffusa della candela.

"Wow. Non lo sapevo. Pensavo..." balbettò Penn, fissandole il seno, sbalordito dal suo corpo quasi nudo.

"Cosa?"

"Che indossassi il reggiseno. Sei bella, anzi bellissima."

Miranda si alzò in piedi, lasciando che il vestito scivolasse sul pavimento. Penn spalancò gli occhi quando vide che Miranda indossava solo un paio di mutandine di pizzo bianco. Penn esaminò lentamente il corpo di Miranda. Il suo sguardo la scaldava come una soffice coperta.

"Stupenda." Penn le si avvicinò, stringendole il seno con le mani. "Lo sapevo. È perfetto per le mie mani."

Miranda gli appoggiò le mani sulla vita, spingendo i fianchi verso di lui. Le baciò la spalla, poi la rispinse sul letto. Lasciò cadere i pantaloncini e i boxer e si sdraiò accanto a lei. Le strinse di nuovo le dita intorno al seno florido, poi spostò le labbra verso il basso, cercando il suo capezzolo al buio. Quando lo trovò, Miranda emise un gemito e chiuse gli occhi.

Penn si appoggiò sui gomiti e sollevò la testa. La candela brillava, ombreggiando il suo bel viso. La sua bocca sensuale attirò lo sguardo di Miranda. Penn era irresistibile.

"Miranda, ti voglio," mormorò, abbassando le palpebre mentre le loro labbra si ritrovavano e le loro lingue iniziavano a danzare.

Miranda gli passò le mani tra i capelli mentre sollevava una gamba sulla sua, facendo scivolare lentamente il piede nudo lungo il suo polpaccio. Penn le accarezzò con il pollice il capezzolo inturgidito, poi la sua mano scivolò verso il basso per afferrarle il sedere, stringendo la sua carne soda e tirandola verso di sé, per farle sentire la sua eccitazione.

Miranda gli passò le mani sugli addominali, sul petto e sulle spalle, apprezzando la sua forza e la sua mascolinità. Penn la baciò, facendole accumulare la passione tra le cosce mentre le accarezzava il seno con le mani. Il calore iniziò a scorrerle nelle vene. Lo desiderava tanto da non riuscire più a resistere.

Il suo tocco era bollente e delizioso, mentre le sue dita lasciavano il posto alla sua bocca gentile sul suo seno, facendola eccitare e rendendola impaziente di spingersi oltre. La tirò verso il suo pene, che era già pronto. Miranda spinse i fianchi verso di lui, facendolo gemere. Penn le baciò gli addominali, facendo scivolare le mani sulla sua pelle liscia.

Agganciando un dito a ciascun lato delle sue mutandine di pizzo, gliele tolse con tale veemenza da farle volare attraverso la stanza. Miranda ridacchiò, coprendosi con le mani, mentre Penn la fissava.

"Basta. Lasciami guardare." Le fece abbassare le braccia lungo i fianchi. "Dio, sei un'opera d'arte." Penn le appoggiò le labbra sull'addome e continuò a baciarla sempre più in basso, aprendole le gambe. Iniziò a baciarle l'interno delle cosce, facendola impazzire. Il desiderio di essere presa da lui aumentava, creando un'intensa pressione dentro di lei. Aveva bisogno di lui.

"Fallo." Miranda inarcò la schiena, spingendo i fianchi verso di lui.

Penn scoppiò a ridere. "Non finché non sarai pronta."

"Lo sono, lo sono," lo supplicò lei, tirandogli il braccio.

"Capisco quando una donna è pronta. Non ancora." Fece scivolare la mano sulla sua pancia soda e si abbassò tra le sue gambe. Miranda emise un gemito mentre Penn esplorava la sua vagina bagnata, prima con le dita e poi con la lingua. Miranda reclinò la testa all'indietro ed emise un forte gemito. Quando Penn si sollevò, Miranda gli strinse le dita intorno al pene in erezione. Era duro come il cemento.

"Cazzo," mormorò Miranda, mentre muoveva la mano su e giù.

"Wow. No, no, fermati." Penn le allontanò la mano e riprese la sua seduzione.

"Ti prego, Penn. Sto per venire."

"Allora fallo," ridacchiò lui, facendo scivolare un altro dito dentro di lei. Miranda contrasse i muscoli e la pressione esplose dentro di lei, scivolandole addosso come lava calda. Miranda gemette il suo nome mentre il piacere le attraversava il corpo fino alle dita dei piedi. Quando riaprì gli occhi, vide Penn che la fissava, con lo sguardo carico di desiderio.

"Sei protetta?" Le chiese, con voce rauca. Miranda scosse la testa. Penn allungò una mano nel cassetto del comodino e tirò fuori una bustina di alluminio. La aprì con i denti e indossò il preservativo. "Adesso tocca a me," disse lui, mettendosi sopra di lei.

Miranda sollevò la gamba e gliela strinse intorno alla vita. Prima di entrare dentro di lei, Penn si mosse su e giù per un po' sulla sua pelle scivolosa. Gemettero insieme mentre entrava dentro di lei.

"Oh, mio Dio, Miranda." Abbassò le labbra sulle sue per darle un rapido bacio. Miranda sollevò il ginocchio verso il petto e Penn spinse fino in fondo. Dopo una spinta, si fermò, scrutandole il viso con un'espressione calorosa.

Lo amo. Sono passate solo poche settimane, ma lo amo. Cazzo. È così sexy e dolce.

"Tutto bene?" Le chiese.

Miranda annuì e Penn ricominciò a spingere dentro e fuori di lei. Iniziò lentamente, mantenendo il contatto visivo con lei mentre muoveva i fianchi. Quando Miranda gli accarezzò la guancia, Penn si voltò per baciarle la mano.

Miranda gli passò una mano sulla spalla e lungo la schiena. Le contrazioni dei suoi muscoli, che lo sostenevano mentre spingeva dentro di lei, la facevano eccitare. Il sangue le diventava sempre più caldo. Il suo sguardo di desiderio mescolato ad amore la fece iniziare ad ansimare. Miranda chiuse gli occhi per evitare l'intensità del suo sguardo.

"Non escludermi. Guardami."

Miranda aprì gli occhi, lasciando trasparire i suoi veri sentimenti. La pressione si accumulava dentro di lei mentre Penn accelerava il ritmo. Non perdendo mai il contatto visivo, Penn spinse dentro di lei. Il sudore cominciò a scendergli sulla fronte. Miranda gli afferrò le spalle.

Dei lievi gemiti gli sfuggirono dalla bocca mentre la guardava. Con le dita, Miranda gli spostò i capelli lucidi che gli ricadevano sulla fronte. La baciò di nuovo. La tensione si accumulava dentro di lei, facendola respirare rapidamente. Penn emise un gemito e abbassò la testa per appoggiarle il viso sulla spalla.

Non appena le labbra di Penn toccarono la sua pelle sensibile, un orgasmo le fece tremare tutto il corpo. Non aveva mai provato una sensazione simile prima d'allora. I fianchi le si muovevano da soli e Miranda urlò il suo nome. Passando le unghie sul sottile strato di sudore sulla schiena di Penn, Miranda inspirò. Mentre sollevava la testa, Penn emise una risatina grave.

Un sorriso spavaldo gli comparve sulle labbra e gli brillavano gli occhi. Dopo un paio di forti spinte e un gemito, che Penn attutì sul collo di Miranda, chiuse gli occhi, abbandonandosi all'orgasmo. Rimasero fermi per qualche istante, aspettando di tornare a respirare normalmente. Poi, si abbassò per appoggiarsi leggermente su di lei. Si mise a giocherellare con i capelli di Miranda. Miranda gli accarezzò la nuca e le spalle prima che Penn alzasse lo sguardo.

"Sei una donna fantastica."

Miranda sorrise, spostando le ciocche indisciplinate che continuavano a cadergli sulla fronte. "E tu sei un uomo fantastico."

Penn le sfiorò le labbra con le sue. Miranda gli strinse le dita intorno al collo per tenergli la bocca ferma. Approfondendo il bacio, Miranda gli diede tutto il suo cuore. Premendo il petto su di lei, i peli le solleticavano il seno.

"Resta qui." Penn cercò il suo sguardo. Miranda si chiese cosa stesse cercando e se l'avesse trovato nei suoi occhi. Poi fece un cenno con la testa. Penn si sollevò sulle mani e si diresse verso il bagno. Miranda sentiva già la mancanza del suo corpo, resa più evidente dal flusso di aria fresca che aveva preso il posto del suo calore.

Vorrei poter restare qui tutte le notti. Fare l'amore con lui tutte le sere. Non essere avida. Sii felice di quello che hai. Miranda sorrise alla propria raccomandazione. La felicità la travolse all'idea di passare la notte da lui.

Penn tornò da lei e la abbracciò. Miranda si rannicchiò tra le sue braccia.

"Devi portare a spasso i cani domani?"

"Cress si sta prendendo cura dei carlini ed è il fine settimana. Di solito non porto gli altri cani a spasso il sabato e la domenica."

"Quindi possiamo dormire fino a tardi?"

Miranda annuì.

"Fantastico," disse Penn, accarezzandole i capelli.

Tirò su il lenzuolo per coprirla e sospirò. Miranda si voltò su un fianco e Penn la abbracciò. Il calore della sua pelle contribuì a ridurre il freddo dell'aria condizionata. Le strinse le braccia intorno, appoggiandole una mano sul seno. La sonnolenza si insinuava dentro di lei, tenuta a bada dalle carezze di Penn.

"Scusa. Non riesco a convincere la mia mano che è ora di dormire," le sussurrò sul collo.

"Mi piace."

Penn spostò le ginocchia dietro quelle di Miranda. Miranda fece un respiro profondo e chiuse gli occhi, con la soddisfazione che le scorreva nelle vene. Penn alla fine rimase immobile e Miranda si allontanò.

Alle due, una mano calda sulla pelle nuda svegliò Miranda. Aprì gli occhi e aspettò che si adattassero al buio. La fioca luce della luna attraversava le tende trasparenti. Momentaneamente disorientata, sentire Penn gemere nel sonno le ricordò dove si trovava. Le passò la mano prima sulla parte bassa della schiena e poi sull'addome mentre si voltava verso di lui. Miranda gli toccò il petto, passandogli le dita tra i peli scuri. Penn si stiracchiò leggermente e aprì gli occhi.

Allungò la mano e le appoggiò le dita sul capezzolo. Lo pizzicò delicatamente, poi le strinse il seno. "Bellissimo," mormorò, con la voce assonnata.

Miranda gli passò la mano sugli addominali, scendendo fino al pene. Era parzialmente in erezione. "Wow," disse lei, prima di riuscire a trattenersi. Penn si avvicinò a lei, appoggiandole le labbra sul collo.

"Mi fai eccitare. Come la prima volta che ti ho vista."

"I ragazzi si eccitano facilmente."

"Sei stata proprio tu a farlo succedere. Lo giuro." Nel frattempo, Penn le aveva messo entrambe le mani sul seno e il suo pene, totalmente eretto, le sfiorava la pancia.

"Scommetto che lo dici a tutte le ragazze," disse Miranda, scherzando solo parzialmente.

"Solo a quelle che si chiamano Miranda Bradford." Disse, stringendole la schiena e poi spostandole una mano lungo la coscia. Miranda aprì le gambe e Penn colse l'occasione per metterci le dita in mezzo. Miranda inspirò profondamente mentre Penn entrava in contatto con la sua carne calda. "Sei bollente qui sotto."

"Beh. Di solito lo sono quando sto a letto con un bell' uomo nudo."

"Oh? Ti succede spesso?"

"Non abbastanza spesso con questo bell'uomo nudo," sussurrò lei, appoggiandogli le labbra sulla mascella e risalendo lentamente. Penn allungò una mano verso il cassetto e indossò rapidamente un preservativo. La spinse sul materasso e si mise sopra di lei. Dopo averle sollevato le ginocchia, entrò dentro di lei e iniziò a spingere.

Inarcando la schiena, Miranda spinse il seno verso il suo petto. I suoi peli la solleticavano, facendole indurire i capezzoli e bloccandole il respiro in gola. Penn le prese le spalle e le mise il viso tra i capelli mentre entrava dentro di lei.

"Ti voglio, Mira. Dio, quanto ti voglio."

"Sono tua, Penn."

"Voglio tutto di te: corpo, cuore e anima."

Miranda non riusciva a capire del tutto ciò che le stava dicendo. La passione e il desiderio sessuale le allontanavano tutti i pensieri dalla testa mentre si muoveva insieme a lui. Lo voleva quanto Penn voleva lei. Miranda iniziò a tremare quando un orgasmo la travolse come uno tsunami. Appoggiandogli le labbra sul collo, Miranda soffocò le sue urla per evitare di svegliare John e Maggie. Subito dopo, anche Penn ebbe un orgasmo. Penn rimase fermo ad ansimare, reggendo il proprio peso.

"Mi ami, Miranda?"

"Cosa?"

"Maggie mi ha detto che mi ami. È vero?"

Ogni grammo di lei voleva mentirgli, ma non ci riuscì. "Sì. So che è successo tutto troppo in fretta, ma è così."

Penn ridacchiò prima di rispondere: "Ti amo anch'io."

La gioia le riempì cuore. "Meraviglioso." Penn corse in bagno, poi, quando tornò, la strinse a sé. Stretta tra le sue braccia, un senso di sicurezza, come se fosse protetta da uno spesso muro di pietra, si insinuò in lei, permettendo al sonno di travolgerla.

Abituata ad alzarsi presto, alle sette Miranda aprì gli occhi alla fioca luce del sole. Penn emise un gemito e si girò. *Sono le sette! Aspetta. Non devo alzarmi.* Miranda sorrise e si avvicinò a lui. Penn aveva la schiena liscia e calda. Gli passò la mano sui muscoli, facendo una leggera pressione con la punta delle dita. Poi proseguì con le labbra, baciandolo lungo la spina dorsale. Gli strinse il sedere, provocando la sua reazione.

"Sono le sette, donna. Dormire fino a tardi, ricordi?"

"Questo *è* dormire fino a tardi per me." Quando gli passò una mano intorno al fianco e la portò davanti, il corpo di Penn ebbe un sussulto.

"Non è giusto!"

"Ci sono molti modi per svegliarsi." Gli strinse le dita intorno al pene e fece scivolare la mano verso il basso.

"Così è meglio della sveglia." Si distese sulla schiena e se la tirò al petto. Strofinandosi gli occhi grigi per il sonno, le sorrise.

"Sei sveglio."

"Una parte di me lo è di certo. Sei bellissima al mattino."

Miranda si sentì arrossire in volto. Si era dimenticata di non essere presentabile.

Penn la esaminò con lo sguardo, sorridendo. "Niente di meglio che svegliarsi con una bella donna nuda. Cazzo. Con te la sveglia non serve, mia signora."

"Grazie, mio signore. Avevi in mente qualche esercizio mattutino per un buon risveglio?" Miranda gli lanciò il suo sguardo più malizioso.

"Sì, a dire il vero."

La fece voltare sullo stomaco. Miranda sollevò il sedere. Penn indossò il preservativo, si mise in ginocchio e le strinse i fianchi con le mani. Miranda aprì le gambe e si appoggiò sugli avambracci. Penn entrò dentro lei. Miranda soffocò le sue grida sul cuscino mentre Penn faceva l'amore con lei. Quando fu il suo turno di raggiungere l'orgasmo, Penn soffocò il piacere tra i suoi folti capelli.

Dopo aver fatto la doccia insieme, che si concluse di nuovo con l'orgasmo di entrambi, si vestirono e andarono a sorseggiare un caffè sulla terrazza. Maggie sorrise, con gli occhi scintillanti, quando mise sul tavolo i piatti con bacon e uova. Spostò lo sguardo dall'uno all'altra, poi li riguardò. La coppia soddisfatta e sorridente, però, non disse una parola. Gli sguardi teneri e amorevoli che si scambiavano facevano capire tutto.

Dopo il primo boccone di uova, il telefono di Miranda si mise a squillare. Era sua madre. "Ciao, mamma. Come stai?"

"Bene, tesoro. Ho completamente dimenticato di dirti che ha chiamato Dewey Mason. Dobbiamo vederci con l'avvocato del mostro oggi a mezzogiorno. A proposito di un accordo. Penso che sia solo un altro trucco per convincerci a vendere."

"Penso che tu non debba andarci, mamma. Ci andrò io. Dewey sarà lì con me. Me la caverò."

"Mi dispiace non venire con te, ma non me la sento di affrontare questa battaglia."

"Hai dormito bene?" Miranda aggrottò la fronte.

"Sì. Mi sono svegliata solo due volte."

Miranda aggrottò la fronte. "Avrei dovuto restare con te," disse, pensando ad alta voce.

"Perché? Che cosa avresti potuto fare? Tu ti sei divertita e io sono felice di non averti messo i bastoni tra le ruote... un'altra volta."

"Smettila, mamma. Non mi dispiace prendermi cura di te."

"Ma dispiace a me. Mi dispiace che tu debba rinunciare ai tuoi programmi. Magari, però, tu e Mister Superfigo potrete rivedervi dopo quello stupido appuntamento dall'avvocato."

"Forse. Grazie, mamma. A tra poco." Miranda mise giù il cellulare.

"Devi già andartene?" Penn sollevò un sopracciglio.

"Devo incontrare il mio avvocato a mezzogiorno."

"Sono solo le dieci. Rimani. Mangia." Penn le prese la mano.

"Lo farò." Prese un pezzo di bacon e lo diede a Penn.

"Dicevi sul serio ieri sera?" Anche se erano soli, Penn abbassò la voce.

"Cosa?"

"Lo sai. Riguardo al fatto di essere... innamorato?" Penn arrossì, rendendo il suo bel viso ancora più bello.

Miranda avrebbe potuto baciarlo. Lo fece. "Certo. Io dico la verità. Tu?" Un dubbio le si insinuò nel cuore per un momento.

"Anch'io. Conoscerti è stata la cosa migliore che mi sia mai capitata." Penn le baciò la mano.

L'espressione d'amore sul suo viso e il caloroso bagliore dei suoi occhi fecero affiorare le lacrime in quelli di Miranda. Penn era l'uomo che aveva sempre desiderato. Qualcuno che la amasse, che si prendesse cura di lei e la aiutasse a portare il suo fardello per permetterle di godersi un po' la vita. Penn era tutte quelle cose. Sembrava che si prendesse cura di lei e delle sue esigenze dentro e fuori dalla camera da letto.

Dopo che ebbero finito le uova e si fossero messi a ridere per una battuta, John disse qualcosa dall'uscio. "Solo per ricordarglielo, signore. Oggi ha un appuntamento con il suo avvocato."

"Giusto! L'avevo dimenticato. Grazie." Penn si voltò verso Miranda. "Stamattina devo occuparmi di una situazione spiacevole. Posso portarti a cena presto in un ristorante vergognosamente costoso?"

Miranda si mise a ridacchiare. "Se il mio incontro andrà come penso, potrebbe durare appena un quarto d'ora. Così potrò passare un po' di tempo con mamma. Ti va bene alle cinque?"

"Accipicchia! Solo gli ottantenni cenano a quell'ora, ma se devo farlo per stare con la damigella che amo, allora così sia."

"Sembri Shakespeare."

"Amare o non amare, questo è il dilemma..."

"Decisamente amare." Miranda annuì.

Penn la prese tra le braccia e la fece volteggiare per la terrazza. Miranda rise, aggrappandosi a lui, con i piedi staccati da terra. Quando la mise giù, notò John e Maggie, a braccetto, che li osservavano attraverso la portafinestra. I loro ampi sorrisi le scaldarono il cuore.

John accompagnò Miranda a casa e la lasciò davanti alla porta. Miranda aveva appuntamento con Dewey proprio lì davanti. Dewey fermò un taxi e discussero la strategia durante il tragitto.

"Miranda, vi offre più di sei milioni per la casa."

"Non vogliamo venderla."

"Neanche per sei milioni e mezzo?"

"Neanche per sessanta milioni. Cos'è che non ti è chiaro riguardo al fatto che non vogliamo venderla?"

"Persino io penso che tu sia irragionevole."

"Non mi aspetto che quel bastardo senza cuore lo capisca, ma pensavo che tu l'avresti fatto. Sai che è stato mio padre ad acquistare quella casa."

"E allora? Sii razionale, Mira. Tirate a campare a fatica. Potreste vivere ovunque vogliate con sei milioni. E tua sorella?"

"Mia sorella cosa?"

"Possiede metà della casa. È d'accordo con te?"

"Sì. La pensiamo allo stesso modo."

Dewey Mason scosse la testa mentre apriva lo sportello del taxi per Miranda. Presero l'ascensore fino al trentesimo piano del gigantesco edificio di uffici sulla Cinquantasettesima Strada. Blake Thomas, l'avvocato della controparte, li raggiunse alla reception e li accompagnò nella piccola sala conferenze sul retro.

Le finestre panoramiche riempivano la stanza di luce. Tuttavia, Miranda non era sicura di vedere correttamente. La figura di un uomo alto e snello, con le spalle rivolte verso di loro, stava in piedi davanti alla finestra. C'era qualcosa di familiare in lui.

No. Non poteva essere.

Il signor Thomas si schiarì la voce e l'uomo si voltò. "Signor Roberts, le presento Miranda Bradford, proprietaria della casa in pietra arenaria situata al n° 137 della Novantaquattresima Strada Ovest."

L'espressione sbalordita dell'uomo rispecchiava l'esplosione di emozione che Miranda provava dentro di sé.

"Penn?"

Capitolo Sette

"Deve esserci stato qualche errore," disse Penn. "Non può essere lei la donna che ci sta causando tanti problemi."

"Sei tu il mostro che sta cercando di comprare la nostra casa?" Il cuore le balzò in gola. Se lo sentiva battere nelle orecchie.

"Miranda? Davvero? Sei tu che mi impedisci di costruire il monumento a mio padre?"

"Mio padre ha comprato la nostra casa in pietra arenaria molti anni fa. Sono nata lì. Non ho intenzione di venderla. Pensavo di essere stata chiara."

"Abbastanza." Il viso di Penn si pietrificò. "Sei milioni di dollari sarebbero perfetti per la tua famiglia. Così, potresti smettere di portare a spasso i cani per guadagnarti da vivere."

Alfred Roberts si unì al gruppo. Si fermò davanti alla porta, spostando lo sguardo da Penn a Miranda e viceversa.

"A me piace portare a spasso i cani. Non permetterò che mia madre lasci casa *nostra*. Questo la ucciderebbe."

"Potresti farla trasferire in una casa più comoda, senza scale."

"Tu vuoi demolire la nostra casa. Distruggere il posto dove sono nata, la casa che appartiene alla mia famiglia da più di trent'anni. Non hai alcun rispetto per i sentimenti?" La rabbia ribolliva dentro di lei.

"Si tratta di affari. Non c'è posto per i sentimenti."

"Adesso che sai che sono io la proprietaria, non hai intenzione di lasciar perdere?" Gli chiese, con un tono di voce carico di rabbia.

"Assolutamente no. Possiedo gli edifici che circondano la tua casa. La tua casa è d'intralcio. Andatevene. Vendetela. Vi pagherò molto profumatamente. Lasciatemi costruire il mio capolavoro."

"Nonostante quello che c'è tra di noi... Insisti ancora per farmi vendere?"

"Potrei farti la stessa domanda. Ora che sai che sono io quello che vuole comprare la tua casa, non vuoi cedere e vendermela?"

"Amo la nostra casa. Sapere che verrà demolita, ucciderebbe me, mia madre e mia sorella."

"Quindi, anche se dici di amarmi, ami di più la tua casa?"

Miranda sporse il mento. "E *tu*, anche se dici di *amarmi*, ami di più quello stupido monumento che vuoi costruire per il tuo defunto padre?"

Un silenzio disagevole travolse il gruppo.

"Non ho intenzione di vendere. Non tutti mettono il denaro al di sopra dei sentimenti."

"E non tutti sono abbastanza intelligenti da capire quando ricevono un'offerta talmente vantaggiosa da accettare il denaro e vivere una vita tranquilla." Penn aggrottò la fronte.

"Stai dicendo che sono stupida?"

"Se pensi che ti si addica..."

"Come ti permetti?"

"E tu come ti permetti di continuare a non cedere, vivendo nel passato e rifiutando il progresso?"

"E secondo te questa... questa mostruosità è progresso? È solo un orrore! Io non vivo nel passato. Tutelo la storia." Miranda indicò il disegno sul muro.

"Quelle che tuteli sono solo stronzate. Non la storia. È solo una casa priva di significato per questa città di migliaia di persone. Non ha nessuna caratteristica distintiva. A dire il vero, è brutta. E tu vuoi comunque tenerla? Proprio non riesco a capirlo. Hai un pessimo gusto."

"Hai ragione. Se pensavo di amarti, i miei gusti sono decisamente discutibili."

Penn fece un passo indietro, come se Miranda gli avesse dato uno schiaffo. Penn strinse gli occhi. Penn raddrizzò la schiena e le spalle con un'espressione arcigna. "Certo. Ora so che tipo di persona sei veramente: egoista, rigida, legata al passato, sleale e io... È finita tra di noi. Voglio quella casa e non mi fermerò davanti a niente per averla."

"Questa è la tua nuova ragazza?" Alfred disse finalmente una parola.

"Era," rispose Penn. Il suo tono di voce era glaciale. Gli avvocati rimasero seduti, senza parole. La sua freddezza la fece rabbrividire fino al midollo.

La tristeza si mescolò alla rabbia. Un tocco di indignazione completava il cocktail. Un sorriso compiaciuto le comparve sulle labbra. "Non ti fermi davanti a niente? Niente è ciò che otterrai. Preferirei morire che vendertela. Non puoi costringermi a vendere. Che cosa vuoi fare, sbattermi fuori?" Miranda strinse i pugni e se li appoggiò sui fianchi.

"Ho i miei metodi." Penn non ebbe alcuna reazione, ma Miranda pensava che stesse bluffando.

"Faccia del suo peggio, *signor* Roberts. La avverto, però, i Bradford non si arrendono senza combattere. Non è facile sconfiggerci."

Penn sollevò un sopracciglio, con un bagliore maligno negli occhi. "Davvero? Direi piuttosto il contrario. Direi che è molto, molto semplice."

Miranda ebbe un sussulto. L'umiliazione le bruciava nel petto, facendole riempire gli occhi di lacrime. Un lieve tremolio degli occhi di Penn le fece capire che forse si era reso conto di aver esagerato.

Dewey si alzò in piedi. "Vieni, Miranda. Non devi restare qui a farti insultare. Quest'incontro è finito." La prese per un braccio e la accompagnò fuori dalla porta.

Sentì una fitta al petto, come se Penn le avesse affondato un pugnale nel cuore. Le lacrime le offuscavano la vista. Seguì Dewey, reggendosi al suo braccio. Dewey fermò un taxi e la aiutò a sedersi.

"Ti porto a casa."

"Non riesco a credere che sia lui. Come ha potuto? Come ha potuto dirmi quelle cose? Lo amavo, e mi ha tradita e umiliata." Mentre il taxi si dirigeva verso i quartieri altri della città, il dolore di Miranda aumentò fino a renderla insensibile. Dewey parlava, ma le sue parole erano solo rumore di sottofondo. Tutto ciò a cui riusciva a pensare erano il tocco delicato di Penn e le sue parole orribili. *Chi è davvero? Come ha potuto?*

Quando arrivarono a casa sua, l'insensibilità era già svanita. La rabbia aveva preso il posto dell'angoscia. L'amore era stato sostituito dall'odio. *Non avrà mai questa casa. Non mettere mai piede nella mia proprietà. Bastardo. Gliela farò pagare.* Miranda stava quasi per inciampare mentre camminava.

Guardando il viso di sua figlia, Susan balzò dalla sedia. "Mira, qualcosa non va?"

Camminando nel soggiorno, Miranda le spiegò cosa era successo. Susan ebbe un sussulto e si coprì la bocca con la mano. "Mister Superfigo è il mostro che vuole comprare la nostra casa?"

"Già. È un vero bastardo, mamma."

"Tu, però, sei innamorata di lui."

"Sbagliato: *ero* innamorata di lui."

"Sembrava così gentile, così dolce... così preso da te."

"Avresti dovuto sentirlo alla riunione. Mi ha anche insultata." Disse Miranda, con la voce tremante. "Mi ha umiliata davanti a tutti." Le lacrime che aveva trattenuto finirono per esplodere. Si lasciò cadere su una sedia e iniziò a singhiozzare.

Susan si avvicinò a sua figlia. Miranda si gettò tra le braccia di sua madre, ma il conforto non era più lo stesso di quando era triste da bambina. L'amore di una madre non avrebbe potuto guarire il suo cuore spezzato. Solo Penn avrebbe potuto farlo. Tuttavia, non c'era più alcuna possibilità che ciò succedesse.

"Mi dispiace molto, Miranda. Davvero molto, tesoro. Penn sembrava perfetto per te."

"Lo pensavo anch' io," disse lei, asciugandosi gli occhi con un fazzolettino.

Cressida attraversò la porta d'ingresso e la sbatté alle sue spalle. "Fanculo a Terrence McGee! Maledetto bastardo!"

Miranda e sua madre si fermarono a guardarla.

"Che c'è? Perché mi guardate così?" Cressida si guardò la gonna. "Che cosa state guardando?"

"Qualcuno ha spezzato il cuore anche a te?" Le chiese Miranda.

"Spezzarmi il cuore? Sarò io a spezzargli la testa. Oggi quel verme traditore ci ha provato con la mia assistente a scuola. Stronzo. Avrà quello che si merita. Ho chiesto al mio amico gay di consegnare a Terry due dozzine di pizze." Disse Cressida ridendo. "Vendetta."

"Vendetta? Vorrei sapere come." Continuando a singhiozzare, Miranda corse su per le scale fino alla sua stanza.

"Che cosa ho detto?" Cress scrollò le spalle e guardò sua madre.

"Niente, tesoro. È solo che a tua sorella hanno davvero spezzato il cuore." Susan sospirò.

Miranda non voleva sentire la spiegazione di sua madre. Era troppo umiliante fare la parte della stupida. Miranda sbatté la porta e si lasciò cadere sul letto.

Nel giro di un minuto, sentì grattare dietro la porta. La aprì per far entrare Romeo e Giulietta. I carlini le saltarono accanto. Le leccarono le lacrime dalle guance, poi si rannicchiarono accanto a lei e si addormentarono. Anche Miranda si addormentò. Aveva bisogno di recuperare il sonno che aveva perso facendo l'amore con l'uomo più incredibile del mondo, che alla fine si era rivelato un bastardo.

VENTI ISOLATI A SUD, Penn passeggiava nel soggiorno. John e Maggie erano seduti sul divano, incantati e inorriditi dalla sua storia.

"Poi ha detto: 'Preferirei morire che venderti la mia casa.' Riuscite a immaginarlo? Che cosa orribile da dire!"

"E lei come ha risposto a Miranda?" Gli chiese Maggie.

"Oh, le ho risposto. Le ho risposto per le rime."

"In che modo?" John spalancò gli occhi.

"Quando Miranda ha detto: 'Ma sappi che i Bradford non si arrendono senza combattere. Non è facile sconfiggerci.' Io le ho risposto: 'Direi piuttosto il contrario. Direi che è molto, molto semplice.'"

"Oh, mio Dio, Penn! Non può averglielo detto davvero!" Maggie si coprì la bocca con la mano.

Penn annuì.

"Davanti a tutti?" John rabbrividì.

Penn cambiò piede d'appoggio. "So che non è stato gentile, ma si tratta di affari."

Maggie si alzò in piedi. "Gentile? Gentile? Lei ha umiliato quella ragazza, la ragazza che ama, davanti a tutti. L'ha distrutta, facendola sembrare una donnaccia. "Oh, mio Dio, Penn. Non le abbiamo insegnato niente?" John le tirò la manica e Maggie si lasciò cadere di nuovo sul divano.

"Io l'ho distrutta? E ciò che Miranda ha fatto a me? Mi impedisce di costruire il condominio più incredibile di tutta New York. E perché? Per tenersi quella sua casetta schifosa? Probabilmente è un disastro. Non hanno il becco di un quattrino. Quella ragazza porta a spasso i cani per guadagnarsi da vivere! Riuscite a immaginarlo? Io lascio più mance di quanto Miranda guadagni in un mese."

"È innamorato di lei, però," disse Maggie.

"Ero. Ero. Inoltre, dopo ciò che le ho detto, dubito che voglia parlarmi ancora."

"Può biasimarla?"

Penn si sentì arrossire in viso. *Ho esagerato. Ho davvero esagerato.* "Forse no."

"Forse no? Sta scherzando? La chiami subito per chiederle scusa." Maggie gli porse il cellulare.

"Non posso. Il guanto di sfida è stato lanciato. La battaglia è cominciata."

"La battaglia può essere interrotta, Signor Penn," intervenne John. "La chiami."

"Non voglio farlo. Voglio quella casa. Mi divertirò ad abbatterla, una pietra dopo l'altra."

Maggie spalancò gli occhi. "Dice sul serio?"

"Sì. Miranda pensa di potermi battere. Ahah! Piccola barbona. Non vincerà mai."

"Lei non ha nessun appiglio, signore."

"Ne troverò uno."

Insoddisfatto della conversazione, Penn si precipitò nella sua stanza. Non poteva evitare di affrontare la verità che gli avevano fatto notare. Era stato un verme, un farabutto: si era comportato molto male. Ma si trattava di affari. Suo padre, Matthew Roberts, gli aveva sempre detto che negli affari bisogna essere spietati. Miranda era d'intralcio, quindi doveva togliersi di mezzo. *È quello che avrebbe voluto papa.*

Si lasciò cadere sul letto e si stiracchiò. Giurò di poter sentire ancora il profumo di Miranda sulle lenzuola. Quando chiuse gli occhi, le immagini di Miranda, nuda e carica di desiderio, gli tornarono in mente. Si sentì formicolare i polpastrelli mentre ricordava la sensazione della sua pelle. Leccandosi il labbro inferiore, giurò di poter ancora sentire il suo sapore. I suoi sospiri, i suoi gemiti, le sue risatine e le sue urla di piacere riecheggiavano nella stanza.

La sua reazione gli aveva permesso di fare l'amore con un trasporto che non aveva mai sperimentato prima. *Immagino che sia amore.* Si girò, aprì il cassetto del comodino, cercando dell'ibuprofene per il mal di testa, e tirò fuori un blocchetto da disegno.

Era quello che portava sempre nella tasca posteriore, insieme a una piccola matita. Lo aprì. C'era uno schizzo di Miranda al tavolo della Boathouse, in attesa della colazione. Un altro di Miranda sdraiata sulla coperta durante il picnic, con gli occhi chiusi. Continuò a girare le pagine e a trovare sempre più disegni di lei e dei cani. Passò il pollice sulla carta. *È così bella. Così dolce.*

Il modo in cui lo ascoltava e ricordava ciò che le aveva detto. La sua risata, così libera, genuina e naturale. Erano quelle le cose che amava di lei. Non era critica, non era avida e si prendeva cura degli altri, mettendo sé stessa per ultima. Sentiva già la sua mancanza. Avrebbe voluto lamentarsi con Miranda per quell'ingiustizia, ma era proprio lei la causa. Sorrise per l'ironia della situazione. Tuttavia, sapeva che allontanarsi da lei avrebbe lasciato un vuoto nella sua vita e nel suo cuore.

Era serio quando le aveva detto di amarla. Quella mattina, però, non gliel'aveva dimostrato. La vergogna lo travolse al ricordo della reazione di Maggie. Che cosa gli avrebbe detto sua madre? Sarebbe rimasta sconvolta. Chiuse gli occhi, ma l'immagine del volto di Miranda, quando l'aveva offesa con le sue parole offensive, lo perseguitava. Non l'aveva mai vista così ferita. Se l'avesse aggredita fisicamente, non sarebbe stata così ferita.

Aveva fatto tutto questo alla ragazza che professava di amare. Le sue giustificazioni gli ritornarono in mente. Aveva litigato per mesi con la stronza che viveva al n° 137 perché gli vendesse quella casa. Avevano fatto un'offerta dopo l'altra, ognuna più generosa della precedente, ma senza alcun risultato. Non aveva intenzione di vendere. Tutto questo lo rendeva molto frustrato. Penn era abituato a vincere negli affari e a ottenere ciò che voleva. Quell'insolente resistenza alla sua volontà lo faceva infuriare. Ed era sempre stata Miranda. Penn scosse la testa.

Chi era per rifiutare sei milioni di dollari? Probabilmente, riuscivano a malapena a sopravvivere con i suoi guadagni da dog-sitter e la previdenza sociale di sua madre. Forse suo padre aveva lasciato loro dei soldi. Tuttavia, Penn sapeva che non avevano molto. Sua sorella aveva una borsa di studio completa. Miranda indossava vestiti fatti a mano. *Come potevano dei poveri rifiutare sei milioni di dollari?*

Sentimenti? Penn non era nemmeno sicuro di sapere cosa fossero. La maggior parte dei suoi sentimenti erano morti con i suoi genitori su quel piccolo aereo e ciò che ne era rimasto era morto con Buddy, il suo amato golden retriever. Ormai aveva trentadue anni ed era diventato un uomo d'affari ostinato. Aveva molto successo. Chi avrebbe potuto dubitare di lui?

Si chiese che cosa avrebbe detto sua madre. Sua madre trascorreva il suo tempo a fare beneficenza, organizzando raccolte fondi per ogni causa possibile, dal cancro al seno al Museo d'Arte Contemporanea. Era stata molto amata. Suo padre aveva costruito palazzi e sfrattato inquilini che non potevano pagare, ma aveva sempre rispettato i suoi soci, che erano i suoi fratelli.

Papà sarebbe orgoglioso di sapere che non mi lascio trasportare dai sentimenti. Metto gli affari al primo posto, prima dei miei sentimenti. Era ciò che aveva intenzione di fare. Probabilmente anche lo zio Alfred è rimasto impressionato. Nonostante tutte quelle giustificazioni, però, non riusciva a spiegarsi la sua solitudine e la sensazione di vuoto che aveva dentro. La donna più meravigliosa che avesse mai conosciuto era andata via, uscendo dalla sua vita per sempre. E, cazzo, sentiva molto la sua mancanza.

Qualcuno bussò alla porta. Era John.

"Signore, cosa aveva in programma per cena?"

"Accidenti. La prego, telefoni al La Nuit Bleu e annulli la mia prenotazione."

"Molto bene. Cenerà a casa?"

Penn annuì.

"Cenerà da solo, immagino."

"Certo." Il suono di quelle parole lo trafisse come un coltello. *Avrebbe cenato da solo per sempre?*

"Bene, signore. Vado a comunicarlo a Maggie."

"Grazie, John." Mentre il domestico si voltava per andarsene, Penn lo chiamò. "Aspetti! John. Pensa che abbia fatto la cosa giusta, vero?"

"Non saprei dirglielo, signore. Non sono nella sua posizione. Sicuramente deve prendere decisioni difficili ogni giorno, signor Penn."

"Proprio così, John. Mai come questa, però."

"Si sente confuso? Lo capisco. Lo capisco."

"Allora, lei che cosa avrebbe fatto?"

"Non lo so, signore. Quello che so è che i trent'anni trascorsi con Maggie mi rendono molto felice. Sposarla è stata, forse, la mia decisione migliore, signore. Tuttavia, signore, non riesco a capire come lei riesca a fare ciò che fa, quindi non ho alcuna opinione in merito."

"Molto diplomatico, John. Lo capisco. Grazie."

"Prego". John se ne andò, lasciando Penn ancor meno certo delle sue azioni precedenti.

Quando Penn si sedette a cenare sulla terrazza, soffiava un vento fresco. La tavola apparecchiata per uno gli sembrò una presa in giro. La cena in terrazza con Miranda gli tornò in mente. *Maledetti ricordi!* Non voleva ricordare, non voleva pensare. Voleva comprare quella casa e andare avanti, per smettere di pensare a lei e a ciò che aveva perso.

Aveva pagato un prezzo troppo alto per il privilegio di avere quella casa? Forse. L'avrebbe mai saputo con certezza? Forse no. Una magnifica cena giaceva intatta davanti a lui.

PENN DECISE DI SFUGGIRE ai suoi ricordi per una settimana a Fire Island. Faceva caldo per metà luglio e l'oceano era freddo. Si sedette sulla spiaggia da solo. Anche se c'erano molte feste tutto intorno a lui, non si unì agli altri. Chip era andato con lui e gli aveva presentato una mezza dozzina di donne interessate, ma a Penn non importava.

Prima che finisse la settimana, Penn tornò a New York. *So che Miranda è lì. Cavolo, non ha soldi per andarsene. Se mi vendesse la sua casa, potrebbe sparire, trasferirsi in Francia o chissà dove...*

Dieci giorni dopo il fatidico incontro, Penn ricominciò a correre nel parco. Prese il suo binocolo e giurò a John di usarlo per essere certo di *non* incontrare Miranda. Ogni giorno, però, finiva per uscire alle sette e mezza. Immaginò che Miranda avesse deciso di modificare il suo percorso per evitarlo. Dovette indagare un po', ma riuscì a scoprire il suo nuovo percorso. Si teneva a distanza di sicurezza mentre correva dietro Miranda e i cani.

Amava guardare la sua coda di cavallo che rimbalzava, insieme al suo sedere. Non era sorpreso che Miranda non si nascondesse in casa, piangendo a dirotto, e che fosse tornata alla sua routine, lavorando e facendo esercizio. *Miranda è forte e indipendente. Probabilmente mi avrà già dimenticato.* Il suo sguardo si soffermò su di lei, facendogli ricordare il calore che c'era tra di loro quando stavano insieme.

La notte era il momento più difficile della giornata. Penn si rigirava letto, facendo brutti sogni sull'incidente aereo dei suoi genitori e su Miranda. A volte, sognava che Miranda era sull'aereo con i suoi genitori e moriva insieme a loro. Poi, si svegliava di soprassalto, madido di sudore e con il respiro affannato. Nelle notti in cui quei sogni lo perseguitavano, non riusciva più ad addormentarsi. Si alzava dal letto e faceva un disegno di Miranda con i gessetti colorati, prendendo spunto da uno dei suoi schizzi. Oppure si sedeva al buio nel soggiorno a fissare il cielo.

Una notte, accese una lampada, si versò un bicchiere di brandy e si concentrò sull'ultima foto che aveva dei suoi genitori. Erano sorridenti e felici. Un rumore proveniente dalla cucina attirò la sua attenzione. Maggie era sveglia.

Lo raggiunse sul divano. Penn le riempì un bicchiere e rivolse il suo sguardo appassionato verso di lei. "Cosa vogliono che faccia, Maggie?"

Gli occhi di Penn si inumidirono. Maggie gli mise un braccio intorno alle spalle. Si voltò verso di lei e lasciò cadere le lacrime.

Maggie sospirò. Molte notti si era seduta con lui mentre piangeva per la perdita di sua madre e di suo padre, del suo cane, o semplicemente per la solitudine. "Oh, ragazzo mio. È una domanda difficile."

"Sono molto triste. Mi manca Miranda. So che è durata poco, ma ci vedevamo ogni giorno. Ma quell'edificio... Ho già investito dieci milioni nei primi due edifici. Non posso buttarli via. Sono responsabile nei confronti dell'azienda. Voglio fare qualcosa di cui mio padre sarebbe stato orgoglioso."

"Penn, caro. Erano orgogliosi di tutto ciò che facevi."

"Sì. Ero un bambino. Per forza lo erano, cazzo." Oh, mi scusi."

"Nessun problema. Penso che entrambi vorrebbero che lei fosse fedele a sé stesso," disse Maggie, massaggiandogli la spalla.

"Perché Miranda non capisce che non posso semplicemente ritirarmi? Ho dei progetti architettonici e ho già richiesto i permessi. Tutto dipende da questo."

"Davvero?"

Penn si asciugò gli occhi con il dorso della mano e si voltò a guardarla. "Che cosa intende dire?"

"Voglio dire, sono solo soldi. Non può vendere quegli edifici?"

Penn scosse la testa. "Sono tutti d'accordo. Alfred sta facendo pressioni per iniziare."

"Lei è innamorato di quella ragazza, però."

"Immagino che mi passerà."

"Non c'è ancora riuscito, però, vero? Quella ragazza è diversa. Non ne ha mai conosciuta una come lei prima d'ora. Nemmeno Jane."

Penn rimase in silenzio.

"Troverà una soluzione, figliolo. Che ne dice di una partita a Gin? Credo di aver vinto io l'ultima volta che abbiamo giocato."

Penn sorrise e prese un mazzo di carte dal cassetto del tavolino. "Faccio io le carte."

"Ragazzino ricco e viziato. Vuole sempre fare le carte per primo," disse Maggie, con gli occhi che le brillavano.

"Sì, non se ne dimentichi mai."

Alle dieci del mattino seguente, Blake Thomas chiamò Penn. "Forse ce l'abbiamo fatta."

"In che senso?" Penn si appoggiò allo schienale della sedia, mettendo i piedi sul cestino della spazzatura.

"Si ricorda di sua sorella?"

"Cressida? Sì. Quindi?"

"Possiede metà della casa."

"Non la venderà mai."

"Vuole andare a Parigi con un ragazzo e aprire il suo studio di moda."

"Come fa a saperlo?"

"I detective privati possono essere molto utili."

"Quindi?"

"*Quindi* tre milioni di dollari le sarebbero maledettamente utili."

"Così, avrò metà di quella casa."

"Sì, ne avrà la metà. E potrà farci tutto ciò che vorrà."

"Anche distruggerla?"

"Non lo so. Non ho ancora fatto ricerche, ma le farò. Compreremo la metà e poi cercheremo di capire cosa farne."

"Buona fortuna. Sono molto legate."

"Anche per tre milioni? Nessuno è così legato. Nemmeno due sorelle." Blake mise giù il telefono.

Penn sorrise per la prima volta dopo settimane. Intrecciò le dita dietro la testa. *Se riesco ad acquistarne la metà, Miranda dovrà vendermi l'altra metà. Poi, potrò cercare di fare pace con lei.*

Alle tre, Penn era di nuovo sveglio a bere brandy.

Maggie si unì a lui. "Che cosa è successo stasera?"

"Blake cercherà di comprare la metà della casa che appartiene a Cressida."

"Oh, mio Dio. Vuole mettere le due sorelle una contro l'altra?"

"Sì."

"È terribile."

"In questo modo, però, riuscirò a mettere piede in quella casa. Questo mi avvicinerà alla vittoria. Poi, potrò farmi perdonare da lei."

"Lei e io abbiamo un concetto diverso di vittoria."

"Se avrò metà della casa, avrò anche dei diritti. Blake farà delle ricerche in merito."

"Sembra piuttosto diabolico, Penn."

"Devo fare qualcosa."

"È sicuro di volere che vada così?"

"Non ho altra scelta."

Maggie si sedette, apparentemente persa nei suoi pensieri. Dopo dieci minuti, gli diede un colpetto sulla spalla. "C'è un altro modo per ottenere tutto."

Penn spalancò gli occhi. "Davvero?"

"Che ne dice di fare così?"

Mentre Maggie gli spiegava la sua idea, il viso triste di Penn si illuminò. Quando Maggie ebbe finito, appoggiò la schiena al divano e finì il suo brandy.

Penn sorrise. "Maggie, lei è un genio."

Capitolo Otto

Determinata a non permettere che il tradimento di Penn le rovinasse la vita, Miranda si alzò dal letto e, come al solito, andò al parco a correre con i cani. Piena di dolore e rabbia, non era in grado di affrontarlo, quindi cambiò strada. *Sono sicura che neanche lui vuole vedermi.*

Certa che non l'avrebbe incontrato, uscì con Lucky e Blackie, lasciando i carlini a casa. Miranda aveva bisogno di fare un po' di esercizio e i carlini erano in grado di correre per un po', ma non per lunghe distanze. Persino il piccolo Blackie, il Boston Terrier, aveva più resistenza di Romeo e Giulietta.

Il primo giorno, Miranda trattenne il respiro fino a quando non superò l'ingresso di Penn al parco. *Neanche l'ombra di Penn. Fiuu.* Sospirò e continuò per la sua strada, concentrandosi sui cani e sulla corsa. Dopo tre giorni senza incontrare Penn, Miranda guardò da una parte e dall'altra mentre passava davanti alla Settantaduesima Strada. *Non lo sto cercando. Sto ammirando il lago e i fiori estivi.* Dopo qualche secondo, disse la verità a sé stessa. *Ok, lo sto cercando.*

Fare jogging e colazione con lui era stato il momento migliore delle sue giornate. Lo spirito di squadra era diventato amicizia. Miranda poteva dire qualsiasi cosa a Penn, senza sentirsi a disagio. Beh, forse non *proprio tutto...* ma Penn aveva iniziato a piacerle. La loro amicizia si era trasformata rapidamente in amore per due persone sole tra le quali c'era una forte chimica. Miranda si piaceva di più quando stava con lui. Penna la faceva pensare, tirando fuori la sua intelligenza e spingendola a dare il meglio di sé.

Ascoltarlo era stato facile. Le aveva parlato apertamente della sua vita. Non sembrava un uomo che esprimeva spesso i suoi sentimenti in modo sincero ed si era sentita onorata che avesse scelto proprio lei per confidarsi.

Ricordare il modo in cui la sua espressione amorevole e affascinante era diventata fredda e distante all'incontro con gli avvocati le provocò un brivido lungo la schiena. *Sembrava quasi che non mi conoscesse. Che fossi la sua nemica. Mi fidavo di lui. Che grosso errore!*

Miranda era troppo ferita per riuscire a parlare dei suoi sentimenti con sua madre e sua sorella. Così, preferiva tenerli per sé, scrivendo, cucinando e prendendosi cura dei cani.

Una mattina, al parco, le si sciolse il laccio di una scarpa. Miranda inciampò e cadde sul sentiero. Scivolò sulle ginocchia, urlando di dolore mentre la superficie sabbiosa le graffiava la pelle. Seduta con le gambe distese, esaminò la ferita e notò qualcosa muoversi in lontananza. Anche se alcuni corridori le erano passati accanto, non ne incontrò altri dopo le nove, una volta iniziato l'orario di lavoro. Lucky e Blackie colsero l'occasione per riposarsi e stiracchiarsi.

Miranda notò di nuovo un movimento. Si voltò appena in tempo per vedere il sedere di Penn scomparire dietro un cespuglio. Fu travolta dalle emozioni e il cuore iniziò a batterla all'impazzata. *Mi sta seguendo. Ci tiene ancora a me? No.*

Un sorriso le comparve sulle labbra per un attimo. Non poté evitare ridere del suo goffo tentativo di nascondersi. Tirò fuori un pacchetto di salviette disinfettanti e se le passò sulle ginocchia. Trasalì per il bruciore. Si ricordò dei preservativi che Penn indossava rapidamente mentre facevano l'amore. Per un attimo, la sua memoria rievocò i suoi sentimenti di quel periodo, facendole accelerare il respiro e formicolare alcune parti del corpo per il bruciore del disinfettante.

Quel ricordo, però, era doloroso. *È un prepotente aggressivo e spietato.* Il suo cuore non ascoltava quelle parole e batteva comunque, attirando la sua attenzione sull'enorme divario tra le sue parole e i suoi sentimenti. Se Penn fosse stato lì, le avrebbe disinfettato le ferite, facendola ridere per non pensare al bruciore. L'avrebbe aiutata ad alzarsi, avrebbe preso il guinzaglio e l'avrebbe portata alla Boathouse a fare colazione.

Miranda sospirò prima di alzarsi per riprendere i guinzagli dei cani. Tornò a casa zoppicando, chiedendosi se Penn fosse ancora dietro di lei, ma troppo orgogliosa per voltarsi a controllare. *Non ho intenzione di cedere. Non mi importa se è dietro di me o no. Mi manca. Mi passerà, però. È solo un ragazzo. Il mare è pieno di pesci. Con lui è finita.* Tuttavia, Miranda non ci credeva. Penn non era un ragazzo qualunque. Era il suo ragazzo. Il suo ragazzo speciale. Era unico. *Ormai, però, non lo era più.*

Quando Miranda tornò a casa, Susan la medicò meglio. Con le ginocchia bendate, Miranda zoppicò verso il cortile con una brocca di tè freddo e si sedette a osservare la mangiatoia per gli uccelli. Le cince si contendevano un buon posto vicino al cibo. Susan la raggiunse. Miranda riempì un bicchiere per sua madre.

"Sono passate quasi due settimane e non dici nulla."

Miranda scosse la testa e si portò il bicchiere alle labbra.

"Non va bene. Tenersi tutto dentro. Forza, sputa il rospo. So che stai soffrendo, Mira, e questo mi uccide."

"Non c'è niente da dire. Mi sono sbagliata. Mi fidavo di lui, gli credevo, ed è stato un errore. È solo avido e spietato. Non gli importa nulla delle persone."

"Non pensavi questo di lui due settimane fa. Era sensibile: il sole, la luna e le stelle."

"Grazie per avermelo ricordato."

"Mi dispiace, tesoro. Sei una ragazza in gamba. Non ti sbagli mai sulle persone in questo modo. Che cosa è successo? Di che cosa si tratta?"

Miranda spiegò a sua madre il progetto di Penn.

Susan appoggiò i piedi su un piccolo pouf e rivolse tutta la sua attenzione a sua figlia. "Questo non ha niente a che fare con te, Mira."

"Come fai a dirlo? Vuole distruggere la nostra casa!" Miranda si alzò in piedi.

"Vuole costruire un monumento a suo padre. La nostra casa è solo d'intralcio. È un caso fortuito."

"E il suo rapporto con me? Dopo quello che mi ha detto? Definendomi una stronza?" Miranda si mise a passeggiare.

"Sicuramente se ne è pentito. Devi mettere da parte i sentimenti e cercare di vedere la situazione dal suo punto di vista."

"Perché? Forse Penn ha provato a vedere qualcosa dal mio punto di vista? No. Ha detto che non c'era spazio per i sentimenti."

"Non è vero. Tutto il suo progetto è basato sui sentimenti, tesoro. Sui sentimenti per suo padre. C'è qualcosa di suo padre che non riesce a dimenticare. Questo monumento ne è solo un simbolo."

"Intendi dire che, in qualche modo, rappresenta suo padre?"

"Esattamente. In qualche modo, sente forse di aver deluso suo padre? Anche se l'azienda va molto bene. Non ne sono sicura…"

"Come se fosse in competizione con suo padre?" Miranda versò il tè rimasto nel bicchiere di sua madre.

"Forse. Riflettici un po', tesoro. Sono sicura che troverai la risposta."

"Forse. In ogni caso, l'unico modo in cui potrebbe avere questa casa sarebbe passando sul mio cadavere." Miranda serrò la mascella.

"È una cosa orribile da dire, Mira. Ti prego."

"Scusa, mamma. È quello che penso." Miranda prese i bicchieri e la brocca vuota.

"Cressida andrà in vacanza," disse Susan.

"Tutta la sua vita è stata un'enorme vacanza. Perché non si trova un lavoro? I soldi ci farebbero comodo."

"Come regalo di laurea, volevo darle cinquecento dollari dal fondo speciale di tuo padre, ma li ha rifiutati. Ha detto che partirà con un uomo e che sarà lui a pagarle il viaggio."

"Davvero?" Miranda sollevò un sopracciglio guardando sua madre. "È una cosa molto intima. Dio, spero che non sia sposato e che non si metta in situazioni strane con lui. Non mi sono occupata di lei per tutti questi anni per farla diventare una squillo.”

“Non credo che sia così, tesoro. Dice che si amano.”

“Amore. *Pfff.* Tempo sprecato,” mormorò Miranda.

“Ti ho sentita. Io ero molto innamorata di tuo padre. Non criticare l’amore davanti a me. Se hai trovato l’uomo sbagliato non vuol dire che l’amore sia brutto.”

“Hai ragione, mamma.”

Miranda ha preparato la cena per entrambe. Cenarono guardando la televisione mentre Cressida era uscita. Quando Cressida tornò a casa, scomparve nella sua stanza, sostenendo di dover fare le valigie.

Il mattino dopo, Miranda decise di portare i cani alla Boathouse per prendere una tazza di tè. Mentre se ne andava, vide di nuovo il piede di Penn che spuntava da un cespuglio. Miranda scoppiò a ridere. *Mister Fenomeno degli Affari è decisamente un pessimo detective. Non sei così intelligente, vero?* Miranda alzò il mento e camminò accanto agli animali, dirigendosi verso casa.

Una volta tornata a casa, dopo aver dato da mangiare a Romeo e Giulietta, preparò il caffè. Fece un decaffeinato per sua madre, che non poteva assumere molta caffeina.

Cress corse giù per le scale. Indossava dei jeans e una camicia di seta sopra una canotta. I suoi capelli biondi erano sciolti e lucenti. Stava sorridendo. “Sono pronta. Vieni a salutarmi, Mira.”

Miranda la abbracciò. “Ehi, starai via solo per una settimana. Che c’è di strano?”

“Beh, forse di più,” disse Cress, evitando il suo sguardo.

Miranda scrollò le spalle. “Come vuoi. Non farti arrestare e non rimanere senza soldi. Sono un po’ a corto questo mese.”

“Veramente?” Gli occhi di Cressida brillavano. “Tieni. Sono felice di aiutarti.” Cressida mise tre banconote da cento dollari nella mano di sua sorella.

Miranda rimase senza parole.

DUE SETTIMANE DOPO, Miranda si sedette in giardino, con un paio di pantaloncini corti e una salopette attillata, per cercare di modificare la sua sceneggiatura. Una leggera brezza spezzava il caldo opprimente di agosto. Sorseggiava del tè freddo mentre si sforzava di concentrarsi.

Era passato un mese da quel terribile incontro con Penn. Convinta di averlo dimenticato, aveva iniziato ad andare da Casper, il bar all'angolo della Columbus Avenue, per bere qualcosa dopo cena. Ci andava solo per un'ora e non tutte le sere. Susan guardava uno dei suoi programmi preferiti in televisione, mentre Miranda beveva un Cosmopolitan freddo e cantava con la donna che suonava il pianoforte.

A volte cantava con un uomo al bar, che magari le avrebbe offerto da bere. Tuttavia, non tornava mai a casa con nessuno e non dava mai a nessuno il suo numero di telefono.

Quello era un giovedì che non avrebbe mai dimenticato. Aveva bevuto due Cosmopolitan e si sentiva meglio di quanto non si fosse sentita nelle ultime settimane. Si sforzò di non pensare a Penn mentre cercava di non barcollare sul marciapiede, cantando *la canzone di Frozen che aveva vinto l'Oscar,* "Let it go." Da quando sua sorella era partita e Penn era uscito dalla sua vita, Miranda era libera, ma doveva ancora capire quali fossero gli aspetti positivi della sua nuova libertà. Il rumore di qualcosa che cadeva sul marciapiede attirò la sua attenzione. Miranda alzò lo sguardo.

Sembra proprio che qualcuno stia spostando della roba in casa nostra. Sbatté le palpebre e osservò. *Quell'uomo assomiglia a Penn. No, impossibile. Che cosa dovrebbe fare qui? Questa casa è ancora mia.* Miranda aumentò il passo. Si fermò davanti alla casa e spalancò la bocca. Quando si riprese, la rabbia ribolliva dentro di lei.

"Che diavolo stai facendo?"

"Mi trasferisco qui."

"Cosa?"

"Mi hai sentita. Mi trasferisco qui. Faccia attenzione con quello, ok?" Disse a un giovane corpulento, che stava scaricando un furgoncino. "È il mio quadro preferito."

"Non puoi trasferirti qui. Questa è casa mia. Non sei il proprietario."

"Ne possiedo la metà. Quindi, mi trasferisco nella mia metà."

"Bel tentativo. Non puoi possedere mezza casa." Miranda si mise le mani sui fianchi, con un sorriso compiaciuto.

"Certo che posso. Ecco l'atto della metà di Cressida, intestata a me."

Miranda prese il foglio e si diresse verso il lampione.

"Posso farti risparmiare tempo. Tua sorella mi ha ceduto la sua metà della casa per tre milioni di dollari."

"Cosa?"

"Non mi ricordavo che tu fossi sorda. Non mi stai ascoltando?" Le chiese, con un tono di voce leggermente irritato.

"Cress non farebbe mai una cosa simile." Miranda sporse il mento.

"Oh, ma ti sbagli. Infatti, l'ha fatto. È andata a Parigi con un tizio. Oh, sì. Mi ha chiesto di darti questa." Penn si infilò una mano nel taschino e tirò fuori una busta. La porse a Miranda, che gliela strappò di mano. "A proposito, qual è la sua stanza?"

"Non ho intenzione di dirtelo. Rimetti le tue cose nel furgone. Non puoi vivere qui."

"Sì che posso. E lo farò." Il sorriso di Penn era vittorioso e agghiacciante.

Miranda entrò in casa. Susan era rannicchiata in un angolo, a osservare ciò che stava succedendo.

"Gli ho detto di mettere le sue cose nella stanza di Cress. O vuoi dargli la soffitta?"

"Voglio dargli solo un calcio nel sedere, mamma. Lasciami leggere."

Susan allungò una mano e accarezzò il braccio di sua figlia. "Mi dispiace, Miranda. È un tipo furbo."

Miranda si lasciò cadere sul divano accanto a sua madre e aprì la lettera.

Cara Mira,

Scommetto che tu sia piuttosto incazzata con me in questo momento. Mi dispiace. Quando l'avvocato di Penn

mi ha offerto tre milioni di dollari per la mia metà della casa, la tentazione è stata troppo grande. So che vuoi tenertela stretta e che il tuo futuro è lì, ma il mio no.

Voglio fare la stilista per qualche casa di moda a Parigi. Devo stare lì. Spero di poter

fare uno stage. Con tre milioni, posso prendermi il tempo necessario. Ne ho abbastanza

della scuola e tutto il resto. Ho bisogno di una pausa.

Indovina chi verrà a vivere a Parigi il prossimo anno? Il tuo vecchio ragazzo, Joe. Ci siamo scritti

negli ultimi sei mesi. Ci siamo visti un paio di volte quando Joe era a

New York, circa un mese fa...
"Joe è stato qui? Perché non mi ha chiamata?"
"Mi dispiace, Mira."
"Tu lo sapevi?" Miranda alzò lo sguardo verso sua madre.
"Cress mi ha fatto giurare di mantenere il segreto."
Con la bocca secca, Miranda deglutì a fatica.

"Su per le scale, Cal. Sì. Sempre dritto." La voce di Penn attirò la sua attenzione. Il ragazzo stava portando su un baule. Miranda rabbrividì e tornò a leggere la lettera.

So che non ti importa di Joe. Quando ho capito cosa provavi per Penn, mi sono

fatta avanti con Joe, con la coscienza pulita. Sai che non ti ruberei mai un ragazzo

che ti piace davvero. Tu l'hai scaricato e Joe è perfetto per me. Spero che non ti dispiaccia.

Voglio ringraziarti per tutto ciò che hai fatto. Da quando papà è morto, per me sei stata

come un altro genitore. Non so come avrei fatto senza di te. C'eri sempre

quando avevo bisogno di te.

Quindi, adesso, mi tolgo dai piedi. Non ti chiederò più soldi

e non ti infastidirò più con i miei ragazzi e la mia abitudine di tornare tardi. Non dovrei avere problemi

ad adattarmi alla vita parigina, non credi? Ti voglio bene.

Spero che tu possa sistemare le cose con Penn. So cosa significa la nostra casa per te.

Credo che tu debba smetterla di vivere nel passato, però. Prendi i soldi e inizia anche tu una nuova vita. Te lo meriti. Ti prego, non arrabbiarti con me. Non potrei essere quella che sono senza di te. Spero che

un giorno sarai orgogliosa dei miei modelli, quando vincerò dei premi e avrò successo.

Con amore,

Cressida

Miranda porse la lettera a Susan. Sconvolta, Miranda era rimasta incollata alla sedia, guardando fisso davanti a sé.

Penn iniziò a parlare. "Spero che quella lettera abbia chiarito tutto. Allora, dove sono le chiavi di riserva?"

Miranda non rispose. Si riempì un bicchiere di brandy e si diresse silenziosamente verso le scale. Si fermò per far scendere il ragazzo dei traslochi. Susan si mise a piangere sommessamente mentre rimetteva la lettera nella busta.

Penn le accarezzò la mano e mise la scatola di fazzoletti sul tavolo accanto alla donna inferma. "È meglio così, Susan. Vedrà."

"Davvero? Miranda ha il cuore spezzato a causa tua ed è anche stata tradita da sua sorella. Tu supereresti tutto questo rapidamente?" Susan allontanò la mano da quella di Penn per asciugarsi gli occhi mentre si dirigeva verso la cucina.

"Le chiavi sono appese all'interno della porta della dispensa, in cucina." Miranda si voltò per lanciare un ultimo sguardo di puro odio a Penn prima di iniziare a salire lentamente le scale.

"La stanza dovrà essere ridipinta. È un disastro," urlò Penn.

"Fa' quello che vuoi. Adesso ti appartiene," gli rispose Miranda con un filo di voce.

PENN SI GRATTÒ LA BARBETTA sul viso. Quella non era la reazione che si aspettava da Miranda. Quando Maggie gli aveva suggerito di trasferirsi lì, Penn era trasalito a quell'idea. Pensava che la sua presenza l'avrebbe fatta arrabbiare abbastanza da farle venire voglia di vendere. Tuttavia, non successe. Essendo sigillata quando l'aveva ricevuta, Penn non aveva letto la lettera che Cressida aveva mandato a sua sorella. Era sul tavolo, così l'aveva presa.

Lasciandosi cadere su un comodo divano, aggrottò la fronte mentre leggeva. *Aveva venduto la sua parte della casa senza dirlo a Miranda e si era presa il suo ragazzo. Ahi! Per fortuna non è mia sorella.* Fissò le scale, chiedendosi se Miranda stesse piangendo. Dubitava che lo stesse facendo. *Non era il suo stile.* Ricordare lo sguardo odioso che Miranda gli aveva lanciato lo fece rabbrividire.

Pensava che Susan fosse nella sua stanza. Penn era pentito di averla disturbata. *È malata. Devo stare attento a non sconvolgerla. Come posso mandare Miranda fuori di qui senza turbare Susan?*

James si guardò intorno nel soggiorno, che era confortevole, ma aveva bisogno di qualche modifica. *Mi chiedo quanto calore si disperda con queste vecchie finestre. Un condizionatore da finestra? Deve sparire. Avrà la stessa età di Miranda.* Penn esplorò la cucina. *Obsoleta.* Pensava che il frigorifero avesse almeno venticinque anni, come i fornelli. La stanza aveva un aspetto stanco e logoro. Tuttavia, emanava un calore che lo spingeva a rimanere.

Preparò un bricco di caffè e si sedette a tavola. Accarezzò il legno rovinato. *Da bambina, Miranda si sedeva lì con suo padre.*

Questa casa ha bisogno di una ristrutturazione totale. Probabilmente, non hanno abbastanza soldi per rimetterla in sesto. Fu travolto dal dolore al pensiero che Miranda avesse vissuto in quel posto, tirando a campare, forse per anni. Non l'aveva mai sentita lamentarsi della condizione della casa o di non avere denaro. Sembrava soddisfatta della sua vita e ciò lo sorprendeva.

Avrebbe voluto tirare fuori il libretto degli assegni e migliorare tutto con una semplice firma. Non poteva, però. Aveva intenzione di demolire quella casa, non di ristrutturarla.

Indipendentemente dalle sue condizioni, Penn fu sorpreso di sentirsi mosso a compassione semplicemente stando vicino a Miranda. Una vocina nella sua testa, tuttavia, gli diceva di aver esagerato per la seconda volta. *Se Miranda non volesse mai più parlarmi? Dovrà farlo. Vivremo nella stessa casa. Ooh. Vivremo insieme.* Penn spalancò gli occhi.

Prese il cellulare e fece una telefonata.

"Non ha ceduto, Maggie," le disse, appoggiando la schiena al divano.

"Nemmeno un po'? Neanche una piccola reazione?"

"No. A dire il vero, sembra che mi odi più che mai."

"L'ha detto lei?"

"Non esattamente. Se uno sguardo potesse uccidere, però, adesso sarei già morto e sepolto."

"Oh, cielo! Non va affatto bene."

"Che cosa posso fare?"

"Abbia pazienza. Sia gentile. Molto gentile. Cerchi di conquistarla."

"Miranda è in vantaggio, però."

"Lo sappiamo, ma non credo che lo sappia anche lei. Penn, figliolo, questa è la sua prima carta vincente. Adesso dovrà solo riorganizzarsi, non mostrare le sue carte e trovare una nuova strategia."

"Vorrei che lei fosse qui."

"Non ha bisogno di me. Può farcela da solo."

"Spero che lei abbia ragione."

"Buonanotte, figliolo."

"Notte, Maggie."

Penn si era pentito di aver lasciato il suo appartamento spazioso, bello, molto confortevole e in perfette condizioni a Central Park West.

Sentiva già la mancanza di John e Maggie. *Mi chiedo per quanto tempo dovrò vivere qui prima che Miranda ceda.*

Tirò fuori una penna e un blocchetto dalla tasca posteriore. *Che cosa posso fare per mandarla via?* Scrisse una lista di cose che riteneva abbastanza orrende da spingere qualsiasi donna normale a voler cambiare casa. Miranda, però, non era una donna qualunque e non si lasciava ingannare nemmeno da qualche stupido giochetto. Doveva escogitare qualcosa di convincente. Molto convincente.

Aggrottò la fronte mentre pensava a Susan. Gli era piaciuta subito. Era calorosa e simpatica e aveva una risata travolgente. Tuttavia, era malata. Probabilmente molto malata. L'ultima cosa che voleva era far peggiorare la salute di Susan. Avrebbe dovuto procedere con cautela.

Salì le scale verso la sua nuova camera e fece il letto con le sue lenzuola estremamente raffinate. Si tolse le scarpe e si sdraiò tra una dozzina di scatole, che aspettavano di essere svuotate. Intrecciando le dita dietro la testa, chiuse gli occhi e immaginò Mira nuda nel suo letto, come nel loro ultimo appuntamento. Aveva ricordato spesso quell'immagine nelle ultime settimane.

Si chiese cosa gli avrebbero consigliato i suoi genitori. Aveva bisogno di ottenere quella casa e voleva riconquistare Miranda. Sapeva che suo padre avrebbe usato delle tattiche belliche, *ma senza prigionieri!* Sua madre, invece, sarebbe stata più delicata, come Maggie. *Sii gentile. Sii dolce. Prenditi cura di lei. Sii generoso e comprensivo.* Penn conosceva tutte le parole chiave.

Nella sua mente, aveva idee contrastanti. Si sentiva confuso. Si tolse i vestiti e spense la luce. Il giorno dopo, avrebbe iniziato la sua campagna per cacciarla di casa senza disturbare Susan. Una sfida difficile, ma che credeva di poter affrontare.

Capitolo Nove

Miranda prese il cellulare e chiamò Brooke Felson, la sua migliore amica del Dinner Club.

"Ciao, ragazza. Dove sei? Ti stiamo aspettando..."

"Non riesco a credere a quello che ha fatto!" Disse Miranda piangendo.

"Che cosa è successo?"

"Quel bastardo. È il peggiore. E mia sorella? Cressida. Una vera traditrice." Miranda iniziò a singhiozzare.

"Miranda! Miranda! Smettila di piangere. Non riesco a capirti. Vieni qui. Non posso aiutarti al telefono. Vuoi che venga a prenderti?"

"Riesco a venire da sola," disse Miranda, con la voce tremante.

"Che cosa è successo?"

"Non avrei mai pensato che Cressida potesse farlo, che avrebbe ceduto. Adesso quello stronzo ha ottenuto ciò che voleva... beh, più o meno. Lo odio. E odio Cressida ancora di più. Arrivo tra poco." Miranda mise giù il telefono.

Lasciò i cani a casa. Si soffiò il naso nell'ascensore mentre saliva a casa di Bess. Brooke, Rory e Bess la aspettavano davanti alla porta. Rory le porse un bicchiere di cabernet.

Miranda si sedette su uno sgabello davanti all'isola in cucina e raccontò la sua storia. Le sue amiche rimasero in silenzio. Quando si fermò per bere un sorso di vino, Polpetta, il carlino di Bess, le leccò la gamba. Miranda si chinò per accarezzare la cagnolina. "Grazie, ragazza."

"Che cosa hai intenzione di fare?" Bess mise sotto la griglia dei filoni di pane all'aglio.

"Non lo so."

"Vive dall'altra parte del corridoio?" Le chiese Rory.

"Dovete condividere il bagno? Puah." Brooke alzò il bicchiere.

"Non ha scrupoli, Miranda. Devi trovare un modo per sbatterlo fuori."

"Altrimenti, ti ruberà la casa senza che tu te ne accorga," disse Brooke.

"Come? Non può farlo, ma riesce a farmi impazzire."

"Ma lo amavi? O lo ami ancora?" Bess mescolò l'insalata.

"Lo amavo. Adesso lo odio. Diceva di amarmi. Mi ha mentito. Non ci si comporta così con qualcuno che si ama." Miranda bevve un bel sorso di vino.

Brooke mise un braccio intorno alle spalle della sua amica. "Eri davvero innamorata di Mister Superfigo. Come è possibile che tu abbia semplicemente smesso di amarlo?"

"L'amore si è trasformato in odio. Ogni volta che lo vedo, vorrei solo fargli sparire quel sorrisetto idiota dalla faccia."

"C'è un modo per risolvere le cose tra di voi?" Le chiese Bess.

"Ne dubito."

"Non è così facile allontanarsi da lui," disse Rory.

"Puoi continuare ad andarci a letto, odiandolo e senza parlargli?" Le chiese Brooke. Le ragazze si misero a ridacchiare.

"Non penso proprio. Mi serve un piano."

Un timer suonò e le ragazze entrarono in azione. Bess tirò fuori dal forno la teglia di pollo alla parmigiana. Rory prese il pane all'aglio. Brooke mise l'insalata sul tavolo e Miranda riempì di nuovo i bicchieri di vino. Quando si sedettero a mangiare, il silenzio cadde nella stanza, fatta eccezione per il lieve russare dei carlini, ammucchiati uno sopra l'altro sul divano.

"Che cosa hai in mente?" Le chiese Bess.

"Non ne ho idea."

"Mmm. Scommetto che riusciremo a inventarci qualcosa. Giusto?" Intervenne Rory.

"Giusto! Vuoi ancora andare a letto con lui?" Disse Brooke.

Miranda arrossì.

"E allora? Ti sai controllare, no? Che ne pensate di fare così?" Brooke si sporse e parlò a bassa voce, anche se non c'erano uomini ad ascoltare.

Dopo aver gustato la zuppa inglese come dessert, le ragazze ripulirono tutto e tornarono a casa. Rory e Brooke accompagnarono Miranda a casa. La bella sensazione provocata dal sostegno delle sue amiche svanì quando entrò in casa sua e sentì Penn cantare ad alta voce. Salì le scale, passò davanti alla sua camera ed entrò nella sua stanza, sbattendo la porta.

Crollando sul letto come una bambola di pezza, rimase immobile, senza la minima voglia di muoversi. Chiuse gli occhi, ma non servì a niente. *Mister Mostro vivrà dall'altra parte del corridoio. Condividerà il bagno con me! Non posso evitarlo. Cress, come hai potuto farmi una cosa simile?* Voleva piangere, ma non aveva più lacrime. Era esausta. Dormire era l'unica cosa che l'avrebbe aiutata. Prese la camicia da notte dal cassetto e si tolse i vestiti.

Miranda si infilò la sensuale camicia da notte rosa chiaro, ma non riuscì a tirarla giù. Era l'unica camicia da notte estiva che aveva. Di solito, quando faceva caldo, dormiva nuda. Essendo tutte donne in casa, andavano avanti e indietro dal bagno nude, senza porsi alcun problema. Adesso che c'era in casa anche Penn, però, doveva vestirsi.

Trattenendo il respiro, si avvicinò in punta di piedi alla porta e la aprì leggermente. La porta di Penn era chiusa. Miranda sospirò. Non appena uscì in corridoio e chiuse la porta, però, quella di Penn si spalancò. Sentì la sua voce profonda che canticchiava "Sway". In preda al panico, Miranda si bloccò, voltandosi lentamente quando lo sentì sussultare.

"Wow. Miranda. Sei, cavolo... davvero eccitante, piccola." Guardandola dall'alto in basso, le fece ardere la pelle, dandole la sensazione che la sua piccola camicia da notte si stesse sciogliendo.

Abbassando le spalle, Miranda si coprì il più possibile con le mani e si diresse verso il bagno.

"Va' pure. Va' prima tu. Prima le signore." I capelli neri gli ricadevano sulla fronte e i suoi occhi grigi ridevano di lei. Penn rimase fermo in mutande e calzini, con la camicia sbottonata e stropicciata, totalmente imbarazzato.

Miranda sbatté la porta del bagno. Appoggiò la testa sulla fresca porcellana del lavandino e aprì l'acqua fredda. Un misto di rabbia e desiderio le ardeva nel cuore. Penn era irresistibile e malvagio allo stesso tempo. *Lo odio. Lo odio. Lo odio. Se lo dirò abbastanza, finirò per crederci.* Dovette mantenere tutto il suo autocontrollo per non prenderlo schiaffi e per non spostargli i capelli dalla fronte.

Si lavò e si asciugò il viso, guardando il proprio riflesso nello specchio. Sembrava appassita, come una rosa che ha bisogno d'acqua. I suoi occhi azzurri erano tristi e lucidi e le lacrime sembravano pronte a rigarle le guance. Spesso scontrosa e critica nei confronti della sua volubile sorella, Miranda non si era resa conto di quanto fosse importante per lei il sostegno di Cress.

Certo, Cressida prosciugava le loro finanze. Faceva sempre shopping e non faceva che comprare tessuti, scarpe e borse. Aveva un debole per gli acquisti. Tuttavia, aiutava Mira a vestirsi bene per gli appuntamenti. Aveva creato dei vestiti per la sorella maggiore e le aveva insegnato ad abbinare gli accessori. Cress l'aveva aiutata con la madre, intrattenendola con i pettegolezzi locali, giocando a carte e guardando la televisione con lei.

La presenza di Cress, per quanto modesta, aveva significato per Mira più di quanto avesse ammesso. La sua sorellina, però, era partita. Aveva voltato le spalle a Miranda. Il suo tradimento e il suo abbandono avevano lasciato un vuoto nel cuore di Mira.

Coraggio! Si schiaffeggiò il viso per far arrossire leggermente le sue guance pallide. Poi socchiuse la porta. Quella di Penn era chiusa, ma Miranda sentiva ancora le note di "Sway" che provenivano dalla sua stanza.

Misurò la distanza fino alla propria camera da letto e fece un respiro profondo. "Sono abituata a correre. Posso farcela." Contò fino a uno, spalancò la porta e corse attraverso il corridoio, entrando nella stanza proprio mentre Penn apriva la porta. La camicia da notte le si sollevò sul retro, mostrandogli il suo splendido sedere prima che gli sbattesse la porta in faccia. Miranda si appoggiò alla porta, respirando affannosamente e ascoltando il suo fischio, seguito da una risata.

Era grata che non potesse vederla in faccia. Si sedette alla sua piccola scrivania e preparò un programma. Sentendosi soddisfatta del suo modo intelligente di affrontare quella situazione impossibile, si tolse la camicia da notte e si mise a letto. La luna splendeva attraverso la tenda trasparente. Spense le luci e si rannicchiò, abbracciando un cuscino, come faceva ogni notte da quando non dormiva più con Penn, e si addormentò.

Si svegliò alle sei, come al solito, e indossò un paio di pantaloncini corti e una canottiera. Scendendo silenziosamente al piano di sotto, trovò sua madre che aggiungeva dell'acqua alla macchina del caffè.

"Dobbiamo dargli da mangiare?" Le chiese Miranda.

Susan scrollò le spalle. "Non saprei. Immagino che dovremo lasciargli usare la cucina."

Un'idea diabolica la fece sorridere. "Mmm. È ora che si svegli." Prese una padella e un cucchiaio di metallo e salì i gradini a due a due. Aprì leggermente la porta e iniziò a sbattere rumorosamente il cucchiaio sul fondo della padella, poi spalancò la porta.

"Buongiorno!" Urlò, mettendosi a ridere quando sentì le sue grida e i suoi borbottii.

Penn si sedette sul letto. "Che diavolo stai facendo?"

"Sei a casa mia. Devi rispettare le mie regole. È ora di alzarti!"

"È anche casa mia," borbottò lui, alzandosi dal letto solo con un paio di boxer. Stava a circa cinque centimetri da lei, assonnato e imbronciato.

Miranda coprì il suo sorrisino con la mano. "Se vuoi il caffè, devi alzarti subito."

Penn borbottò qualcosa che suonava come un'imprecazione e le sbatté la porta in faccia. Miranda scoppiò a ridere mentre scendeva le scale.

"Sta scendendo?" Le chiese Susan.

"Non ne ho idea. Ma è sveglio."

"Oh, signore. Dovrò vivere nel bel mezzo della Terza Guerra Mondiale?" Susan si lasciò cadere pesantemente su una sedia e mescolò lo zucchero e il latte nel suo caffè.

Mira diede a sua madre un bacio sulla fronte. "No, ma'. Non ti farò passare tutto questo. Ho elaborato un programma. Dovrà accettarlo, così potremo vivere in pace."

"Non devo accettare proprio nulla." Penn si appoggiò all'arco della cucina, con le sue spalle larghe e il suo atteggiamento sicuro di sé. Lo sguardo di Miranda si spostò lentamente verso di lui. Miranda trattenne il respiro e cercò di distogliere lo sguardo, ma era attratta da lui, come la limatura di ferro da una calamita.

La sua maglietta nera metteva perfettamente in risalto i suoi occhi grigi e la sua carnagione leggermente rosea. I jeans neri evidenziavano le sue cosce belle e robuste. Aveva i capelli in ordini e la barba perfetta. Un mezzo sorriso sfiorò le sue labbra sensuali mentre perlustrava la stanza con lo sguardo.

"Dov'è il caffè che mi avevi promesso?"

Susan iniziò ad alzarsi, ma Miranda mise una mano sulla spalla di sua madre. "È perfettamente in grado di prenderselo da solo, mamma."

"Miranda ha ragione. Per favore, Susan. Non deve farlo. Sono io che dovrei servirla."

"Ho elaborato un programma ieri sera, così non ci incontreremo più a mezzanotte per andare in bagno."

"A me è piaciuto il nostro incontro di mezzanotte."

Miranda si schiarì la voce e gli porse un pezzo di carta.

"Ci darò un'occhiata dopo aver preso il caffè. Sai che sono un orso finché non prendo la prima tazza di caffè al mattino."

"Se stai cercando di mettere mia figlia in imbarazzo davanti a me, Penn, non serve che ti sforzi. So che siete andati a letto insieme. Non ci vedo niente di male. Quindi, per favore, piantala, ok? Non coinvolgetemi nella vostra faida. Non ho la forza per affrontare tutto questo." Susan si alzò, uscì dalla porta sul retro con la tazza in mano e si sedette al tavolino di vetro.

Penn abbassò la testa. "Ha ragione." Penn la seguì e si scusò con Susan, poi tornò in cucina. Preparò il caffè nel modo in cui gli piaceva e si sedette per leggere il programma di Miranda.

Miranda si mise davanti ai fornelli. Ruppe delle uova e le strapazzò in una padella. Un brivido le attraversò la schiena quando sentì Penn alle sue spalle. Le strinse le dita intorno alle spalle e si chinò per baciarle il collo. Miranda si ritrasse di scatto.

"Andiamo. Non dobbiamo per forza essere nemici. Siamo stati innamorati. Possiamo tornare a esserlo."

Miranda si voltò, con gli occhi spalancati. "Stai scherzando, vero?"

"Ero serio quando ti ho detto quelle cose durante la nostra notte insieme."

"Che mi ami? Cavolo, se è così che tratti qualcuno che ami, non vorrei essere sulla tua lista nera."

"Ci sei stata, per un po', ma ora non più."

"Che cosa è successo? Il vento cambia direzione?"

Penn aggrottò la fronte. "Ho bisogno di questa casa. Non lo capisci?"

"*Anch'io ho bisogno di questa casa. Non lo capisci?*" Miranda rimase in piedi, con le mani sui fianchi.

L'espressione cupa di Penn si schiarì e la guardò negli occhi, poi abbassò lo sguardo sulle sue labbra. Le si avvicinò. Miranda alzò lo sguardo, cercando di leggere la sua espressione cupa, ma Penn appoggiò le labbra sulle sue prima che Miranda riuscisse a dire qualcosa. Miranda si contorse, ma Penn la strinse forte a sé e la baciò intensamente. Quando Penn fece un passo indietro, Miranda gli diede uno schiaffo, per togliergli quel sorrisino compiaciuto dalla faccia.

L'espressione sorpresa di Penn la fece arrabbiare ulteriormente. "Non te l'aspettavi? Avresti dovuto. Questo non è un gioco per me. È la mia vita." Miranda alzò di nuovo la mano, ma Penn le afferrò il polso a mezz'aria e lo tirò rapidamente giù. La strinse a sé, tenendole il braccio dietro la schiena. Miranda non riusciva a muoversi. "Lasciami. Lasciami, bastardo. Ti odio. Ti odio!" Urlò Miranda.

"No, non è vero. Tu mi ami. L'hai detto tu."

"Non è vero. Non è vero. Io ti odio. Ti odio più di quanto abbia mai odiato chiunque in tutta la mia vita." Con la mano libera, gli diede una spinta sul petto. "Lasciami."

"Non ti lascerò mai. Tu sei mia e la tua casa è mia. Ti voglio e ti avrò. Niente riuscirà a fermarmi." La voce di Penn era bassa, quasi minacciosa.

"No, non succederà. Non mi avrai mai più. Sei un bastardo. Un viscido figlio di puttana."

Penn cercò di nuovo le sue labbra. Fuggire era impossibile. La frustrazione e la rabbia ribollivano dentro di lei, facendole perdere il controllo finché non scoppiò in lacrime.

Penn alzò la testa. Iniziando a singhiozzare, Miranda gli appoggiò la fronte sul petto. Penn le lasciò il polso e la abbracciò, stringendola dolcemente. Miranda voleva il suo affetto e si odiava per questo. Era troppo confusa per ribellarsi.

Penn le diede un bacio sulla testa, passandole le dita tra i capelli aggrovigliati. "Combattiva come una lince. Non opporti. Stiamo bene insieme."

"Non è vero. Siamo troppo diversi. Ti odio."

"Non è vero," le sussurrò Penn tra i capelli. "Hai bisogno di me e io ho bisogno di te."

Troppo esausta per parlare, Miranda si abbandonò tra le sue braccia forti, lasciando che Penn la calmasse. L'odore di bacon bruciacchiato la distolse dalle sue fantasticherie. Miranda si allontanò da lui e spense il fornello. Penn fece un passo indietro e la lasciò finire di cucinare. Miranda mise le uova e il bacon su un piatto e lo portò a sua madre sulla terrazza. Poi, riempì di nuovo la sua tazza di caffè e quella di sua madre.

"Mamma, devi mangiare. Devi mantenerti in forze."

Susan spinse le uova intorno al piatto con la forchetta. "Non ho molto appetito."

"Sei troppo magra. Il dottore ha detto che ti farebbe bene ingrassare un po'."

"Lo so. Non ho voglia di mangiare." Aveva la voce un po' tremante e gli occhi leggermente lucidi mentre guardava sua figlia. "Che cosa ti succederà quando io non ci sarò più?"

"Mamma! Non dire così. Stai bene. Devi mangiare, però."

Susan mise una mano sul braccio di Miranda. "Non sto bene e non c'entra il cibo. Lo sappiamo entrambe. Ho bisogno di sapere che qualcuno si prenderà cura di te."

"Mi sono sempre presa cura di voi due e di me stessa e ho fatto un ottimo lavoro. Quindi, continuerò a farlo." Gli occhi le diventarono lucidi.

"Venderai la casa a Penn? In questo modo, avrai abbastanza denaro. Sarai al sicuro e potrai fare quello che vuoi."

"Non lo so, mamma. Non posso pensarci adesso. Che cosa farei senza di te? A che servirebbero i soldi se tu non ci fossi?"

Susan sorrise e accarezzò la guancia di sua figlia. "Sei una ragazza dolcissima. Lo sei sempre stata. Dagli il tuo amore. Ha bisogno di te. Te ne sei accorta, vero? Qualcuno deve insegnargli ad amare. Nessuno sa farlo meglio di te, Mira."

Miranda diede un'occhiata in cucina, guardando Penn mentre leggeva il suo programma e beveva il caffè. *Almeno ha la decenza di lasciarmi un po' di tempo da sola con mia madre.* "Una cosa alla volta, mamma. Per prima cosa, elaboreremo un programma. Poi, me la caverò con il nostro denaro. Senza Cress, ce la caveremo meglio. Ora so dove ha preso quelle banconote da cento dollari."

Miranda tornò in cucina. Mise le altre uova su due piatti e ne porse uno a Penn.

"Non devi cucinare per me."

"Lo so. Mi bastano queste e non sopporto buttare via il cibo. Non aspettarti che cucini altro per te. Dovrai cavartela da solo. Altrimenti, dovrai tornare a casa da Maggie."

"Maggie è una cuoca eccellente."

Miranda si innervosì. "Stai insinuando che non so cucinare?"

"Certo che no. Come faccio a sapere se sai cucinare o no? Era solo un complimento per Maggie."

"Perché non torni a casa tua?" Miranda mangiò una forchettata di uova.

"Sono già a casa mia, Mira."

"Non chiamarmi così. Solo mia madre mi chiama così. Mia madre e Cress."

"Come dovrei chiamarti? Lince? Tigre?"

"Chiamami al telefono, dalla Siberia."

Penn sorrise e continuò a mangiare. Quando ebbero finito, Penn prese piatti, li lavò e li asciugò. Mentre li metteva a posto, si mise a parlare. "Il tuo programma sembra fattibile. Sono disposto a provarlo. Tranne per un punto."

Miranda sorrise tra sé e sé. *Lo sapevo.* "Quale sarebbe?"

"Niente sesso."

"Che sorpresa!"

"Perché hai inserito questo punto nel programma?"

Miranda si alzò, voltandosi verso di lui, sporgendo il mento in segno di sfida. "Perché è l'unica cosa che ti ferirebbe davvero."

Penn alzò un sopracciglio. "Quindi pensi che io non riesca a vivere senza sesso?"

"Proprio così."

"Ti sbagli. Riesco ad avere molto autocontrollo, proprio come te. Forse di più."

Miranda sospirò. "Le uniche cose che hai più di me sono l'egoismo, l'avidità, l'insensibilità e la spietatezza."

"Oh, sì, caratteristiche perfette per un uomo d'affari di successo. Hai trovato la lista online?"

Miranda aggrottò la fronte. "E la superbia. Aggiungi anche l'arroganza."

"La questione dell'intimità fisica resta aperte, quindi?"

"Niente sesso significa niente sesso."

"Sicura di non poter cambiare idea?"

"Con te? Mai. Tuttavia, potrei farlo con un altro uomo, o magari due." Miranda gli lanciò uno sguardo malizioso.

"Una donna di facili costumi?"

"Vaffanculo." Miranda si voltò e uscì dalla stanza. Il suono della sua risatina la irritava come un granello di sabbia irritava un'ostrica. Furente, ma rifiutandosi di mostrargli la propria frustrazione, Miranda salì le scale con passo pesante.

QUANDO LA SENTÌ CHIUDERE la porta, Penn si diresse verso il cortile per raggiungere Susan. Susan prese un piccolo boccone di cibo, ma tre quarti del suo piatto erano ancora pieni.

"Qualcosa non va con le uova?" Le chiese, sedendosi accanto a lei.

"Adoro la cucina di Mira. È solo che, con tutto ciò che sta succedendo, non ho appetito."

Penn le prese la mano tra le sue. "Andrà tutto bene, Susan. Mira alla fine cederà e mi venderà la casa. Poi, potrete trasferirvi in una casa meravigliosa, con un sacco di stanze e senza scale."

Susan scosse la testa. "Non contarci. Miranda sa essere piuttosto testarda."

"Anch'io. Non capisco come possa essere una punizione incassare tre milioni di dollari. Possiedo palazzi meravigliosi. Vi daremo un grande appartamento con un affitto ridotto. Vivrete entrambe in un posto elegante."

"Miranda è nata in questa casa. Suo padre l'ha comprata con il suo primo contratto importante a Broadway. Guarda dietro la porta sul retro." Penn si alzò. "Vedi quei segni di matita? Sono i segni dell'altezza di Miranda e di sua sorella. Ognuno è contrassegnato con un nome e una data. Questa casa è la storia della nostra famiglia."

"Ma quei giorni sono passati."

"Miranda non è pronta a rinunciarci. Che mi dici della tua famiglia?"

"Io non ho una famiglia. Solo un paio di zii e qualche cugino."

Susan prese la mano di Penn tra le sue. "Mi dispiace molto, Penn. Non lo sapevo. Se ne sono andati da tanto tempo?"

"Quando avevo quindici anni. Adesso ne ho trentadue."

"Oh, accidenti. Che tragedia! Mi dispiace tantissimo."

"Miranda non aveva più o meno la mia età quando suo padre è morto?"

"Aveva diciott'anni, se non sbaglio. Forse sedici. Aveva me e Cressida, però."

"Vero. Comunque, continuo a non capire."

"Ora capisco perché non lo fai ma, se la ami, e sono piuttosto sicura che sia così, dovrai fare un atto di fede. Cerca di capire cosa significa questa casa per lei."

"Perché Miranda non può provare a capire quanto è importante per me costruire questo monumento per mio padre, che se ne è andato troppo presto? Lavoro a questo progetto da diversi anni, cercando il posto giusto."

Susan sospirò. "Due persone testarde e innamorate. Shakespeare si sarebbe divertito un mondo con voi due."

Penn fece una risata ironica. "Si sbaglia. Mira non mi ama. Se lo facesse, mi venderebbe la casa."

Susan lo guardò negli occhi. "Potrei dire lo stesso di te."

"Ma io..."

"Lo so. Sei testardo. La ami, però, non è vero?"

"Che differenza fa se la amo o no?" Penn abbassò lo sguardo.

"Per me, fa molta differenza."

Il tono serio della voce di Susan attirò lo sguardo di Penn. "Perché?"

"Perché io non resterò qui per sempre." Quando Penn cercò di protestare, Susan alzò la mano. "Non comportiamoci da stupidi. Per il momento, posso ancora cavarmela. Quanto durerà, però? La mia è una malattia progressiva. Non c'è cura. Sono preoccupata di ciò che succederà a Mira quando non ci sarò più. Inoltre, tu vuoi sbatterla fuori di casa." Gli occhi di Susan si inumidirono.

Penn le prese la mano. "No, no, non voglio sbatterla fuori di casa. Voglio prendermi cura di lei."

"Dici davvero?" Susan asciugò gli occhi con un tovagliolo di carta. "Pensavo che magari Cress e lei... Da quando Cressida è partita con l'ex ragazzo di Mira, però, dubito che possano essere ancora amiche."

"Io ho solo offerto del denaro a Cressida. Non sono responsabile di ciò che ha fatto."

"Certo che no. Da quando hanno litigato, però, tu sei tutto ciò che ha."

"Mira è piuttosto forte, lo sai. Dalle un po' di merito."

"Lo faccio. Tiene insieme questa famiglia da anni. Resterà da sola, però. Cress non rimarrà nei paraggi. Abbiamo sempre contato l'una sull'altra. Ora che Cressida ha lasciato il nido, siamo rimaste solo Mira e io. Quando non ci sarò più, beh, è difficile pensarci." Due lacrime le scivolarono lungo la guancia prima che riuscisse ad asciugarle.

Penn mise un braccio intorno a Susan. "Le prometto che mi prenderò cura di lei. Non permetterò che venga sbattuta in mezzo alla strada. La prego, non si preoccupi per lei."

"Sei innamorato di lei?"

"Se fosse così?"

Susan raddrizzò la schiena sulla sedia. "Allora non essere codardo e diglielo."

Penn spostò il braccio e la guardò negli occhi. "Lo faccio. Non ho mai conosciuto una donna come lei. Tremendamente irritante e meravigliosa allo stesso tempo."

Susan sorrise. "La mia Mira."

"Ora che sa la verità, che ne dice di finire di mangiare?" Penn le avvicinò il piatto.

"Ok. Ci proverò." Susan prese una forchettata di cibo. "Sai giocare a carte?"

"Poker? Blackjack?"

"Gin?"

"Si faccia sotto, signora. Dove sono le carte?"

Susan indicò un piccolo cassettone nel soggiorno. "Nel primo cassetto."

Penn prese un mazzo di carte, con il retro decorato con le maschere della commedia e della tragedia. "Qui tutto riguarda il teatro."

"Sì. E Shakespeare. Shaw ha iniziato a recitare Shakespeare a Londra. È nato in Inghilterra, sai?"

"Non lo sapevo. Continui," disse Penn, mentre mescolava.

"È inglese. Era. L'uomo più bello del mondo. Aveva gli stessi colori di Miranda: i capelli quasi neri e quegli occhi verde-azzurro. Riusciva a guardarti dritto nell'anima."

"Come vi siete conosciuti?" Penn distribuì le carte.

"Al pronto soccorso dove lavoravo. Era stato pugnalato accidentalmente in una scena di duello con la spada. È stato amore a prima vista. Continuava a tornare per la medicazione e, alla fine, mi ha chiesto di uscire. Siamo stati inseparabili fin dall'inizio."

"Come in una fiaba."

"Già. Ti sembra familiare?" Susan sollevò un sopracciglio e sorrise.

Penn scoppiò a ridere. "La nostra assomiglia più a *La bisbetica domata*."

Capitolo Dieci

In quel giorno di gennaio, l'atmosfera in casa era molto fredda. Penn rispettò il programma di Miranda. Miranda si alzò alle sei e finì di usare il bagno prima delle sette. Penn si alzò alle sette e, alle otto, era già vestito per andare al lavoro. Fecero colazione con caffè, uova e cereali insieme a Susan. Alle otto e un quarto, Miranda uscì per portare a spasso i cani. Alle otto e mezza, John andò a prendere Penn e lo portò in ufficio.

Come una vecchia coppia sposata che aveva perso interesse, Penn e Miranda si ignoravano per tutto il tempo in cui erano costretti a sedersi allo stesso tavolo al mattino. Eppure, l'occasionale contatto con la sua spalla le faceva venire i brividi. Vedere Penn che scendeva le scale con l'abito scuro, perfettamente su misura, la camicia chiara e la costosa cravatta di seta le mozzava il fiato. Penn trasudava potere e intelligenza.

Miranda odiava la reazione del suo corpo, rimproverandosi per la sua debolezza. Doveva ignorare il richiamo della carne e restare forte.

La sera, era diverso. Mira preparava la cena. Penn contribuiva economicamente, mettendo casualmente un paio di centinaia di dollari sul bancone della cucina ogni settimana. Accettare i suoi soldi scalfiva il suo orgoglio, ma Miranda si assicurava di comprare i tagli di carne più pregiati con i suoi soldi. Susan cercava di conversare durante la cena, chiedendo a entrambi della loro giornata. Raccontavano a Susan ciò che non potevano condividere l'uno con l'altra, permettendo al nemico dall'altra parte del tavolo di ascoltare.

Miranda percepiva la tensione su sua madre ed era preoccupata che avrebbe accelerato la sua morte, ma non poteva fare nulla per fermarla.

Cercava di essere più gentile con Penn ma, quando si ricordava ciò che le aveva fatto, non ci riusciva. Occasionalmente, notava uno sguardo caloroso da parte sua o lo vedeva soffermarsi a guardarle il seno un po' troppo a lungo. In quei momenti, i ricordi indesiderati della loro notte di passione le inondavano la mente, facendole ribollire il sangue. Si vergognava di desiderare di più.

Ricordando il piano per farlo cedere ideato con le sue amiche del Dinner Club, Miranda decise finalmente di fare il primo passo. Verso le dieci di sera, sbadigliò e si alzò in piedi. Susan era andata a letto e Penn stava leggendo una rivista.

"Spero non ti dispiaccia se mi faccio una doccia adesso."

Penn alzò un sopracciglio. "Di solito fai la doccia al mattino."

"Oggi sono tutta impolverata e sudata."

"Certo. Va' pure."

Miranda si fece il bagno e si avvolse un asciugamano intorno al petto. Con la porta socchiusa, aspettò finché non sentì i suoi passi sulle scale. Uscendo dal bagno senza fare rumore, lo colse di sorpresa. Restando vicino a lui, con i capelli raccolti in un asciugamano sopra la testa e le spalle nude, lo guardò. Aprì l'asciugamano con le dita e lo lasciò cadere a terra.

"Oops," disse Miranda, completamente nuda.

Esercitando tutto il suo autocontrollo, Miranda non ridacchiò mentre guardava i suoi occhi spalancarsi e il suo viso diventare tutto rosso prima di impallidire. Il calore del suo sguardo faceva invidia a una giornata di agosto. Il corpo le si scaldava sempre di più e i suoi capezzoli si indurirono mentre Penn abbassava lo sguardo su di loro. *Traditori!*

Quando Penn notò la sua reazione, le si avvicinò. "Sapevo che non potevi resistere." Le mise le mani sui fianchi.

"No, no, no." Miranda gli agitò un dito davanti al volto. "Ricordatelo. Niente sesso."

"Non puoi stare davanti a me, nuda, e dirmi niente sesso. Stai barando."

"Sì che posso. Il nostro accordo non specifica che dobbiamo indossare dei vestiti."

Penn ebbe un sussulto e si nascose i genitali con la rivista che stava leggendo.

Miranda non riuscì a trattenere una risatina. "Hai un'erezione?"

"Mettiti qualcosa addosso. No, aspetta. Non farlo."

"Deciditi."

Penn deglutì e fece un respiro profondo. "Sei più bella che mai."

Miranda si aspettava desiderio, rabbia, accuse, ma non ammirazione. Il bisogno crebbe dentro di lei. Desiderava che la toccasse, anche se non voleva ammetterlo. I loro sguardi si incrociarono mentre si sporgeva verso di lui.

Una folata di aria fresca le fece ricordare di essere nuda. Si coprì con le mani prima di precipitarsi nella sua stanza. La sua reazione a Penn era stata pericolosa. Era attraente, anche quando non cercava di esserlo. *Tutto ciò per aver voluto farlo impazzire. Il suo piano A le si era ritorto contro.* Spense le luci e si mise sotto le coperte.

Ricordandosi la sensazione delle sue mani che la accarezzavano e di Penn che faceva l'amore con lei, rimase sveglia per ore. Lo voleva e *aveva bisogno* di lui. *Se fosse qui, mi sarei già addormentata.* Miranda sospirò. Un'ora dopo, si arrese, accese la luce e si mise a leggere per distrarsi finché non si addormentò.

È ARRIVATO IL MOMENTO di ricorrere al piano B. Gelosia.

Di tanto in tanto, Miranda continuava ad andare da Casper a bere qualcosa e a cantare con la signora che suonava il piano. Quella sera, indossò un vestito sexy e scollato e lasciò sua madre a giocare a Gin con Penn, che la fissò.

Quando entrò nella stanza, Penn raddrizzò la schiena. "Stai uscendo?"

"Sì." Miranda si abbassò per dare un bacio a sua madre.

"Appuntamento galante?"

"Non devo darti nessuna spiegazione."

"Ho bisogno di sapere dove vai, con quel vestito sexy." Penn fece un gesto.

"Non fa parte del nostro accordo. Ho la mia vita. Non devo renderne conto a te. 'Notte, mamma. Dormi bene."

Penn aggrottò la fronte. "Veramente..."

"Smettila." Miranda nascose un sorriso. *È l'inizio del piano B.*

L'espressione sul viso di Penn quando Miranda uscì dalla porta valeva tutta la sua messa in scena. Penn aggrottò la fronte e le rughe di preoccupazione che aveva intorno agli occhi si intensificarono. Quando Miranda si nascose all'ombra di un grande albero, si voltò per controllare. Come aveva previsto, Penn era in piedi vicino alla finestra, riparandosi gli occhi con la mano dalla luce intensa del lampione mentre scrutava fuori. Miranda proseguì per la sua strada.

Sentendosi libera, iniziò a camminare più rapidamente mentre cantava "Sway" , danzando per tutta la strada fino a Casper. Sentì la musica mentre entrava nel locale. Barney la salutò con la mano da dietro il bancone. Miranda prese il Cosmopolitan che le aveva versato e raggiunse la folla intorno al pianoforte.

"Sway?" Le chiese Lena, la donna alla tastiera. Miranda annuì, sorseggiando il suo drink. Appoggiò il bicchiere e ballò sul posto mentre cantava, muovendo i fianchi in modo seducente. C'erano altre tre persone con lei: Al con sua moglie Marie e un altro uomo di nome Gary, che era venuto in città per andare a trovare sua madre. Cantarono per due ore. Al offrì a tutti da bere. Poi lo fece anche Gary.

Miranda si rilassò, dimenticandosi per un po' la guerra fredda che stava avendo luogo nella sua casa e nel suo cuore.

Tuttavia, non si dimenticò del tutto di Penn e, alle undici, guardò l'orologio. *L'aveva tenuto sulle spine abbastanza a lungo.* Dopo tre Cosmopolitan, era un po' brilla. Ringraziò i suoi nuovi amici e lasciò il bar. Fuori era buio e uno dei lampioni del suo isolato era spento.

Miranda fece attenzione, camminando lentamente, consapevole di non essere abbastanza stabile. Il marciapiede era accidentato, quindi era costretta a concentrarsi, guardando per terra per non inciampare.

I passi che sentì dietro di sé non la spaventarono. *Sono a cinque case di distanza da casa.*

Poi, i passi si avvicinarono. I capelli le si rizzarono sulla nuca. Miranda guardò a sinistra mentre quell'uomo si avvicinava. Urtò il bordo del marciapiede con un dito e cadde, imprecando.

"Merda." Il marciapiede le strappò le calze. Si graffiò la pelle del ginocchio e iniziò a sanguinare. "Accidenti!" Una fitta di dolore le attraversò la gamba. Prima che riuscisse a riprendersi, una mano forte sotto il braccio la sollevò.

"Permettimi di aiutarti," disse lo sconosciuto.

"Grazie, ma sono praticamente arrivata a casa." Miranda zoppicò.

"Nessun problema." L'uomo strinse la presa. "Una bella ragazza come te, fuori a quest'ora, tutta sola."

Il cuore iniziò a batterle all'impazzata mentre si dimenava per liberarsi. Quell'uomo, però, aveva una presa molto salda e non voleva lasciarla andare. "Tranquilla, tranquilla. Non mi dispiace accompagnarti a casa."

Sentire il cuore che le batteva nelle orecchie la spaventò. "No. Grazie. Davvero. Posso farcela da sola. Sto bene."

"Stai sanguinando e sei ubriaca. Pessima combinazione."

Miranda lo guardò in faccia. Era più grande di lei, sulla quarantina. Aveva i capelli castani corti, con qualche tocco di grigio. I suoi tratti pesanti mettevano in evidenza la sua bocca arcigna. La paura le attraversò il corpo.

"Una ragazza carina come te non dovrebbe uscire da sola."

"Mi lasci! Mi lasci!"

"Se hai intenzione di urlare, sarà molto peggio di quanto potrebbe essere. Voglio solo che mi ringrazi gentilmente per averti aiutata."

"L'ho già fatto. Adesso mi lasci!" Urlò Miranda. Guardò a destra. La sua casa era solo a una porta di distanza.

L'uomo le mise la mano sulla bocca. Miranda lottò per liberarsi, ma la sua presa era forte come una morsa. La trascinò lateralmente ai gradini di casa sua. Miranda gli diede un pugno con il braccio libero, ma i suoi colpi non lo fermarono. Cercò di dargli un calcio, ma lo schivò.

"Questa è casa tua. Ti ho vista uscire da qui un sacco di volte. Con la una canottiera e quei pantaloncini sexy. Dimenando il sedere. Adesso, avrai quello che vuoi." La spinse verso le scale. Miranda cercò di lottare, ma quell'uomo la bloccò. "Smettila di dimenarti o ti romperò il braccio. Credimi. Posso farlo." Il suo alito puzzava di whisky, dandole la nausea.

Miranda si calmò. Quell'uomo allungò la mano verso l'orlo della sua gonna. Miranda gli diede un morso sulla mano e l'uomo trasalì. Urlò più forte che poté. L'uomo le diede un sonoro schiaffo con l'altra mano. Miranda cadde sulla pietra, sbattendo la testa e scivolando giù per i gradini, confusa. Le usciva sangue da un labbro.

Mentre quell'uomo le si avvicinava di nuovo, qualcuno si avvicinò alla ringhiera e colpì il suo aggressore alla testa con una padella. L'uomo cadde a terra. Miranda alzò lo sguardo. Era Penn. Afferrò l'uomo, lo prese a pugni e a calci un paio di volte e lo spinse verso la strada. Un taxi si fermò bruscamente, per evitare di investirlo. L'uomo si buttò sul taxi e cadde su un canale di scolo, vicino a un idrante. Penn aiutò Miranda ad alzarsi.

"Riesco a camminare," mormorò lei, ancora un po' stordita.

Penn la mise giù, si appoggiò il suo braccio intorno alle spalle e le mise il suo intorno alla vita. La aiutò a entrare in casa. Il tassista fuggì via. Penn fece sedere Miranda nell'atrio e chiamò la polizia.

Una volta al sicuro dentro casa, Miranda iniziò a singhiozzare, accasciandosi sul pavimento e coprendosi il viso con le mani. Penn appoggiò il cellulare, la prese in braccio e la portò sul divano, facendola sedere sulle sue gambe. Le porse il suo fazzoletto, poi la strinse a sé mentre gli singhiozzava sul petto.

Quando Miranda si calmò, Penn le toccò la gamba. "Stai sanguinando. È stato quel maledetto bastardo?"

Miranda scosse la testa. "Sono caduta. Un Cosmopolitan di troppo."

"Ere l'uomo con cui sei uscita?"

"No, era un estraneo."

"Dov'eri andata?"

"Da Casper, il bar all'angolo."

"Perché non mi hai chiamato per venire a prenderti?"

Miranda lo guardò con le lacrime agli occhi. "Non sapevo che quello stronzo mi stesse aspettando. Sono sempre stata al sicuro in quest'isolato. Grazie per avermi salvata."

"Ero sveglio ad aspettarti. Mi sono spaventato a morte."

"Mi dispiace." Miranda gli si avvicinò e gli diede un bacetto sulla guancia.

Cullandola sul petto, le baciò i capelli. Prima che potessero continuare, la polizia si presentò alla porta. Dopo quarantacinque minuti, i due agenti portarono via l'aggressore. Miranda zoppicò fino al piano di sopra, seguita da Penn.

"Aspetta," le disse.

Miranda si sedette sul letto e si tolse le scarpe. Poi, si tolse i collant strappati e li gettò in un cestino.

Penn aprì la porta. "Posso entrare?" Miranda fece un cenno con la testa. Penn si inginocchiò davanti a lei e le medicò la ferita. "Continui a grattarti il ginocchio. Penso che tu abbia bisogno di qualcuno che si prenda cura di te."

"Ti stai offrendo volontario?"

Penn le sorrise. "Molto volentieri." Miranda ricambiò accennando un sorriso. Quando ebbe finito, Penn si alzò. "Riposati."

Miranda annuì mentre Penn se ne andava chiudendo la porta. Il silenzio inquietante e le ombre della sua stanza la spaventavano. Abbassò a fatica la cerniera del vestito, finì di spogliarsi, socchiuse la porta e scivolò dentro al letto.

Avendo paura di chiudere gli occhi, rimase ad ascoltare Penn che si muoveva dall'altra parte del corridoio. *La sua porta deve essere aperta.* Quando gli sentì spegnere la luce, capì che si era messo a letto. *È qui vicino. Sono al sicuro. Le porte sono chiuse a chiave.* La stanchezza, combinata all'alcol, la fece addormentare. Miranda, però, non riposò bene. I brutti sogni la fecero rigirare nel letto. Alle tre, si tirò su di scatto quando un urlo le sfuggì dalle labbra.

Un brivido le attraversò il corpo. Sentendo il cigolio dei vecchi cardini, Miranda si voltò terrorizzata. Era Penn. "Va tutto bene?"

Miranda scosse la testa.

"Vuoi che resti qui con te?"

"Ti sta bene?" Miranda lo guardò negli occhi.

"Certo."

Penn si infilò nel letto accanto a lei e si distese. Miranda si rannicchiò su di lui, appoggiandogli la testa sulla spalla e una mano sul petto. Il calore del suo corpo la fece calmare. Penn le accarezzò la testa e la strinse a sé. Penn indossava dei boxer, ma Miranda era nuda. Penn tirò su il lenzuolo per coprirle il petto e le diede un bacio sulla fronte. Miranda sbadigliò. Il sonno riprese il sopravvento.

ROTOLANDOSI SUL SUO ginocchio ferito, Miranda sentì una fitta di dolore alla gamba, che la fece svegliare alle sei di quel sabato mattina. Penn dormiva tranquillamente accanto a lei, con il braccio appoggiato casualmente intorno ai suoi fianchi. I capelli neri gli ricadevano sulla fronte. La barba gli scuriva le guance e il mento. Era davvero adorabile. Gli toccò il labbro inferiore e gli spostò i capelli dalla fronte.

Durante la notte, la temperatura si era abbassata e la stanza era diventata fredda. Miranda tirò su la coperta piegata ai piedi del letto. Il suo movimento svegliò Penn.

"Grazie per ieri sera," sussurrò lei.

Penn allungò una mano e le passò un dito sulla guancia. "Come stai oggi?"

"Il ginocchio, la guancia e il labbro mi fanno male e ho anche un leggero mal di testa, ma sto bene." Miranda si tirò su a sedere.

"Bene. Hai avuto un incubo e io..."

Miranda gli mise un dito sulle labbra. "Me lo ricordo."

Penn iniziò a tirare giù le lenzuola. "Me ne vado subito."

"Resta." Miranda gli toccò il braccio.

Penn si voltò a guardarla e sollevò un sopracciglio. "Vuoi che resti?"

Miranda annuì, accarezzandogli la guancia.

"Che fine ha fatto il tuo divieto di fare sesso?"

Miranda interruppe di nuovo le sue parole, ma stavolta appoggiò le labbra sulle sue. Penn le rispose immediatamente, prendendola tra le braccia e spingendola sul materasso. Le esplorò la bocca, attento a non ferirle il labbro sensibile. La sua lingua danzava con la sua mentre le stringeva le dita intorno al seno. Miranda emise un gemito, con il desiderio che le scorreva nelle vene. *Chi aveva avuto quella stupida idea di non fare sesso? Oh, sì. Io.*

Penn si staccò da lei per togliersi i boxer. Con il pene completamente in erezione, tornò a letto. Miranda gli passò le mani sul petto.

"Posso chiamarti Mira?"

"Sì."

Le baciò il collo, poi si abbassò, prendendole un capezzolo tra le labbra. "Ti voglio."

"Anch'io ti voglio." Penn alzò la testa. "Oh, dio, non fermarti." Miranda chiuse gli occhi. Come se avesse un nervo scoperto, la sua pelle era molto sensibile. Ovunque Penn la toccasse, Miranda sentiva una scossa che la infiammava tra le gambe. Il bisogno cresceva dentro di lei, fino a farla smettere di pensare. La sua resistenza svanì come sabbia al vento. Era sua, anima e corpo, e non avrebbe perso altro tempo a trattenersi.

La baciò tra i seni, poi lentamente si fece strada tra le sue gambe. Una mano le strinse il pube, mentre l'altra le si appoggiò su un fianco. Miranda aprì le gambe e Penn si posizionò in mezzo. Gli accarezzò le spalle prima di passargli le unghie lungo la schiena. Penn ebbe un sussulto, facendola sorridere.

"Fallo di nuovo," le sussurrò, con le labbra sull'interno coscia. Miranda ubbidì, guardandolo mentre si bloccava e un'espressione di gioia accarezzava i suoi lineamenti. Spinse i pollici sui suoi muscoli, poi gli baciò il collo. Una spinta sulla spalla lo fece sdraiare sulla schiena. Miranda si mise sopra di lui, poi iniziò a baciarlo e a leccarlo sul petto. Aprì le dita sui suoi pettorali, passandole sul leggero strato di peli scuri.

Toccarlo la fece eccitare. Si distese di lato e fissò il suo pene in erezione prima di prenderlo in bocca. Penn emise un gemito, mettendole le dita tra i capelli. "Oh, mio dio, Mira. È fantastico." Penn chiuse gli occhi mentre Miranda si muoveva sopra di lui, lentamente e deliberatamente.

Dopo un po', Penn la sollevò e si mise sopra di lei. Le esplorò la bocca con la sua. Le sue mani le strinsero il seno, mentre i suoi denti la mordicchiavano delicatamente. Penn era impetuoso, appassionato e riusciva a malapena a controllarsi. Le sollevò le gambe, appoggiandosele sulle spalle. Aprendole le cosce, la assaggiò. Miranda emise un gemito e inarcò la schiena. Il dolore crebbe dentro di lei, preparandosi a esplodere.

"Ti prego, Penn. Prendimi. Adesso!"

Miranda socchiuse un occhio e scorse il suo sorriso malizioso.

"Non ancora."

Mentre la sua lingua entrava di nuovo in contatto con lei, Miranda esplose in un orgasmo, urlando il suo nome. Contrasse i fianchi mentre

Penn le accarezzava la pelle scivolosa con il bordo della mano. Penn non perse tempo a rimetterla in posizione, spingendole le ginocchia verso il petto e tuffandosi dentro di lei. Quando lo sentì entrare, Miranda rimase senza fiato.

"Tutto bene?"

Miranda annuì, mentre il desiderio e il calore le toglievano il fiato.

"Sei strettissima. Fantastica," mormorò Penn, mentre si muoveva su e giù, aumentando la velocità. Alzò la testa, cercando le labbra di Miranda con le sue. Si unirono in un bacio appassionato, divorandosi a vicenda, travolti dalla passione.

Il petto di Miranda si sollevava verso il suo mentre la riempiva. Quando le lasciò le ginocchia, Miranda si adattò al suo ritmo, seguendo i movimenti dei suoi fianchi. I suoi capezzoli duri gli sfioravano i peli del petto. L'attrito aggiunse elettricità al suo corpo già sovraccarico. Un altro orgasmo la travolse. Poi, con gli occhi chiusi, Penn mormorò qualcosa che Miranda non riuscì a capire.

Con altre due spinte forti, Penn ebbe un orgasmo, gemendo il suo nome. Miranda gli passò le unghie sul leggero strato di sudore che gli imperlava la schiena. Le appoggiò il viso sul collo, respirando affannosamente. Miranda unì i piedi intorno ai suoi fianchi, tenendo uniti i loro corpi.

Dopo qualche secondo, Penn alzò lo sguardo. I suoi capelli erano sensualmente arruffati e gli ricadevano sulla fronte e sugli occhi grigi e calorosi. Era arrossito sulle guance. Miranda non aveva mai visto un uomo tanto bello. Gli baciò il naso.

"Ti amo, Mira." Le sfiorò le labbra con le sue.

"Immagino di sì." Lo guardò negli occhi per cercare la verità.

Penn aggrottò la fronte. "Non mi ami anche tu?"

"Certo. Altrimenti avrei avvelenato il tuo cibo."

Penn scoppiò a ridere. "Non ci avevo mai pensato."

"Io sì. Quando ero davvero arrabbiata."

"Ricordami di non farti arrabbiare di nuovo." Penn si appoggiò sui gomiti.

Miranda aprì le gambe, permettendogli di sollevarsi. Penn uscì da lei, lasciandole una sensazione di vuoto. "Questo non significa che ti venderò la mia metà."

"Lo so." Il muro tra di loro si innalzò di nuovo, non completamente, ma una barriera più sottile e trasparente apparve tra di loro.

"Sei il miglior amante di sempre," gli disse, stringendogli le dita intorno all'avambraccio.

"Anche tu. Davvero fantastica. Quello che mi fai è incredibile." Penn scosse la testa e sorrise.

Indossando le vestaglie, scesero al piano di sotto, cercando di non fare rumore. Con loro grande sorpresa, trovarono Susan seduta al tavolo della cucina, intenta a bere caffè con un sorriso consapevole.

Il suo sguardo si spostò dal viso di sua figlia a quello di Penn e viceversa. "Sono contenta che abbiate sepolto l'ascia di guerra, almeno per un po'."

"E nel posto giusto." Penn ridacchiò.

Miranda spalancò gli occhi mentre Susan scoppiava a ridere. La sua gioia si trasformò presto in un attacco di tosse che non riuscì a fermare. Miranda accese l'ossigeno e mise la maschera tra le mani di sua madre. Susan se la mise sulla bocca e sul naso e smise di ansimare.

L'ossigeno la calmò. Poco dopo, iniziò a fare dei respiri superficiali senza la maschera. Mira spense la macchina e si diresse verso il frigo. "Che cosa facciamo per colazione?"

"Che ne dici dei pancake?" Disse Susan, supplicandola con lo sguardo.

"Per te, mamma, qualsiasi cosa. Vada per i pancake." Miranda lanciò uno sguardo affettuoso a sua madre, poi prese gli ingredienti. Penn tirò fuori i piatti e le posate.

"Vado a vestirmi. Chiamami quando sono pronti." Susan si alzò e se ne andò.

Penn approfittò di quel momento di privacy per far sedere Miranda sulle sue cosce. La baciò e fece scivolare la mano dentro la sua vestaglia per accarezzarle il seno. "Quindi sono il miglior amante di sempre?" Le chiese, aggrottando la fronte.

"Sì."

"Quindi non passerà molto tempo prima che rifaremo l'amore?"

"No."

"Perché non ti trasferisci nella mia stanza?" Penn le aprì la vestaglia e le baciò il seno.

"Ne parleremo. Mamma tornerà tra un minuto," disse lei, alzandosi e stringendo la cintura. Miranda sospirò. *Stare così con lui è il paradiso.* Sorrise mentre mescolava l'impasto dei pancake.

Penn si mise a cantare "Sway" e le si avvicinò alle spalle, mettendole le mani sui fianchi e iniziando a muoversi al ritmo della canzone.

UNA VISITA DELLA POLIZIA per confermare i fatti della notte precedente spinse Susan a chiedere loro cosa fosse successo.

"Basta fare tardi da sola, Mira."

Miranda accarezzò la mano di sua madre. "Non preoccuparti. Non lo farò più."

"Bene." Penn le sorrise e le prese la mano. Una sensazione di contentezza la travolse. Stranamente, vivere con Penn e sua madre funzionava. Tuttavia, i dubbi su chi avrebbe ottenuto la casa le assillava la mente.

Cercò di ignorare quell'idea mentre iniziava a preparare la cena, mettendo l'arrosto nel forno. Penn finì di apparecchiare la tavola. Susan lesse il giornale, poi fece un solitario sul tavolino.

Penn mise la musica sul telefono. Quando iniziarono le note di "Sway", prese la mano di Miranda e la strinse tra le braccia. Ballarono per tutto il soggiorno. Quando Penn le strinse i fianchi, Miranda gli mise le mani sulle spalle. I loro corpi si avvicinarono e danzarono per la stanza in perfetta sincronia.

Susan posò le carte e li guardò. Miranda fece un respiro profondo, inspirando il profumo di Penn, mescolato al sapone fresco. Aveva un ottimo odore. Quando la canzone finì, Penn la strinse più forte, tirandola verso di sé per un bacio appassionato. Miranda si abbandonò tra le sue braccia.

Susan si schiarì la gola. I due innamorati si separarono lentamente. Penn le passò una mano sulla guancia, mettendole alcune ciocche di capelli dietro l'orecchio. Il timer del forno iniziò a suonare. Miranda si trascinò di nuovo verso i fornelli per abbassare la fiamma. Mise le patate dentro il forno e gli spinaci nel microonde.

Poco dopo, Penn interruppe il suono metallico di coltelli e forchette. "Vorrei portare voi signore a cena fuori."

"Non ce n'è bisogno, Penn," disse Susan.

"Voglio farlo. Siete mai state al Papillon Blanc?"

"È il ristorante più costoso di Manhattan," *disse Susan.*

"È impossibile entrare."

"Non per me. Sono il proprietario dell'immobile."

Gli occhi di Susan si illuminarono.

"Che ne dite di andare a cena e poi a teatro? Troppo?"

Susan rispose di scatto. "C'è un revival di Oklahoma! nelle anteprime. Tuo padre aveva interpretato Curly, sai? A Londra."

"Papà aveva interpretato Curly? È un musical. Rideva sempre dei musical."

"Lo so, ma aveva recitato in questo, e anche molto bene. Gli era dispiaciuto non poter continuare. Aveva una bella voce."

Penn usò il suo potere per ottenere dei biglietti in prima fila per lo spettacolo e un tavolo eccellente al Papillon Blanc. Mangiarono una squisita anatra arrosto con una salsa di ciliegie fresca, bevendo il miglior champagne e concludendo la cena con una torta al cioccolato peccaminosamente golosa.

John andò a prenderli e li accompagnò a teatro. Susan scese la rampa fino al suo posto senza problemi. Miranda notò che, ultimamente, sua madre mangiava volentieri ed era tornata a essere più vivace, come non era da molto tempo. Forse aveva protetto troppo sua madre. Forse aveva semplicemente bisogno di divertirsi di più, invece di qualcuno che le dicesse costantemente cosa non fare.

Lo spettacolo fu delizioso. Nel tragitto verso casa, Susan e Miranda canticchiarono le canzoni del musical in macchina. Susan si animò in volto mentre commentava il musical. Penn appoggiò la schiena al sedile e ascoltò le due donne che parlavano delle esibizioni, dei costumi e della musica. Quando arrivarono a casa, Susan ringraziò Penn e salì i gradini fino alla porta d'ingresso.

"Non ricordavo di aver lasciato tutte le luci accese." Miranda si rivolse a Penn.

"Pensavo che avessimo spento tutto, tranne le luci esterne," confermò lui.

Le luci del soggiorno erano accese e videro un'ombra che si muoveva nella stanza attraverso le tende. Miranda passò davanti a sua madre e inserì la chiave nella serratura. "Lascia che entri per prima, mamma."

Penn si fece avanti, spingendo Mira dietro di sé. Quando entrò nel soggiorno, Miranda rimase senza fiato.

Capitolo Undici

"Cressida, che cosa ci fai qui?"

"Bel modo di salutare una sorella che non vedi da secoli!"

"Sei stata tu ad andartene." Miranda rimise la chiave nella borsa. "Te lo ripeto. Che cosa ci fai qui? Del resto, non vivi più qui." Miranda appese il cappotto.

"Sono tornata per la mamma."

"Cosa?" Miranda si voltò verso sua sorella, con gli occhi spalancati. Penn si sedette sul divano.

Cressida si avvicinò per dare un bacio a sua madre. "Mi hai sentita. Voglio portare la mamma a Parigi con me."

"Non puoi farlo."

"Sì che posso. Mamma vuole venirci. Joe e io ci siamo sposati." Joe apparve dall'ombra, con una tazza in mano.

"Qualcuno vuole un po' di caffè? L'ho appena preparato."

"Joe, ci stai interrompendo. Ci siamo sposati e abbiamo comprato un appartamento. Un grande appartamento senza scale."

Miranda lanciò un'occhiataccia arrabbiata a sua madre. Susan alzò la mano. "Lo so, avrei dovuto dirtelo."

"Avete organizzato tutto questo alle mie spalle?" Gli occhi di Miranda si inumidirono.

"Non alle tue spalle. Per favore, potete lasciarci un minuto da sole? Tutti voi?" Susan si guardò intorno nella stanza.

Penn si alzò in piedi. "Qualcuno ha parlato di caffè?" I tre si diressero verso la cucina.

Susan si sedette sul divano e batté la mano sul cuscino accanto a sé. Miranda raggiunse sua madre.

"Il contrasto tra te e Penn è un male per tutti noi. Sembra che voi due non riusciate a risolvere le vostre divergenze. Dato che non vuoi rinunciare alla casa per me, ho pensato che, se mi togliessi dai piedi, forse ti arrenderesti e potresti trovare la felicità con Penn, senza sentirti come se mi stessi tradendo."

"Non è solo per te, mamma. Neanch'io voglio perdere questa casa."

"Non voglio più essere d'intralcio per te, Mira. Hai bisogno di vivere la tua vita e penso che tu non possa farlo con me qui."

Le lacrime iniziarono a scendere sulle guance di Miranda. "Tu non sei d'intralcio."

"Smettila o farai piangere anche me." Susan abbracciò sua figlia.

"Quindi vuoi andare a vivere con Cressida e Joe?"

"Penso che vivere a Parigi sarebbe emozionante. Anche la mancanza di scale in casa sarebbe un bene. Cress è cresciuta parecchio. Sembra felice con Joe."

"Siete rimaste in contatto."

"Anche Cress è mia figlia, sai?"

"Sì. Mi ha voltato le spalle, però."

"Cerca di dimenticarlo. Per favore. Non voleva ferirti. Ha visto un'opportunità per avere successo e l'ha afferrata. Forse è stata egoista, ma chissà se e quando avrebbe potuto capitarle di nuovo. Lo capisci?"

"Lo capisco. Solo che non mi piace."

"Provi ancora qualcosa per Joe?"

Miranda scosse la testa. "Non sono sicura di averlo mai fatto."

"Bene. È un bel sollievo saperlo." Susan fece un respiro profondo. "Ti voglio molto bene, Mira. Sei una donna fantastica. Spero che tu veda ciò che vedo io quando ti guardo. "Tuo padre sarebbe davvero orgoglioso di te." Susan strinse sua figlia tra le braccia. Rimasero abbracciate finché una vocina non attirò la loro attenzione.

"C'è spazio per un'altra persona?" Chiese Cressida. Le due donne smisero di abbracciarsi.

Susan si alzò. "È rimasto ancora un po' di caffè?"

"Mamma, tu bevi solo decaffeinato," disse Cress.

"Stasera ho bevuto tanto champagne da far addormentare tutta questa casa piena di persone." Susan si diresse verso la cucina.

Cressida si avvicinò lentamente al divano. Le due sorelle si guardarono negli occhi. "Suppongo che tu non voglia parlare con me. Sono il generale Benedict Arnold. Ti ho venduta. Ti ho rubato il ragazzo. Sono la sorella cattiva." Cressida si lasciò cadere su un cuscino.

Miranda continuò a guardare Cressida negli occhi, ma non disse nulla.

"Mi dispiace, Mira. Mi dispiace molto. Non volevo tradirti, ma quando l'avvocato di Penn mi ha chiamata offrendomi tre milioni di dollari, beh... Non ho potuto rifiutare."

"Lo capisco. Comunque, perché mi hai scritto una lettera per dirmelo? È un gesto molto freddo."

Cress si guardò le mani. "Sono stata una codarda. Lo so. Me ne sono pentita. Sapevo che ti saresti arrabbiata, però, e dovevo fare quello che dovevo fare. Poi la storia di Joe. Beh."

Miranda appoggiò una mano sull'avambraccio di Cress. "Non mi importa di Joe. Non sono innamorata di lui e non lo sono mai stata. Ciò che mi ha fatta infuriare è che hai fatto tutto alle mie spalle."

Cress si illuminò in volto. "Non hai mai amato Joe? Fantastico! Joe lo sa?"

"Sssh. Non lo sa. Non dirglielo. È un brav'uomo. Non voglio ferire i suoi sentimenti."

"Non lo farò. Quindi non sei arrabbiata che ci siamo sposati?"

Miranda scosse la testa.

Cress la abbracciò. "Grazie. Che sollievo!"

"Trovare la persona che odiavo di più al mondo in casa mia, però... Cress, non hai idea di quanto fossi arrabbiata. Ti avrei strangolata a mani nude."

"Lo immaginavo. Per questo ti ho lasciato la lettera e sono partita. Parigi è fantastica. Sto facendo uno stage con Madame Jolie. Con i soldi di Penn, posso permettermi di farlo e di mantenermi. Abbiamo un bell'appartamento con due camere da letto. Mamma avrà la sua stanza."

"Immagino di non poterla tenere tutta per me."

"Mi è mancata un sacco. Come te."

"Sì, certo," sbuffò Miranda.

"È vero. Sono felice di non essere più un peso per te."

"Non eri un peso. Sei mia sorella."

"Sì, lo ero. Con tutto il denaro che hai sborsato per me! I sacrifici. Quando ha chiamato l'avvocato di Penn, ho pensato che così non avresti più dovuto mantenermi. Odiavo dipendere da te, ostacolarti."

"L'unica persona che mi stavo ostacolando ero io stessa." Miranda sospirò.

"Ci aiuterai a fare la valigia di mamma?"

"Certo. Resti qui?"

"Non c'è spazio. Abbiamo una bellissima camera con vista sul parco al Regal Hotel."

"Bene. Sì. La tua stanza appartiene a Penn adesso."

"Ancora non dorme in camera con te?"

Miranda arrossì. "Dormiamo ancora in camere separate."

"Cazzo. Peccato. Di certo, è un gran figo."

Joe apparve sotto l'arco della porta. "Cress, è ora che torniamo in albergo."

"Joe ha ragione. È tardi. Domani tornerò qui per iniziare a fare la valigia."

"Ci sarò."

"Mi perdoni?" Cress si alzò in piedi e Miranda la raggiunse.

"Lo faccio sempre." Miranda abbracciò sua sorella. Poi si separarono.

Una volta che Cress e Joe furono andati via, Miranda chiuse a chiave la porta. Susan andò a letto, lasciando Miranda e Penn da soli.

Un'improvvisa sensazione di dolore e tristezza la travolse. Si mordicchiò il labbro e si fermò davanti all'ampia finestra anteriore, sbirciando da dietro la tenda. Il lampione illuminava il marciapiede, lasciando i gradini davanti alla porta d'ingresso all'ombra. Fece un respiro profondo e tremante e sbatté le palpebre per trattenere le lacrime.

Penn si avvicinò alle spalle di Miranda e le mise le mani sulle braccia. "Mi dispiace che tua madre parta. Anche per me è come una madre."

"Mi mancherà," gli disse, facendo un cenno con la testa.

"Sei arrabbiata con Cressida?"

"Non potrei mai restare arrabbiata con lei. Riesce sempre a farmi cedere."

"Sei arrabbiata con me?"

Miranda si voltò per guardarlo. "No. Ho capito. Hai fatto ciò che dovevi."

Penn fece un respiro profondo. "Grazie a Dio."

"Quindi, renderò le cose più facili per tutti. Quando mamma partirà, ti venderò la mia metà della casa."

Penn spalancò gli occhi. "Cosa?"

"Mi hai sentita. Hai vinto. È tua."

"Grazie." Penn la baciò, ma Miranda si allontanò.

Le lacrime le facevano bruciare gli occhi e aveva mal di schiena per la stanchezza. "Di' al tuo avvocato di preparare i documenti. Quando mamma salirà su quell'aereo, li firmerò."

"Mi hai reso molto felice. Non riesco a crederci. Mira, è fantastico."

Miranda lo guardò negli occhi. "Davvero?"

"Andiamo a letto e facciamo l'amore tutta la notte," sussurrò Penn.

Miranda si allontanò. Il suo autocontrollo svanì del tutto. "Non stasera. Voglio soltanto stare da sola. Spero che tu lo capisca."

Penn aggrottò la fronte. "Come preferisci."

Miranda si appoggiò alla ringhiera di legno e salì lentamente le scale, mentre le lacrime le rigavano le guance. Dopo essere entrata nella sua stanza e aver chiuso la porta, si spogliò e pianse fino ad addormentarsi.

PENN SI ALZÒ LA MATTINA dopo, carico di energia. Non riusciva a smettere di sorridere. *Avrò la casa e la ragazza.* Voleva mettersi a saltare e ballare. *È una situazione vantaggiosa per entrambi. Io costruirò il monumento a papà e Miranda potrà trasferirsi nel mio enorme appartamento.*

Indossò gli abiti da allenamento e uscì per la sua corsetta mattutina. Iniziò a pensare a tutte le cose da fare. *Chiamare Alfred. Chiamare gli architetti.* Decise di dare la buona notizia di persona a Maggie e John. Tornò di corsa nel suo appartamento.

Sentì l'odore del caffè appena fatto e si diresse verso la cucina. Si riempì una tazza e li sorprese nella sala da pranzo, dove si mise a cavalcioni su una sedia e diede loro la notizia.

"Ah, la sua ragazza ha ceduto? Molto bene, signor Penn," disse John, appoggiando la tazza.

"È riuscito a farla cedere, eh?" Disse Maggie.

"Non esattamente."

"L'ha sedotta?"

"Maggie! No."

"Allora, che cosa è successo?"

"Sua madre sta per partire. Immagino che stesse resistendo a causa di sua madre. Dato che Susan non ci sarà più, immagino che non le serva più la casa. Quindi, ho vinto." Penn sorrise prima di bere un sorso di caffè caldo.

“Miranda è felice?” Gli chiese John.

“Non direi proprio. Era piuttosto sconvolta prima di andare a letto ieri sera.”

“Mmm. Non va bene,” disse Maggie.

“Già. Non so perché sia turbata.”

“Forse perché non vuole perdere sua madre?”

“Sono molto legate. Non è contenta che sua madre si trasferisca a Parigi.”

“Ah, Parigi. John, dobbiamo trasferirci a Parigi anche noi, un giorno.”

John ridacchiò. “Un giorno, mia cara.”

“Andrà a vivere lì con la sorella minore di Mira. Non è un problema.”

“Per lei, forse. Non per Miranda, però. Sembra che quella che ragazza abbia molto da perdere,” disse Maggie.

Penn aggrottò la fronte. “Grazie per avermi demoralizzato. Ero anche felice.”

“Forse c’è qualcosa che può fare per farsi perdonare, signor Penn,” gli disse John.

Penn si appoggiò il mento sulla mano tra un sorso di caffè e l’altro. Finì di berlo e accese il computer. Sul tavolo, accanto al portatile, c’era il cd che gli aveva dato Miranda. Lo inserì e cercò il documento.

Dopo aver messo la carta nella stampante, iniziò a stampare. Prendendo una busta, scrisse l’indirizzo e vi inserì il documento. Scarabocchiò un breve biglietto e chiuse tutto.

“John, potrebbe consegnare questa busta per me oggi?”

“Certo.” John lesse l’indirizzo e spalancò gli occhi.

“Mi ha detto lei di aiutarla.”

“Già, l’ho fatto. Buona idea.”

“Come fa a sapere cosa sto pensando?”

“L’indirizzo dice tutto, signore.”

Penn gli rivolse un sorriso sbilenco. "Non dovrei sottovalutarla, John."

"Molto bene, signore." John fece un mezzo inchino e uscì dalla stanza.

La soddisfazione di aver fatto qualcosa di meraviglioso per la donna che amava riempì Penn di gioia. Anche se aveva intenzione di tenerglielo nascosto fino a quando non avrebbe scoperto la reazione di Miranda, tuttavia, iniziò a saltellare per la felicità di aver fatto una buona azione.

Penn aveva messo da parte il lato più gentile della sua personalità a favore dell'ambizione. Vincere era tutto a New York, quando si trattava di affari. Non c'era spazio per i sentimenti in ambito aziendale, solo in camera da letto. Aveva seguito le orme di suo padre e ciò aveva dato i suoi frutti. Era riuscito ad aumentare il giro d'affari.

Quindi, che cosa sarebbe cambiato se, di tanto in tanto, avesse ascoltato il suo lato sentimentale, facendogli notare il suo pessimo comportamento? Che cosa sarebbe successo se, a volte, la sua spietatezza avesse sconvolto persino lui stesso?

I suoi coetanei, soprattutto le donne, lo notavano per il suo successo. Che cosa importava se quelle donne non erano quelle di cui cercava la compagnia? Non era mai stato così prima. Miranda aveva stravolto il suo mondo. Quella ragazza aveva carattere e sapeva cosa voleva. Era sicuramente una che metteva i sentimenti davanti ai soldi. Penn la considerava il premio più prezioso che avesse mai vinto.

Mise la tazza nel lavello, poi tornò di corsa a casa di Miranda. Anche se erano già le sette, la casa era silenziosa. Dato che era stato il primo a svegliarsi, Penn preparò il caffè. Aprendo il frigo, trovò delle uova e dell'ottimo pane di segale croccante di Zabar. Si mise a canticchiare mentre cucinava.

Susan comparve all'improvviso, allacciandosi la cintura della vestaglia. "Sto ancora canticchiando la canzone iniziale di *Oklahoma!*"

"È uno spettacolo meraviglioso, Susan. Grazie per averlo scelto."

"No, grazie a te. La cena e il teatro di ieri sera sono stati un'esperienza fantastica. Il ristorante. Oh, mio Dio. Venti dollari per un'insalata. Non ero mai stata in un posto del genere. Grazie, è stato davvero bellissimo."

Penn fece un breve inchino. "È stato un piacere accompagnare le mie due signore preferite. A proposito, dopo che lei è andata a letto ieri sera, Mira ha accettato di vendermi la sua metà della casa."

"Ora capisco perché sei così allegro stamattina. Avevo la sensazione che l'avrebbe fatto. Ora, dobbiamo parlare." Susan si sedette a tavola.

Penn aggrottò la fronte. Divise le uova in due piatti, aggiunse il pane tostato e la raggiunse a tavola. "Che cosa sta succedendo?"

MIRANDA SI ALZÒ ALLE otto, più tardi del solito. Si precipitò fuori di casa per portare a spasso i cani e tornò alle dieci. Quando tornò, Cress era già arrivata. Le tre donne Bradford scelsero vestiti, ricordi e libri. Susan rimase seduta, come una regina, esprimendo la sua opinione in merito a ogni oggetto.

Ordinarono la pizza per pranzo e continuarono a lavorare. Quando Penn arrivò a casa, il soggiorno era tutto in disordine e c'erano scatoloni ovunque. Miranda aprì un paio di birre e ne porse una a Penn prima di crollare sul divano.

Si spostò qualche ciocca di capelli dal viso e appoggiò la schiena. "Cress e Joe ceneranno qui con noi stasera. Possiamo ordinare cibo cinese?"

"Certo," disse Penn.

"Bene. Cress ne ha davvero voglia. Dice che a Parigi non fanno un Maiale Mu Shu decente da nessuna parte." Miranda scoppiò a ridere.

"Avete lavorato molto."

"Quella scatola laggiù deve essere spedita. Quell'altra va conservata. Quella laggiù, invece, è da dare via. Questa è spazzatura. Hai già chiamato il tuo avvocato?"

"Abbiamo parlato oggi. Mi ha detto che i documenti saranno pronti tra dieci giorni."

"Bene. Perfetto. La mamma sarà già partita."

"Dov'è Cress?"

"È tornata in albergo per fare un pisolino prima di cena. Sì, certo," ridacchiò Mira.

Penn aggrottò la fronte.

"È tornata per fare una sveltina con Joe. Un *pisolino*, come se le credessi."

"A proposito di sveltine..."

"Sono esausta. Se vuoi, però, stanotte puoi dormire con me."

"Lo voglio. Voglio dormire con te tutte le sere."

Dato che Miranda e Cress si erano chiarite e riappacificate, la cena fu piacevole. Le donne Bradford avevano ritrovato il loro spirito di squadra. Risero, scherzarono e chiacchierarono fino alle dieci. Poi, Cress e Joe se ne andarono e Susan si diresse verso la sua stanza, esausta dalle attività della giornata.

Penn seguì Mira al piano di sopra. Anche se Miranda cercò di rimanere sveglia mentre Penn si preparava per andare a letto, il sonno la travolse. Quando si risvegliò, erano le sei del mattino e doveva alzarsi per portare a spasso i cani. Penn giaceva profondamente addormentato al suo fianco, con la sua straordinaria bellezza.

Si sedette e guardò il suo amante. Gli toccò la barba sulla guancia, che le graffiò delicatamente la pelle. Penn si spostò leggermente e sospirò. Il profilo fiero, forte e mascolino della sua mascella e del suo naso dritto le ricordavano una star del cinema. Due basette appena accennate gli incorniciavano il viso e le sopracciglia scure, leggermente spesse, erano tanto rilassate da conferirgli un aspetto gentile e tranquillo.

Il suo cuore ebbe un sussulto mentre lo osservava, spostando lentamente il lenzuolo verso il basso per scoprirgli il petto. L'amore e il desiderio le si mescolavano nelle vene. Si mordicchiò il labbro, travolta dalle sue fantasie.

Lunedì sera, Miranda mise il guinzaglio a Giulietta e Romeo e si diresse alla cena del Dinner Club. I carlini si misero a tirare il guinzaglio mentre si avvicinavano al palazzo di Bess. Mira si chiese se avrebbero continuato a vedersi il lunedì, quando si sarebbe trasferita più lontano. Si tirò su la cerniera della giacca per ripararsi dal vento gelido dei primi di novembre. I suoi pensieri si spargevano in direzioni diverse, lasciando che le onde della vita la travolgessero.

Bess aveva deciso di organizzare una cena a base di cibo di conforto e servì un pasticcio di manzo e uova con contorno di insalata. Come dessert, aveva preparato una torta di mele.

"Si può bere il vino con le uova?" Chiese Brooke, facendo una smorfia.

"Mmmm. Forse no," concordò Bess. Così, prese gli ingredienti per un Mimosa. "Che ne dite di questo?" Le quattro amiche fecero un brindisi.

"Ok, la persona più importante oggi è Miranda. Che cosa sta succedendo? Penn e tu siete ancora a un punto morto?" Le chiese Rory.

Bess servì la cena. Le ragazze mangiarono mentre ascoltavano la storia di Miranda.

"Che cosa hai intenzione di fare adesso?" Le chiese Rory.

"Ti ha chiesto di sposarlo? Vi sposerete e ti trasferirai da lui?" Le chiese Brooke.

"Non mi ha chiesto di sposarlo. Non so dove andrò a vivere."

"Il Ringraziamento si sta avvicinando. Poi sarà Natale," disse Bess.

"Spero di andare a Parigi per Natale," disse Miranda.

"E Penn? Lo lascerai da solo a Natale?" Bess mangiò l'ultimo boccone di pasticcio.

"Beh... sì. Credo di sì. Non ho ancora pensato a tutto questo."

Poi, si misero a parlare di altri argomenti. Miranda non voleva parlare del piano che aveva in mente, finché non ne sarebbe stata sicura.

Mentre si dirigeva verso casa, una sensazione di pace la travolse. Aveva preso la decisione giusta sulla sua vita. Mentre voltava l'angolo del suo isolato, fece un respiro di sollievo. I cani tiravano al guinzaglio, ansiosi di tornare a casa per ricevere il loro biscottino serale.

Quando Miranda entrò in casa, Penn e Susan erano seduti in soggiorno e stavano finendo di bere il loro brandy.

"Le valigie sono pronte. L'aereo parte domani pomeriggio. I pacchi sono stati spediti. Questa sarà la nostra ultima sera insieme, per un po'."

"Stappiamo lo champagne," disse Penn, andando a prendere una bottiglia dal frigorifero.

Miranda si sentiva soffocare dall'emozione, ma riuscì a sorridere. Tolse i guinzagli ai carlini, diede loro da mangiare e si diresse verso la cucina.

Alle dieci, Susan abbracciò sua figlia le diede il bacio della buonanotte e andò a letto.

"Ti dispiace se stanotte dormo da sola?"

"No, certo che no. Lo capisco."

"Davvero?"

"Ascolta, Miranda, non sono il bastardo insensibile che pensi che io sia. Ho visto la tua famiglia dall'interno. Ne ho fatto parte, in un certo senso. So cosa provi per tua madre. Io provavo lo stesso per la mia. Adesso decidi tu."

"Vuoi dire che, adesso che hai ottenuto ciò che volevi, sei felice di restare in disparte?"

"Più o meno. Sono felice di lasciarti fare tutto ciò di cui hai bisogno. So che ti senti travolta dalle emozioni e che hai dei sentimenti contrastanti. Non voglio costringerti a fare nulla, né metterti i bastoni tra le ruote."

"Gentile da parte tua."

Penn le afferrò le braccia. "È una questione di rispetto, Mira. Ci tengo a te. Tu vieni prima di qualsiasi cosa."

"E ci pensi solo adesso?"

"Mi hai ferito."

Miranda sospirò. "Scusa. Sono stanca e nervosa. Ho bisogno di dormire." Salì le scale da sola, lasciando Penn nel soggiorno.

Penn le lasciò le braccia, le sfiorò leggermente le labbra con un bacio e fece un passo indietro.

Il giorno dopo, il livello di tensione aumentava, man mano che Cress e Miranda davano ordini a tutti. Susan non trovava la borsetta e tutti si misero a cercarla freneticamente. Poi, si dimenticò dove aveva messo il passaporto. Penn e Joe trascinarono le pesanti valigie fuori da casa e le misero nella macchina di Penn.

"È venerdì. Tra poco sarà l'ora di punta," disse Cress. "Andiamo."

"Non a mezzogiorno, Cressida," disse Miranda, con le mani sui fianchi.

"E queste due, Mira?", le chiese Penn, sbirciando nel retro buio dell'armadio.

"Non quelle valigie. Solo queste. Abbiamo preso tutto."

Miranda preparò il pranzo, che fu consumato rapidamente. Tutti i membri della famiglia avevano i nervi a fior di pelle. Alle due, tutti si riunirono sul marciapiede. John si era offerto volontario di accompagnarli all'aeroporto, pur avendo detto apertamente, in passato, di detestare quel tragitto. Miranda si avvicinò alla macchina.

"Apprezzo molto che lei si sia offerto di farlo. Grazie, John. So che saranno al sicuro con lei."

"Non si preoccupi, signorina. Me ne occuperò io."

Si abbracciarono a lungo. Tutti si misero a piangere. La nostalgia e le emozioni travolsero Miranda, soffocandola e impedendole di parlare. I carlini piagnucolavano per ottenere l'attenzione di Susan. Susan si chinò per accarezzarli un'ultima volta.

Mentre il veicolo si allontanava dal marciapiede, le parole "fermatevi", "errore" e "tornate" si bloccarono sulle labbra di Mira. Guardare la macchina che si allontanava, mentre sua madre la salutava freneticamente dal sedile posteriore, sciolse la tensione di Miranda, le cui guance iniziarono a rigarsi di lacrime.

"Mamma," sussurrò. Penn le mise un braccio intorno alla vita da dietro. Miranda si appoggiò a lui.

"È come se fosse anche mia madre. Non posso credere che se ne stia andando," le disse.

Miranda annuì. Quando la berlina svoltò, Miranda perse di vista il veicolo. Trattenendo l'istinto di correrle dietro, si bloccò sul posto ad ascoltare i carlini sbuffare mentre annusavano un albero. Penn la tirò indietro con un leggero strattone. Le mise il suo fazzoletto nel pugno chiuso. Miranda lo strinse con le dita e si asciugò il viso.

"Rientriamo in casa. Ho messo su l'acqua per il tè."

Lasciò che Penn la conducesse in casa. C'erano dei vecchi tesori abbandonati, sparsi sulle superfici. Il soggiorno era un disastro. Miranda decise di ripulire tutto.

"Perché non lasci stare per adesso?"

"Preferisco farlo. Così mi terrò occupata."

Penn si diresse verso la cucina e tornò con una tazza di tè, preparato come piaceva a Miranda.

Miranda si sedette sul divano. "Preparerò gli scatoloni con la mia roba il prima possibile."

"Non c'è fretta."

"Quando saranno pronti i documenti dell'avvocato?" Miranda sorseggiò il suo chai.

"Tra un giorno o due. Non c'è fretta. Davvero."

"Vorrei concludere tutto al più presto. Non mi piace sapere che ho una spada che mi pende sulla testa."

"Non è un'esecuzione, Mira."

"Dipende dai punti di vista."

"Portiamo i cani a fare una passeggiata."

"Una breve, però. Fa freddo."

"Bene."

Misero il guinzaglio ai carlini e si diressero verso il parco. La tensione tra di loro aumentò. Firmare l'atto di proprietà della sua casa le sembrava un'esecuzione. Quando tornarono, affrontò Penn.

"Per favore, chiedi all'avvocato di venire qui dopodomani. Voglio firmare tutto e sistemare le mie cose da qualche parte. Trascinarla per le lunghe non fa che peggiorare le cose."

"Lo capisco. Lo farò. Perché non lasci che porti io le tue cose da qualche parte? Possediamo alcuni edifici nel Queens."

"Grandioso. Temevo di doverlo fare. Grazie."

"Che ne dici di uscire per una cena romantica stasera?"

"Certo."

"Dove vorresti andare?"

"Ovunque."

"Che ne dici di un pisolino?" Penn spalancò gli occhi.

Miranda scoppiò a ridere. "Buona idea."

Salirono in camera da letto e chiusero la porta.

PENN LE SI AVVICINÒ alle spalle e si chinò per baciarle il collo. "Ieri è stato fantastico. Sei così sexy! Cazzo."

Furono interrotti dal suono del campanello. Penn le diede rapidamente un bacio sulla guancia mentre scendeva le scale per far entrare gli avvocati. I carlini l'avevano battuto sul tempo, precipitandosi giù dal divano e correndo verso la porta, abbaiando. Blake Thomas indietreggiò mentre Romeo saltava sul vetro.

Penn respinse i cani, dicendo all'avvocato: "Sono innocui, Blake."

"Carlini da difesa?" Blake ridacchiò quando i cani gli si avvicinarono, strusciandosi per essere accarezzati. Diede una carezza a ciascuno, poi strinse la mano a Penn. "Questa è la casa?"

"Sì."

"Non male. Sembra vecchia. Ha intenzione di demolirla?"

"Si accomodi. "Il caffè è pronto." Penn evitò abilmente la domanda dell'avvocato. "Ha portato l'assegno?" Blake si diede una pacca sul taschino. "Bene."

Miranda e l'avvocato si strinsero la mano e si spostarono al tavolo della sala da pranzo. Fece scorrere le dita sul legno. *L'ultima volta che faccio affari o prendo un caffè seduta qui.* Si sforzò di allontanare quei pensieri e di concentrarsi.

"Dov'è il suo avvocato?"

"Non ce l'ho."

"Cosa?"

"Non ne avevo uno per il contratto."

"Le avevo detto di portarlo da un avvocato prima di firmarlo."

"Lo so. Penn demolirà comunque questo posto, quindi che differenza fa?"

"È il suo funerale. La avverto," mormorò l'avvocato, tirando fuori i documenti dalla valigetta.

Miranda tirò fuori dalla libreria un volume di Shakespeare con la copertina rigida. Lo aprì alla pagina de *La tempesta*. La storia che conteneva il personaggio che portava il suo stesso nome. C'era un pezzo di carta ruvido e pesante. Lo tirò fuori dal libro. "Ecco l'atto."

Miranda si mordicchiò il labbro mentre l'avvocato si occupava degli affari. Il dolore emotivo era talmente intenso da essere quasi fisico. *Come un intervento chirurgico senza anestesia.* Strappò un tovagliolino mentre assisteva al processo. Fu un susseguirsi di firme, tra Penn e lei. Ogni lettera che scriveva la avvicinava alla perdita della la casa.

Finalmente, era finita. Miranda indietreggiò.

"Non vuole l'assegno?"

Miranda sorrise. "Che sciocca!" Blake le porse la busta. Stava per mettersela in tasca, ma Blake iniziò a parlare.

"Per favore. Si assicuri che il suo nome e l'importi siano corretti."

Miranda lo tirò fuori. Non aveva mai visto un assegno con tutti quegli zeri. Spalancò gli occhi. Penn aveva firmato in modo molto chiaro e sicuro di sé. Miranda lo guardò.

Penn sorrise con uno sguardo caloroso e le strinse la mano. "So che è stato doloroso. Sarò sempre in debito con te."

Miranda annuì, temendo che le tremasse la voce. Poi, si mise l'assegno in tasca. *Ormai è fatta. È finita. Questa casa non mi appartiene più. Ho tre milioni di dollari, però.* Miranda fece un profondo respiro tremante.

Blake Thomas si alzò in piedi. Si strinsero di nuovo la mano. "È stato un piacere fare affari con voi."

Miranda annuì. L'avvocato ripose i documenti firmati nella valigetta, ma porse l'atto di proprietà a Penn, che gli strinse la mano e l'accompagnò alla porta.

"Ora è tutta tua," gli disse Miranda.

"Sì. Grazie."

"Ho bisogno di un drink." Miranda si diresse verso l'armadietto e si preparò un vodka tonic. Penn aprì una lattina di birra. Un solo drink non le fece effetto, così Miranda se ne preparò un altro.

"Vacci piano."

"Perché? Ho venduto la mia unica casa. La casa dove sono nata. Ho il diritto di sbronzarmi un po', non credi?"

"Sembra che ciò che penso io non conti nulla."

La rabbia la attraversò come un fulmine. "Hai ragione. Quello che pensi a riguardo non conta nulla."

"Farò in modo che un'azienda di traslochi imballi i tuoi mobili e le tue cose e metta tutto in deposito a mie spese domani."

"Beh, grazie."

"Sto cercando di renderti le cose più facili."

"Lo so."

"Non sto mica gongolando, né mi sto mostrando felice."

"Sì, e allora? Dovrei essere felice perché stai facendo uno sforzo?" Miranda si mise le mani sui fianchi.

Penn arrossì e si guardò le mani.

"Vado a sdraiarmi, da sola."

"Io devo andare in ufficio. Devo conservare quest'atto e organizzare tutto. Spero che tu lo capisca."

"Certo che lo capisco. Ciao." Miranda voltò le spalle e si diresse verso le scale.

Penn le strinse la spalla. "La nostra cena fuori? Decidi tu dove."

"Ho altri programmi."

"Andiamo. Non fare così."

"Così come? Devo vedermi con qualcuno."

La gelosia comparve negli occhi di Penn. "Uomo o donna?"

"Donna. Rilassati." Gli afferrò il bavero della giacca e lo tirò verso di sé per dargli un bacio.

"Wow. Perché un bacio?"

Miranda alzò le spalle. "Semplicemente perché mi andava."

Penn sospirò e sorrise. "Ci vediamo dopo." Si è messo il cappotto.

Miranda salì al piano di sopra. Mentre Penn scendeva i gradini dell'ingresso, Miranda lo guardò uscire dalla finestra della sua camera da letto. Appoggiò il palmo della mano sul vetro freddo mentre un singhiozzo le sfuggiva dalla gola.

"Addio," sussurrò Miranda.

Capitolo Dodici

Penn tornò a casa sua, leggermente sbronzo dopo l'enorme festa nel suo ufficio. Zio Alfred gli diede una pacca sulla spalla e si congratulò con lui per il suo colpo da maestro. Cibo e champagne furono consegnati e Penn festeggiò con il personale dell'ufficio, pur non avendolo mai fatto prima.

Doveva ammettere di essere un uomo diverso da quando aveva conosciuto Miranda. Miranda aveva tirato fuori il suo lato più tenero e questo gli piaceva. Essere un bravo ragazzo gli si addiceva. Era più felice che mai e non vedeva l'ora di tornare a casa.

Un appuntamento privato con Harry Winston si era concluso con un grosso anello di diamanti nella sua tasca. Avrebbe concluso quella giornata perfetta facendo la proposta alla "sua Mira" e mettendo in moto il suo futuro. La felicità gli ribolliva nel sangue, come le bollicine dello champagne.

Prima, considerava l'idea del matrimonio con il terrore. Non gli piaceva l'idea di sentirsi legato. Con Mira, però, non si sentiva così. Stavano diventando una squadra che affrontava la vita insieme. Non vedeva l'ora che Miranda diventasse sua. Aveva programmato di conquistarla con il più bel diamante che il denaro potesse comprare.

Quando tornò, alle nove, la casa era totalmente al buio. *Forse è ancora a cena, o magari è andata a letto presto. Andrò a svegliarla. Trasformerò il suo giorno peggiore nel suo giorno migliore.* Si mise a canticchiare "Sway" mentre saliva i gradini dell'ingresso e inseriva la chiave nella serratura. Fischiettando, accese le luci dell'ingresso e del soggiorno. Accolto dal totale silenzio, si chiese dove fossero i carlini. *Devono essere a letto con Miranda.*

"Miranda!" Chiamò. "Mira?" Di nuovo, non sentì nessun cane abbaiare. Penn salì i gradini due alla volta. Accese la luce nella stanza di Miranda, ma non era lì. Decise che prendere una tazza di caffè fosse una buona idea. *Così sbronzo, potrei cadere quando mi metterò in ginocchio.* Ridacchiò mentre continuava a cercarli. Dove erano i cani?

Un foglio di carta sul tavolo della cucina attirò il suo sguardo. Lo prese e si lasciò cadere su una sedia.

Caro Penn,

Quando leggerai questo biglietto, me ne sarò già andata. Ho deciso di andarmene. Non posso restare qui a vederti demolire questa casa. Assistervi, o persino restare a New York, mi ucciderebbe, sapendo ciò che sta succedendo. Ho preso Romeo e Giulietta e andrò a stare da un'amica, al nord dello stato, mentre scriverò una nuova commedia.

Non so per quanto tempo resterò lì. Probabilmente, almeno per il tempo necessario per demolire la casa e iniziare la costruzione. Non volevo andarmene lasciandoti una lettera, ma riesci a essere troppo convincente. Me ne sono andata come una codarda e non ne vado fiera. Non potevo permetterti di convincermi a restare, però.

Penso che andrò a Parigi per Natale, ma tornerò a New York per un giorno o due prima di prendere l'aereo. Non so dove andrò dopo Parigi. Non ho fatto progetti. Con tutti quei soldi in banca, comunque, grazie a te, ho moltissime opzioni.

AMARE O NON AMARE

Ti amerò sempre, ma non posso stare con qualcuno che ha distrutto la mia casa. Spero che tu capisca. Abbiamo passato dei bellissimi momenti insieme.

Sei un uomo fantastico. Sono sicura che avrai sempre successo e avrai molte donne tra cui scegliere. Spero che potremo incontrarci un'ultima volta per un vero addio prima che io parta per la Francia.

Con amore,

Mira

Penn si strofinò gli occhi. *No, non sta succedendo davvero. Sto sognando.* Si spruzzò dell'acqua fredda sulle guance. Quando lasciò cadere l'asciugamano, ormai perfettamente sobrio, però, la lettera di Miranda era ancora appoggiata sul tavolo della cucina.

Si sedette a rileggerla. Le lacrime abbatterono le sue difese mentre si metteva il viso tra le mani. Prese il cellulare per chiamare Miranda, ma la telefonata fu trasferita direttamente alla segreteria telefonica. Si diresse verso la porta d'ingresso e la prese a calci una volta, due volte, poi anche una terza volta. *Questa è la mia porta ora e, se voglio, posso sfondarla.* La frustrazione si mescolò alla rabbia. Furioso e impotente, Penn si mise a camminare avanti e indietro, non sapendo a chi rivolgersi o cosa fare.

Penn si lasciò cadere sul divano. L'ironia della situazione non gli sfuggì. Aveva ottenuto la casa, come voleva, ma aveva perso ciò di cui aveva davvero bisogno: la sua donna. Rendendosi conto di essere troppo sconvolto per pensare lucidamente, Penn salì le scale e si buttò a letto, dove si addormentò rapidamente.

Il mattino dopo, si svegliò con i postumi della sbornia, completamente vestito. Mandò un messaggio ad Alfred, dicendogli che sarebbe arrivato in ritardo e ordinandogli di bloccare la demolizione.

Non farò demolire la casa finché non avrò un piano. Poi andò a correre per schiarirsi le idee. Prese alcuni sandwich all'uovo e si sedette al tavolo della cucina, cercando di capire cosa fare. Arrivò il pomeriggio, ma Penn non era ancora andato al lavoro.

Arrivò anche la sera, che passò rapidamente. Il mattino lasciò il posto al pomeriggio. Penn era ossessionato. Non c'era mai stato un problema al quale non aveva trovato una soluzione. Non si faceva la barba e la doccia da due giorni. La casa vuota sembrava deriderlo. La presenza di Mira riempiva ogni stanza. Sentì il suo profumo e guardò la sua collezione di libri. Il suo armadio, però, era vuoto, come i cassetti del suo comò. Uscì solo per comprare qualcosa da mangiare.

La tortura finale fu guardare il muro con i segni della matita, che erano serviti per misurare la crescita delle ragazze durante la loro infanzia. *Sono un mostro a volerla distruggere.* Poi si chiese: *Che cosa avrebbe fatto mio padre? Che cosa avrebbe detto? Avrebbe detto: Fanculo Miranda. Ci sono un sacco di donne che muoiono dalla voglia di sposare un uomo ricco. Costruisci il tuo edificio. Ignorala. Ma non posso. Non posso!*

Alle nove, qualcuno bussò alla porta. *Miranda? Ha cambiato idea.* Si sistemò i capelli con le dita e si precipitò ad aprire. Erano Maggie e John, che gli portarono quelli che sembravano dei contenitori di cibo, entrambi con un'espressione preoccupata. Li fece entrare.

"Ha smesso di rispondere al telefono?" Lo rimproverò Maggie, entrando in cucina.

Penn tirò fuori il telefono dalla tasca. La batteria era scarica.

"Che cosa è successo, signore?" Gli chiese John, mettendo un pacco sul bancone.

Penn versò loro del caffè mentre raccontava la sua storia. Maggie aggrottò la fronte. Quando ebbe finito di parlare, Penn si mise la testa tra le mani e singhiozzò. "Non so cosa fare. Che cosa avrebbe fatto mio padre? Voi lo conoscevate. Tutti e due. Ditemelo, per favore. Sono infelice senza di lei."

Maggie gli accarezzò i capelli con la mano, come faceva quando Penn era bambino. "Penn, tesoro. La smetta di pensare a suo padre. Non ha bisogno di un monumento. Ha già quell'enorme edificio nell'East Side."

John alzò la mano e Maggie smise di parlare. Penn alzò lo sguardo.

"Ho tenuto a freno la lingua per anni, mentre lei idolatrava suo padre. Adesso non ce la faccio più. Era un prepotente spietato, che doveva fare tutto a modo suo. Manipolava le persone, le feriva e traeva vantaggi dalle loro perdite. Non posso sopportare di sentirle dire ancora di voler essere come lui. Non gli assomiglia affatto, grazie a Dio."

"Ma lo adoravano tutti."

"Stupidaggini. Alfred lo adorava. Suo padre ha costruito l'impero che permette ad Alfred di mantenersi. È sempre stato così e suo padre era il motore di tutto."

"Ma mia madre lo amava."

"Era buono con lei. Molto buono. La adorava. Adorava il terreno sul quale camminava. Sua madre era la sua umanità. Lo rendeva migliore," aggiunse Maggie, stringendo un braccio intorno a Penn.

"Maggie ha ragione. Insieme, erano una squadra perfetta. Non andava mai da nessuna parte senza di lei. Era cresciuto nell'estrema povertà e si era prefissato di sconfiggerla. E c'è riuscito," disse John.

"È riuscito a realizzare molte cose."

"Sì, ma la persona che ha sofferto per anni dopo l'incidente aereo è stata sua madre. Anne Gold Roberts, ah, era davvero meravigliosa!" Gli occhi di John si riempirono di lacrime.

"Papà diceva sempre che un bambino dovrebbe prendere da suo padre, non da sua madre."

"Un bambino dovrebbe seguire la propria natura," disse Maggie, "Non la falsa idea di come gli dicono che dovrebbe essere."

"Lei ha preso molto da sua madre, signore. E, aggiungo, grazie a Dio," ripeté John.

Le lacrime scesero sulle guance di Penn. John tirò fuori un fazzoletto e lo porse al ragazzo.

"Allora, è il momento che lei inizi a chiedersi cosa avrebbe fatto sua madre," disse Maggie.

"Non ho la più pallida idea di cosa avrebbe fatto. Mi dispiace, Maggie."

Maggie alleviò le preoccupazioni di Penn.

"Io so cosa avrebbe fatto sua madre," disse John. "Anche Maggie lo sa."

"Oh, sì. La signorina Annie? Certo che lo so. Che Dio benedica il suo cuore generoso!" Maggie abbassò la testa per nascondere le lacrime.

"Ci vorrà un po'. Ha del brandy?" Gli chiese John, alzandosi in piedi.

ERA UNA MATTINATA FREDDA a Pine Grove. La casa di Giselle Davenport era congelata alle sei. I carlini di Miranda non volevano alzarsi dal letto. Rimasero rannicchiati sul piumino uno accanto all'altra, mentre Miranda scendeva al piano di sotto per preparare il caffè, allacciandosi la vestaglia intorno alla vita.

Giselle Davenport e Miranda erano diventate amiche quando Miranda portava Ralph, il cane di Giselle, a passeggiare in città. Ralph era morto l'anno prima, ma erano rimaste in contatto. Miranda aveva chiamato Giselle subito dopo aver deciso di vendere la casa a Penn. Dopo aver ascoltato la storia di Miranda sulla perdita della casa e il suo bisogno di andarsene, avevo spinto la sua amica a invitarla a stare da lei. Miranda aveva così iniziato a condividere con Giselle la sua piccola ma confortevole casa alle pendici dei monti Catskill.

Mira era in piedi davanti alla finestra ghiacciata, intenta a sorseggiare un caffè e a ricordare la sua fuga dalla città e da Penn.

"Dovevi andartene?" Giselle la raggiunse.

"Penso di sì."

"Pensi di sì?"

"È difficile sapere dove andare dopo aver perso la propria casa."

Giselle annuì. "Tornerai da lui?"

"È finita. Troverò qualcun altro."

Il primo giorno da Giselle le era sembrato un piccolo viaggio, quasi una vacanza. Quando si era svegliata quella mattina, però, la realtà della sua decisione l'aveva travolta. Venne giù una leggera nevicata. Miranda controllò il telefono. *Dieci chiamate perse di Penn. Cazzo. Scommetto che sta diventando matto.* Una sensazione di pesantezza le penetrò nel cuore. Non riuscendo stare ferma, si mise a passeggiare da una finestra all'altra.

Trovare un nuovo posto dove vivere con un uomo da amare poteva essere un'avventura emozionante. Farlo da sola, invece, era soltanto triste.

"Grazie per aver preparato il caffè."

"Grazie per avermi accolta."

"Puoi restare quanto vuoi. A volte, mi sento sola. Mi metto a passeggiare per la casa."

"Pensavo che avessi un ragazzo al quale tenevi."

Giselle agitò la mano. "Secoli fa. È una lunga storia. Sono sola. Non più, però, da quando ci sei tu."

Miranda sorrise e sospirò. "So cucinare. Che ne dici se preparo la colazione?"

"Ottima idea. Non voglio interferire con la tua scrittura."

"Devo comunque mangiare." Miranda frugò nel frigorifero, finché non trovò gli ingredienti per preparare un'omelette al formaggio.

Miranda trascorse la giornata seduta davanti alla grande finestra del soggiorno, a guardare scoiattoli e a scrivere. Si concentrò sul lavoro ma, di tanto in tanto, ripensava a Penn Roberts. Si chiese cosa stesse facendo, se fosse arrabbiato o se fosse sollevato di non dover avere a che fare con i suoi sentimenti infantili riguardo alla casa. *Probabilmente, un po' entrambe le cose.*

Le mancava. La sera prima, aveva dormito in un letto freddo e vuoto. Miranda si era addormentata abbracciando un cuscino, con Romeo e Giulietta rannicchiati accanto a lei.

Sono stata io a scegliere di andarmene. Quindi, devo smetterla di commiserarmi e concentrarmi sulla scrittura della nuova commedia. Dopo aver delineato i personaggi, interruppe per prendere un caffè.

Alla fine della prima settimana, aveva definito i personaggi e scritto un canovaccio. Non riuscendo ancora ad allontanare Penn dai propri pensieri, Miranda si rese conto che, probabilmente, l'avrebbe sempre amato e si sarebbe chiesta dove fosse e cosa stesse facendo. Le telefonate di Penn erano diminuite a circa due al giorno. *Sto scomparendo dalla sua vita. Meglio per lui.* Si sentiva un po' ferito nell'orgoglio pensando che riuscisse a dimenticarla così in fretta. Forse aveva semplicemente accettato la sua decisione?

Miranda trascorreva le serate accanto al caminetto, bevendo tè caldo e giocando a Scarabeo. I carlini si mettevano comodamente vicino, ma non troppo, alle fiamme.

"Ti manca?" Giselle mise delle nuove tessere sul tabellone.

"Chi?" Miranda si sentì arrossire sulle guance.

"L'uomo dal quale sei scappata."

"Cosa ti fa pensare che...?"

Prima che potesse finire la frase, però, Giselle mise una mano sul braccio di Miranda. "Andiamo. Sii sincera. Ti conosco troppo bene."

"Ok, sì. Lo ammetto. Sì, mi manca. Molto più di quanto pensassi."

"Sei proprio innamorata, eh?"

"Come fai a saperlo?"

"È successo anche a me." Giselle sommò il suo punteggio e lo annotò. "Ventuno per me."

"Come sei riuscita a dimenticarlo?"

"Non l'ho fatto. Ho solo imparato a convivere con il dolore."

Miranda scosse la testa. "Non mi sembra una buona idea." Miranda compose la sua parola sul tabellone.

"Jeans, cinque lettere con la 'j'. Accidenti." Giselle scosse la testa mentre sommava i punti e li annotava.

"Sono una scrittrice, che cosa ti aspettavi?" Disse Miranda ridacchiando.

"Mi aspettavo che tu perdessi educatamente, che mi nominassi la migliore giocatrice che tu abbia mai conosciuto e che ti inchinassi alla mia ottima padronanza della lingua inglese," sorrise Giselle.

"Oops."

PENN TORNÒ NEL SUO appartamento lussuoso, si fece la doccia, si rasò e si diresse verso il suo posto di lavoro. Stare in casa senza Miranda era troppo triste. La sua presenza fluttuava da una stanza all'altra, ricordandogli ciò che aveva perso. Nel suo appartamento, almeno, aveva il sostegno di Maggie e John.

Poco dopo l'arrivo di Penn, Arthur si precipitò nel suo ufficio.

"Dove diavolo eri finito?"

"Dovevo capire cosa fare. Ho convocato una riunione del personale."

"Per quale motivo?"

"Un cambiamento di programmi."

"Cosa?" Arthur spalancò gli occhi talmente tanto che, se fosse stato calvo, i capelli gli avrebbero nascosto le sopracciglia.

"Già. Ho cambiato idea su quelle tra case in pietra arenaria."

"Non puoi. Abbiamo già pagato i progetti degli architetti. Abbiamo richiesto i permessi. La demolizione è prevista per domani."

"Annullala." Penn alzò lo sguardo, socchiudendo gli occhi.

Suo zio sporse il mento. "Non lo farò."

"Oh, sì che lo farai. Altrimenti, lo farò io. *Non* demoliremo quegli edifici."

"Che diavolo vuol dire? Perché no?"

"Non importa perché. Non lo faremo perché ho deciso così. Ho altri progetti per quegli edifici."

"Oh? Ad esempio?"

"Se terrai la mente aperta, te lo dirò."

"Sarà meglio che ne valga la pena. Potrei doverlo riferire al consiglio di amministrazione. Così, ti toglieranno l'incarico di presidente."

Penn si alzò in piedi. La rabbia lo fece diventare tutto rosso in volto e gli fece diventare la voce rauca. "Mi permetto di ricordarti che possiedo il sessanta per cento delle azioni di questa società. Tu, invece, solo il venti per cento."

"La cosa più stupida che io abbia mai fatto è stato cederti quelle azioni quando i tuoi genitori sono morti."

"Non mi *hai ceduto un* bel niente. Faceva parte dell'accordo che hai firmato."

Alfred si guardò le mani.

"Se pensi di poter ostacolare il nuovo progetto, Alfred, ti sbagli."

"Sei uno zerbino. Ragioni con il pene. L'edificio in onore di tuo padre ci farebbe guadagnare milioni! Che cosa penseranno gli altri azionisti e gli altri amministratori quando vedranno che hai rinunciato a un progetto redditizio per la folle idea di soddisfare la tua libido?"

"Non hai idea di cosa preveda il mio progetto. La casa di Miranda è solo una parte di esso."

"Allora qual è il resto? Rinunciare agli edifici che abbiamo pagato cinque milioni a testa?"

"No!" Penn sbatté il pugno sulla scrivania. "Perché non ascolti, per una volta, invece di comportarti come un coglione egocentrico che ragiona con il culo?"

"Ti licenzieranno," disse Alfred, diventando tutto rosso in volto e scuotendo il dito davanti a Penn.

"Fuori dai piedi." Penn mandò via suo zio, forse un po' troppo duramente.

Alfred indietreggiò verso il muro. "Cazzo! Maledetto moccioso viziato! Non avrei mai dovuto lasciarti avere il controllo di questa società."

"Se non li chiamerai per bloccare la demolizione, lo farò io, e subito dopo chiederò alla sicurezza di portare fuori da qui il tuo maledetto culo."

"Non puoi farlo."

"Non posso? Guardami. Dimmi il nome della ditta di demolizione."

"Scoprilo da solo. Io me ne vado." Alfred si diresse verso la porta.

Penn lo fermò, spingendolo contro il muro. "Dimmi il nome dell'azienda," gli disse a denti stretti.

"Fottiti, moccioso," sogghignò Alfred.

Penn strinse i pugni sulla camicia di suo zio.

"Polizia! Nina, chiama la polizia," urlò Alfred alla receptionist. Nina era confusa e non faceva che spostare lo sguardo da Alfred a Penn e viceversa.

"Non gli farò del male, non molto almeno. Dimmi il nome della ditta."

"L'ho dimenticato."

"Accidenti, Alfred!" Penn lasciò andare suo zio, che corse verso l'ascensore e si precipitò fuori dall'edificio come uno scarafaggio che stava per essere schiacciato dal suo carnefice. Penn fece un respiro profondo.

"Sono tutti nella sala conferenze, signor Roberts," disse Amy.

Penn si sistemò la cravatta, si allisciò il colletto e la giacca e si avviò lungo il corridoio. Tutti e venticinque i dipendenti lo stavano aspettando, con un'espressione mista tra incertezza e paura. Penn scrutò la stanza, fece un respiro profondo e si schiarì la gola.

"Sono qui per annunciarvi un cambiamento di programma. Non costruiremo un condominio all'avanguardia. Ho avuto un'altra idea per quei tre edifici in pietra arenaria. Ho immediatamente bisogno di alcune squadre. In primo luogo, dobbiamo annullare la demolizione prevista per domani. Qualcuno sa il nome della ditta incaricata?"

"Se ne è occupato Alfred," disse Tom Barker.

"Nessuno conosce il nome?" Tutti rimasero in silenzio. "Ok, ho bisogno di due persone che si occupino di scoprirlo." Due ragazze si fecero avanti. "Voi due, controllate tutte le fatture precedenti. Chiamate tutte le ditte di demolizione con le quali abbiamo avuto a che fare in passato e trovate quella incaricata della demolizione di domani. Annullate la demolizione!" Le due ragazze scarabocchiarono degli appunti e lasciarono la stanza.

"Poi, ho bisogno di nuovi progetti architettonici. Chi ha contattato gli architetti per questo progetto?" Alice Martin si fece avanti. "Bene, Alice. Chiamali. Organizza una riunione d'emergenza. Oggi stesso, se possibile."

"Mi scusi se glielo chiedo, signor Roberts, ma cosa ha in mente di fare con quegli edifici?" Gli chiese Alice. Ci fu un brusio tra gli altri dipendenti.

"Suppongo che sia giusto esporvi il progetto. Per favore, d'ora in poi chiamatemi Penn." Si sedette al tavolo delle riunioni e tirò fuori un piccolo taccuino. Lo aprì. "Invece di ottenere ancora enormi profitti, stavolta restituiremo qualcosa alla comunità, a partire da quei due edifici." I dipendenti si avvicinarono. L'unico suono che si udiva nella stanza era la voce di Penn.

Alla fine della giornata, la frustrazione e la paura si mescolarono nel sangue di Penn. Nonostante le ricerche, non erano riusciti a scoprire il nome della ditta che si sarebbe occupata della demolizione il mattino dopo. Penn pensò che Alfred ne avesse scelta una nuova.

Prese le sue cose e trascorse la notte nella vecchia casa di Miranda. Si svegliò alle sei e mezza, quando sentì il rumore di alcuni enormi veicoli che accostavano al marciapiede. Guardando fuori dalla finestra, vide un camion che scaricava un cassonetto.

"No, no, no, no. Devo fermarli." Indossando un paio di jeans e una felpa, Penn uscì dalla porta in un lampo.

"Salve, signore. Che cosa ci fa qui? Deve andarsene. Dobbiamo demolire questa casa."

"No, non dovete."

"Chi accidenti è lei?"

"Sono il presidente della Roberts & Roberts."

"Potrebbe essere anche Dio, ma non mi interessa. Abbiamo un incarico da rispettare."

"Avete ricevuto quell'incarico dalla mia azienda. Sono qui per dirvi che c'è stato un errore."

"Si tolga di mezzo, amico, o chiamerò la polizia."

"Lo faccia. Io non ho intenzione di spostarmi. Chiami anche il suo capo. Mi faccia parlare con lui. Sono Penn Roberts."

"Lei potrebbe essere anche Daffy Duck, amico. Si sposti!" L'uomo muscoloso diede a Penn uno spintone sulla spalla. Penn indietreggiò. Nel giro di un minuto, iniziò una vera e propria lite. Due operai cercarono di separarli. Entrambi finirono con le labbra insanguinate e le guance graffiate. Arrivò un'auto della polizia.

"Signor Roberts, cosa sta facendo?"

"Sto difendendo la mia proprietà, agente. Per favore, dica a quest'uomo chi sono e che ho il diritto di annullare la demolizione."

"Perché non ne discutiamo alla stazione di polizia?"

"Se ci allontaneremo, demoliranno queste case. Sono tutte e tre di mia proprietà e non voglio che vengano demolite."

"Si avvicini in silenzio, signor Roberts."

Poi, l'ufficiale si avvicinò e mise una mano sul braccio di Penn.

"Non mi tocchi o chiamerò il commissario di polizia."

"Ok, può fare una telefonata prima che la porti in commissariato."

Penn tirò fuori il telefono. "Buongiorno, Commissario. Sembra che ci sia un piccolo malinteso con uno dei suoi agenti..."

Capitolo Tredici

DUE SETTIMANE DOPO.

Il giorno del Ringraziamento, a Pine Grove iniziò a nevicare. All'inizio, Romeo e Giulietta non volevano uscire. Tuttavia, non passò molto tempo prima che scoprissero la gioia di giocare nel giardino in mezzo alla neve. La proprietà di Giselle aveva una recinzione bassa, abbastanza alta da impedire ai carlini di uscire, senza però ostruire la vista del bosco alle spalle della casa.

Miranda prese una tazza di sidro caldo e si alzò per andare a guardare i cani mentre giocavano. Un messaggio la fece distrarre.

> Buone notizie sulla sua commedia. La prego di contattarmi.
> Geoffrey Reed

Mira fece un fischio ai cagnolini. "Biscottino," li chiamò, e i due arrivarono di corsa. Dopo averli asciugati, si sedette in cucina davanti alla stufa a legna e digitò il numero di telefono.

"Sono contenta di sentirti, Geoffrey."

"Ho ricevuto una telefonata da Max Webster. Della East/West Productions."

"Sì?"

"Lavora con Gunther Quill. Max lavora a Broadway e Quill si occupa dei film."

"E? Non mi tenga sulle spine."

"Sono interessati alla sua commedia."

"Davvero?" Miranda si alzò in piedi e iniziò a passeggiare. "Come l'hanno saputo?"

"Non ha un agente?"

"Non ancora."

"Che importa? Vogliono incontrarla. Penso che le faranno un'offerta."

"Immagino che mi serva un agente."

"Ho un'amica. La chiamerò."

"Chi è?"

"Fran Doyle. La conosce?"

"Forse mio padre la conosceva."

"È una brava negoziatrice."

"Grandioso."

"Deve prima firmare con lei. Può inviarle il suo contratto per e-mail."

"Quando vogliono che ci incontriamo?"

"Verranno per Natale. Forse due settimane prima? Riuscirà a essere qui?"

"Ci può scommettere."

Miranda mise giù il telefono e si sedette, sbalordita. Due grandi produttori. Wow. Stava quasi per chiamare Penn, poi esitò. Forza. Diglielo. Sarà felice per te. Non tornerai da lui, però, quindi credi sia giusto chiamarlo?

Non riuscendo a resistere, andò a sedersi sul divano con il telefono. Avvolgendosi una coperta intorno alle gambe, guardò la neve all'esterno. Trattenendo il fiato, digitò il suo numero.

Mentre aspettava una risposta, le tremava la mano. Non appena sentì la sua voce, le si seccò la gola.

"Miranda? Miranda, sei tu? Davvero?"

"Sono io."

Cadde il silenzio. Poi le disse: "Ci sono un sacco di cose che vorrei dirti. Comincia tu, però."

"Ti sto chiamando per dirti che c'è un produttore interessato alla mia commedia."

"Davvero? Stupendo!"

"Avrei dovuto chiamarti prima."

"Sono contento che tu l'abbia fatto."

Il tono di voce caloroso di Penn la incoraggiò. "Quindi non sei arrabbiato?"

"Certo che no. Sono fiero di te."

Miranda sospirò. "Grazie a Dio. Bene. Tornerò tra un paio di settimane per firmare con un'agente e incontrare i produttori."

"Possiamo vederci?"

"Certo."

"Mi manchi," disse Penn.

"Anche tu."

"Ti manco?"

"Sì. La casa è già stata demolita?" Gli chiese con la voce tremante.

"Non mi va di parlarne adesso."

"Lo capisco. Sì. Non è il caso." Miranda sospirò, sentendosi le spalle pesanti.

"Potremo parlarne quando verrai qui. Mi mandi un messaggio per dirmi quando, dove e tutto il resto? Pensavo che non ti avrei mai più rivista."

"Nel biglietto ti ho scritto che ci saremmo rivisti."

"Sì, è vero. L'avevo dimenticato." Il tono di voce di Penn sembrava più sereno.

"Stai bene?"

"Sono stato meglio, ma sto bene. Solo una piccola rissa, ma mi sto riprendendo."

"Ti sei fatto male?"

"Niente di grave."

"Grazie a Dio. Per un momento, ho pensato... Beh, stai bene. Bene."

"Ti amo, Mira. Oops. Avevo giurato che non te l'avrei detto, se ci fossimo risentiti."

"Mi piace sentirtelo dire. Pensavo che fossi arrabbiato."

"Lo sono stato, per un po'. Ora, però, non lo sono più."

"Bene. Così, potremo vederci senza essere arrabbiati."

"Giusto."

"Adesso devo andare. Mi farò sentire," disse Miranda.

"Ciao, Mira."

Miranda riagganciò, appoggiò la schiena alla sedia e sorrise tra sé e sé. Il dolore alle spalle le era passato. Verso le otto, le squillò il cellulare. Era Penn.

"Volevo sapere se ti va bene se ti chiamo. Magari per una breve chiacchierata. Solo per darti la buonanotte o cose così. Come stasera."

"Sì. Perché no?"

"Ho chiamato solo per darti la buonanotte e spero che tu dorma bene."

"Buonanotte, Penn. Spero che dorma bene anche tu."

Penn riagganciò. Miranda guardò il telefono. Era sorpresa che non l'avesse inseguita con un fucile carico, che non le avesse urlato contro e che non avesse insistito perché tornasse da lui. *Penn ha vinto la battaglia per la casa, ma ha perso me. Si sta arrendendo? Non è da lui.* Miranda aggrottò la fronte.

Arrivò il giorno del Ringraziamento. Giselle aveva programmato di trascorrere quel giorno di festa con Grey Andrews e la sua famiglia, che viveva nelle vicinanze. Miranda la seguì, sentendosi intimidita e a disagio. La grande famiglia Andrews e i coniugi dei loro figli erano molto amichevoli e accoglienti. Le chiesero della sua commedia e della sua vita a New York.

Miranda notò quanto fossero affettuosi con i propri coniugi. Avrebbe voluto stringere le dita intorno a una mano più grande e calda. Le sue braccia desideravano tanto stringere un uomo. Non un uomo qualunque, ma uno in particolare: Penn Roberts. Il cibo era delizioso e quella famiglia felice le fece sentire la mancanza della propria.

Si chiese se sua madre e sua sorella stessero festeggiando il Ringraziamento a Parigi. *Vendono il tacchino anche lì? O forse mangeranno dell'anatra arrosto?* Si scambiava spesso delle e-mail con Susan, ma non era la stessa cosa che stare insieme. La solitudine la travolse. Quando tornarono a casa, Miranda disse a Giselle di non sentirsela di fare la loro partita a Scarabeo, sostenendo di aver mangiato troppo. Poi, andò nella sua stanza. Prese un libro, ma questo non la coinvolse e non le fece passare la tristezza.

Invece, si mise in piedi davanti alla finestra, guardando la neve che cadeva e ascoltando il ticchettio delle zampe dei carlini sul pavimento di legno. Romeo e Giulietta saltarono sul letto, girarono intorno finché non trovarono un posto comodo e si rannicchiarono. I loro grandi occhi marroni seguivano ogni movimento di Miranda.

"Grazie a Dio ci siete voi," disse Miranda ad alta voce. Li raggiunse e permise loro di accoccolarsi vicino a lei per riscaldarsi. Li coprì con una copertina.

"Non siete Penn, ma meglio di niente." Il ricordo del suo profumo le riempì le narici mentre afferrava il cuscino e se lo stringeva al petto. I carlini iniziarono a russare prima ancora che spegnesse la luce e Miranda si addormentò poco dopo.

PENN CHIAMÒ IL CAPOSQUADRA dei lavori. "Questo posto deve essere pronto per domani."

"Tutti tre gli edifici? Lei è fuori di testa?"

"No, no, solo questa casa. I lavori sulle altre due possono procedere. Se mantenete questo ritmo, dovreste finire tutto entro gennaio, giusto?"

"Fine gennaio."

"Perfetto. Questa casa, però, sarà pronta per domani?"

"Sì, sì. Ci sono ancora alcune cose in soffitta, ma è vivibile."

"I cartelli sono pronti?"

"Proprio come lei ha ordinato," disse il caposquadra.

"Bene. Perfetto. Grazie."

Penn si mise a passeggiare, entrando prima nel soggiorno, poi di nuovo nella sua stanza, poi di nuovo in soggiorno. Entrò Maggie, portando un piattino di patatine e salsa fresca. Si sedette sul divano di pelle nera.

"Si sieda, Penn. Mangi."

John la seguì con un vassoio contenente tre bicchieri e una brocca di margarita. Penn si fermò e si versò un drink prima che il maggiordomo riuscisse ad appoggiare il vassoio. Penn strinse il bicchiere e si scolò il drink prima di versarsene un altro.

"Piano, signor Penn."

"Che succede?" Gli chiese Maggie.

"Miranda sta tornando. Arriverà domani."

"È già domani. Santo cielo, che emozione!" Gli occhi di Maggie si illuminarono.

"Domani è già il cinque?" Gli chiese John.

"Ho moltissimo da fare. E se non le piacesse?"

"Le piacerà moltissimo."

"Non le ho chiesto nulla. Non le ho dato una possibilità, nessun suggerimento."

"È una sorpresa, signore," disse John, con un piccolo sorriso sulle labbra.

"Guy, il caposquadra, ha detto che sarà pronta per domani. Sarà meglio che lo sia." Penn serrò la mascella.

"Mangi qualcosa. Con tutto quell'alcol. Ha bisogno di mangiare." Maggie raccolse della salsa con una patatina e la porse a Penn.

Penn la divorò e sorrise. "Le piacerà, vero?"

"A Annie sarebbe piaciuto," disse Maggie.

"Sì, le sarebbe piaciuto." John annuì.

"Se non le piacerà, vorrà dire che non è la ragazza giusta per lei," disse Maggie, bevendo un sorso del suo drink.

Penn sollevò il bicchiere. "A voi due, Maggie e John. Per il vostro piano brillante e per avermi aiutato a realizzarlo."

"Non ci hai ancora detto nulla della terza casa," gli disse John.

Penn gli lanciò un sorriso misterioso. "È una sorpresa anche per voi."

"Adoro le sorprese." Maggie batté le mani.

"Io le odio," mormorò John. "A che ora arriverà?"

"Prenderà il pullman. A mezzogiorno, credo." Penn controllò il telefono. "Sì. Mezzogiorno. Dove dovremmo andare prima?"

"Vediamo, qual è il programma?" Maggie tirò fuori un piccolo taccuino dalla tasca del grembiule. Sfogliò alcune pagine e si fermò. "Ecco."

"Voi siete meglio di due genitori. Dico sul serio. Io non avrei mai saputo cosa fare. So che a Mira piacerà moltissimo."

"Lei è il nostro ragazzo, Penn," disse Maggie, alzandosi per abbracciarlo. Maggie gli porse il taccuino. I tre si sedettero accanto, programmando gli eventi del giorno successivo. La brocca di margarita si svuotò lentamente, tra le risate e i sussurri.

Alle undici, Penn stava in piedi, con addosso solo un paio di boxer, davanti alla finestra. "Domani, a quest'ora, sarò l'uomo più felice della Terra."

Penn si sedette accanto alla finestra, osservando l'isolato tranquillo e guardando le ombre proiettate dai lampioni. Aprì il portafoglio e tirò fuori la foto dei suoi genitori che teneva sempre lì. Scrutò i due volti che aveva guardato centinaia di volte e sorrise. Sembrava che i loro sorrisi gli dessero l'approvazione per ciò che stava per fare. Esaminò le loro espressioni e notò un po' della spietatezza di cui gli aveva parlato John nello sguardo di Matt Roberts.

Di recente, aveva visto il bagliore dello sguardo caloroso di sua madre anche nel proprio. Quando si guardava allo specchio per radersi o per pettinarsi, notava che la sua espressione era cambiata. Era qualcosa di impercettibile, ma era facile notare quel genere di cose guardandosi allo specchio ogni giorno. La felicità che gli riempiva il cuore illuminava la sua espressione e la lucentezza dei suoi occhi.

Sua madre aveva lo stesso sguardo. *Doveva essere follemente innamorata di papà.* Sorrise mentre rimetteva la foto al sicuro nello scomparto laterale del portafoglio.

Ridacchiò prima di scivolare sotto le lenzuola e chiudere gli occhi. *Domani sarò con Miranda e la vita tornerà a essere bella.* Era la prima volta, a quanto si ricordava, che si addormentava sorridendo.

PENN SI SVEGLIÒ ALLE sei, irrequieto. Tirò giù le coperte e si sedette sul bordo del letto. Fece una lunga doccia, si rasò, si mise un po' d'acqua di colonia e indossò gli abiti casual che lo rendevano sicuro di sé.

"Oh, accidenti. Penn, ragazzo mio, ha un aspetto magnifico." Maggie portò in sala da pranzo un vassoio colmo di uova e bacon.

"Lo pensa davvero? Sto bene?"

"Signor Penn, il suo abbigliamento è perfetto per l'occasione,"

"Miranda non potrà mai resisterle," disse Maggie, con un luccichio negli occhi.

Penn divorò il cibo, poi John lo accompagnò alla stazione dei pullman. Penn si mise a passeggiare, controllando continuamente l'orologio. Undici e mezza, undici e quaranta: sembrava che il tempo si fosse fermato. Finalmente, arrivò un pullman. Pensava di esplodere aspettando che le persone scendessero.

Eccola. Il cuore iniziò a battergli all'impazzata e aveva la bocca completamente asciutta. Era bellissima, con i suoi jeans aderenti e un maglione di cotone turchese, che si abbinava perfettamente ai suoi occhi. I capelli scuri le incorniciavano il viso e si arricciavano dolcemente intorno alle spalle. Un piumino bianco le dava un tocco di stile. Il cappello d'angora bianco e i guanti abbinati completavano il quadro.

Era di una bellezza mozzafiato. Dimenticando tutti i diversi approcci a cui aveva pensato, Penn si fece avanti e si limitò a stringerla tra le braccia. Miranda sollevò il mento per ricevere il bacio di Penn.

Aveva un buon sapore, troppo buono, talmente buono che Penn se ne era quasi dimenticato. Miranda si abbandonò tra le sue braccia mentre Penn le esplorava la bocca. Si separarono quando sentirono qualcuno che si schiariva sonoramente la voce.

"Signorina, ha lasciato questo sul pullman." L'autista le porse uno zainetto rosa, sollevò il cappello e proseguì per la sua strada. Miranda ridacchiò e le guance le diventarono di un perfetto color rosa pesca. Penn prese la valigia pesante e le strinse la mano mentre uscivano dalla stazione.

"John ci sta aspettando sull'Ottava Strada," le disse. Il vento freddo che sferzava il viale li accolse quando uscirono dalla stazione.

Quando entrarono nell'auto calda, si scambiarono i saluti.

"È un piacere rivederla, signorina Miranda. Bentornata a casa."

"Grazie." Miranda sospirò. "Non ho più una casa. Mi dispiace. Ho giurato che non avrei detto nulla."

Penn lanciò un'occhiataccia a John. "Mi dispiace, non volevo dire nulla di male."

"Nessun problema," rispose Miranda.

John guidò la macchina nel traffico.

"Dove stiamo andando?" Gli chiese.

"Ho un paio di sorprese per te." Penn sorrise.

"Oh?" Miranda sollevò un sopracciglio.

Entusiasmo e speranza ribollivano nel petto di Penn. "Non ci crederai mai. Penso di aver superato me stesso."

"Sono sicura che l'edificio è estremamente maestoso," disse Miranda, con un tono di voce leggermente sarcastico.

"Preparati a svenire. Davvero." Vedendo la sua espressione scettica, il sorriso di Penn si allargò ulteriormente.

"Grattacieli! Visto uno, visti tutti."

Penn scoppiò a ridere. Anche John fece una risatina.

"Voi due state ridendo di me." Mira fece una smorfia.

"Ci scusi, signorina," disse John.

L'auto proseguiva agevolmente lungo la strada dissestata mentre John evitava le buche più grandi. Quando raggiunsero la strada della casa di Miranda, il cuore di Penn si mise a battere all'impazzata. *La adorerà o la odierà.* Penn non aveva mai fatto niente di tanto spettacolare per qualcuno prima d'allora. Era impaziente e aveva le farfalle nello stomaco. John si fermò davanti alla casa accanto, proprio come avevano programmato. Scese e aprì lo sportello.

"Dov'è l'edificio?" Miranda sbirciò fuori dal finestrino.

John le porse la mano, mentre Penn scendeva e correva verso l'altro lato dell'auto.

"Non c'è nessun edificio."

"Cosa?"

"Ho annullato i progetti. Invece, ho trovato qualcosa di meglio." La accompagnò verso una struttura, evidentemente ancora in costruzione. Miranda alzò lo sguardo dai gradini alla facciata dell'edificio. Con un enorme sussulto, strinse il braccio di Penn.

Lesse il cartello ad alta voce. "Teatro Shaw Bradford. Che cosa vuol dire?" Miranda si voltò per guardare Penn, poi di nuovo l'edificio, poi ancora Penn.

"Ho deciso di usare queste case in un modo migliore. Il teatro sarà pronto entro la fine di gennaio."

"Con il nome di mio padre?"

"Proprio così. È il luogo perfetto per il debutto della tua commedia."

"Oh, mio Dio. Hai fatto questo per me?" Miranda aveva gli occhi lucidi.

"Sì. E per il quartiere."

Miranda si coprì la bocca con la mano, respirando a fatica.

"Questo porterà qui molte persone, che mangeranno nei ristoranti. Gli attori troveranno più lavoro. Il teatro sarà utile per tantissime persone."

"È meraviglioso. Penn, è un'idea geniale."

"Il teatro è piccolo, ma va bene. Dovrebbe essere il posto perfetto per le opere degli esordienti, come te, prima che vadano a Broadway."

Miranda si sporse per baciarlo. "Possiamo entrare?"

"Domani," le disse, conducendola lungo la strada.

"Se non hai costruito il grattacielo, allora che cosa ne hai fatto della mia..."

"Da questa parte," le disse, interrompendola. Si fermarono davanti alla sua vecchia casa in pietra arenaria. La facciata era stata rinfrescata con un lavaggio a pressione. Le finiture color crema erano state ridipinte della stessa tonalità.

"Non l'hai fatta demolire?" Disse Miranda, con un tono di voce stridulo.

"No."

"La casa è meravigliosa," sussurrò lei, spostando lo sguardo dall'alto in basso e da un lato all'altro. "Non mi ero resa conto di quanto fosse malconcia."

"Aspetta di vedere l'interno."

"Che cosa? L'hai cambiato?"

"Solo restaurato." Quando Miranda aprì la bocca, Penn le fece cenno di calmarsi. "Aspetta di vederla, prima di saltare alle conclusioni."

"Ok, ok. Hai ragione."

Penn le prese la mano e la condusse alla porta d'ingresso. Miranda strinse la presa. Quando Penn si voltò verso di lei, vide le lacrime sulle sue guance. Penn spalancò gli occhi.

"Pensavo che non avrei mai più rivisto questa casa. Io... io... è... il mio sogno. Grazie." Mentre gli stringeva la vita, le tremava la voce.

Penn le diede un bacio sulla testa. Miranda sospirò, poi si fermò per guardarlo negli occhi. "Perché? Perché non hai costruito l'edificio che avevi progettato?"

"Ho preferito rendere felice te che compiacere un uomo che non è qui per apprezzarlo."

"Oh, Penn." Miranda scoppiò in lacrime e gli si mise a singhiozzare sul petto. Penn le accarezzò i capelli. John era dietro di loro.

"Non vuoi vedere l'interno?" Miranda annuì. Penn le mise il suo fazzoletto in mano e aprì la porta.

Miranda entrò nel soggiorno, che era stato dipinto di un colore quasi identico al precedente. Gli arredi erano rimasti gli stessi e negli stessi posti. Le finestre erano nuove. Le modanature erano state scartavetrate e ridipinte. Mentre i mobili sembravano logori, la stanza sembrava fresca e nuova.

"Accidenti. È fantastica." Miranda osservò la stanza. "Ora il divano e le sedie devono sparire." Miranda incrociò lo sguardo di Penn.

"È esattamente quello che pensavo."

"Hai intenzione di sostituirli?"

"Ho pensato di lasciare a te la scelta."

In un angolo del soggiorno, c'era un albero sempreverde. Una grossa scatola sul pavimento traboccava di luci e ghirlande.

"Quella è la scatola di decori natalizi che avevi lasciato qui. Ho pensato che ti sarebbe piaciuto decorare l'albero personalmente."

"Oh, mio Dio! Un altro albero di Natale in questa casa." Miranda aveva gli occhi lucidi.

"Se hai intenzione di piangere per tutto, penserò di aver commesso un errore."

"Mi dispiace. Sono lacrime di gioia." Si asciugò il viso con il fazzoletto di Penn. "È tutto così inaspettato." Miranda si chinò e toccò prima gli ornamenti, poi l'albero.

"Vieni di sopra," le disse, porgendole la mano. Penn la condusse nella sua vecchia stanza, poi in quella di lei. Entrambe erano state ridipinte e i pavimenti erano stati rifiniti, ma l'arredamento non era stato cambiato.

"Avevamo lasciato che la casa andasse in rovina, vero? Me ne vergogno profondamente."

"Ehi, ehi. Non ho fatto tutto questo per farti stare male."

"Sembra molto migliorata da quando hai iniziato a occupartene."

Penn sorrise. "Lo pensi davvero?"

"Penso che sia meravigliosa." Miranda lo tirò giù per dargli un bacio.

"Prima di distrarci in camera da letto, aspetta." Penn si allontanò. "Vieni di sopra."

"Di sopra? In quella vecchia soffitta polverosa? Non c'è niente lassù."

"Davvero? Ti sbagli." Penn aprì la porta e un'ondata di luce solare li scaldò.

"Oh, mio Dio." Miranda gli passò davanti per entrare per prima nella stanza.

I pavimenti erano stati carteggiati e decapati, quindi il legno aveva una patina bianca. I lucernari sul tetto aggiungevano luce naturale. Un cuscino per cani giaceva sotto il calore del sole, pronto per Romeo e Giulietta.

"Non c'è nemmeno bisogno di una lampada qui," gli disse, guardandosi intorno.

Appoggiata alla parete più lontana c'era un'elegante scrivania in legno di pino, con sopra un laptop nuovo di zecca. Sul muro di fronte c'era un divanetto imbottito, ricoperto di chintz rosa pesca, verde e bianco. Un tavolino ovale in vetro era posizionato davanti al divano. A sinistra della scrivania, c'era una libreria in legno di pino. Nell'angolo opposto, c'era un piccolo frigorifero, accanto a un piccolo lavandino in porcellana antica.

"Che cos'è questa stanza?" Miranda continuava a guardarsi intorno.

"La tua stanza per scrivere."

"La mia cosa?"

"Hai bisogno di luce e silenzio. Questa è perfetta. C'è anche un cuscino per i cani, così non sarai da sola."

"Ma io non vivo più qui."

"Ah, sì. Ottima introduzione per la mia prossima sorpresa." Il cuore iniziò a battergli forte. Lo stomaco gli si contrasse. La paura gli fece scattare i nervi. Penn, che era abituato a correre rischi nel mondo degli affari, era pronto a correre il rischio più grande della sua vita. *Persino fare paracadutismo gli sembrava più facile.*

Penn chiuse gli occhi per un secondo e borbottò una rapida preghiera. Il battito gli accelerò, tanto che riusciva quasi a sentirlo. Aveva la bocca secca come una fetta di pane bruciacchiata. Le mani gli tremavano un po' e il sudore iniziò a scendergli sulla fronte. Miranda lo guardò con un'espressione impaziente.

"Tutto bene?"

Penn annuì, facendo fatica a trovare le parole.

Voglio che stia sempre con me. La paura lo abbandonò, sostituita dalla speranza. Penn le sorrise.

Miranda gli sfiorò la guancia, scrutandogli il viso. "Cosa?"

Affascinato dalla sua bellezza, fu travolto da una sensazione di felicità, una sensazione che non provava da quando Miranda era andata via. Penn si inginocchiò su un ginocchio. Frugò nella tasca dei pantaloni finché non trovò la scatolina. "Miranda, ti amo con tutto il mio cuore. Ti prego, sposami." Penn aprì la scatolina per mostrarle un luccicante anello rotondo di diamanti da cinque carati.

Miranda ebbe un sussulto. Spostò lo sguardo dal viso di Penn all'anello e viceversa.

"Non mi sarei mai aspettata che..."

Capitolo Quattordici

"ALLORA? VUOI SPOSARMI? Sto sudando terribilmente quaggiù."

"Sì, sì, voglio sposarti." Miranda sorrise.

"Grazie a Dio." Penn si alzò in piedi e le mise l'anello al dito.

Il respiro di Miranda le si bloccò nel petto mentre guardava la pietra brillante. I loro sguardi si incrociarono e il cuore di Miranda si alleggerì. "Ti amo tantissimo, Penn. Odiavo stare lontana da te."

Penn la strinse tra le braccia e la baciò intensamente. Mentre le loro lingue danzavano, l'eccitazione cresceva dentro di lei. Prima che si lasciassero andare del tutto, il cellulare di Penn iniziò a squillare. Era John.

Miranda si diresse verso la grande finestra e si mise a osservare le case dei dintorni. Non avrebbe mai più dovuto sopportare i fardelli della vita da sola. Una sensazione di leggerezza la travolse, insieme all'amore. Miranda era tranquilla, ma elettrizzata all'idea di un futuro pieno di devozione e passione.

"Va bene. Sì, ora è perfetto," disse Penn, guardando l'orologio. Penn riagganciò. "Forza, andiamo a mangiare. Sto morendo di fame."

"Cibo?"

"Il tuo preferito: pane di segale con manzo salato, della gastronomia di Jack."

"Oh, Dio, te lo ricordi. Che cosa stiamo aspettando?" Miranda gli prese la mano e si diresse verso le scale. Sul tavolo della sala da pranzo, c'era un sacchetto di carta. Miranda lo aprì, mentre Penn portava i piatti. Poi andò in cucina. "Oh, mio Dio. So che continuo a dire la stessa cosa, ma non so che altro dire. Elettrodomestici nuovi?" Passò la mano sui fornelli nuovi.

"Sì. Compresa una lavastoviglie, che prima non c'era."

"È bellissima." Si guardò intorno nella stanza, ridipinta di fresco con una vernice color pesca e il frigorifero, i fornelli e la lavastoviglie bianchi. "Hai mantenuto perfettamente lo stile della casa."

"Non io. Ho assunto un'architetta. È stata bravissima."

"Una donna?" La gelosia le riempì il cuore.

"Sì. Una donna sulla quarantina. Sposata. Con figli."

"Oh, ok. Scusa."

"Eri gelosa!" Penn si mise a ridacchiare, dandole una pacca sotto il mento.

Mangiarono i panini e ascoltarono musica natalizia alla radio.

"Avrei preferito restare qui per Natale. L'albero del Rockefeller Center, le finestre, l'albero di origami al Museo di Storia Naturale."

"Mmm. I tuoi programmi potrebbero essere cambiati."

"Ho già prenotato."

"Vedremo." Il rumore degli sportelli di un'auto attirò la loro attenzione. Penn le impedì di avvicinarsi alla finestra. "Aspetta qui. Aspetta qui."

"Un'altra sorpresa?"

Penn annuì. Un attimo dopo, la porta d'ingresso si aprì. Miranda spalancò gli occhi. Sua madre, Cressida e Joe entrarono in casa.

"Mira, tesoro!" Urlò Susan, spalancando le braccia.

Miranda corse tra le braccia di sua madre. Poi, si voltò verso Penn.

"Ho pensato che avresti preferito un Natale vecchio stile a casa." Penn alzò le spalle.

Joe e John entrarono con le valigie. Parlavano tutti contemporaneamente. Dopo l'abbraccio, Susan andò a sdraiarsi nella sua stanza. Joe e Cress andarono nella sua vecchia stanza per disfare le valigie. John tornò all'appartamento, lasciando Penn e Miranda da soli.

"Mi aiuteresti a decorare l'albero?"

"Facevo l'albero con Maggie quando ero piccolo. Non ne decoro uno da un po'."

"Ti ricorderai come si fa." Miranda gli porse un enorme ammasso di lucine.

"Quando vuoi che ci sposiamo?" Le chiese, mentre cercava di districare i fili.

"Non ne ho idea. È stato tutto così inaspettato." Miranda aprì le dita e guardò l'anello.

"Ti piace?"

"È meraviglioso. Più bello di quanto potessi mai immaginare."

"Harry Winston. Il migliore."

Miranda gli diede un bacio sulla guancia. "Non ne sono affatto sorpresa."

"Tu sarai la signora Roberts. Wow."

"No, sarò la signora Miranda Bradford Roberts."

"Come vuoi."

Miranda si voltò verso Penn. "Sei sicuro di essere pronto per il matrimonio?"

"Non sono mai stato tanto sicuro in vita mia."

"Non è stata Maggie a convincerti a farlo?"

Penn arrossì. "Abbiamo avuto diverse lunghe discussioni, ma il matrimonio è stato una mia idea."

"Ne sono felice."

Miranda prese il filo di luci che Penn aveva districato e lo inserì nella presa. Penn appoggiò delicatamente le piccole luci colorate lampeggianti sui rami. Quando ebbero finito di accendere l'albero e di aggiungere qualche ornamento, Penn la condusse sul divano. Miranda guardò fuori, vedendo svanire la luce del giorno. Pennellate di rosa e arancione coloravano il cielo. Si appoggiò sulla spalla di Penn, mettendogli un braccio intorno alla vita. Penn si tolse le scarpe e si stiracchiò, stringendola a sé.

"L'hai fatto in pochissimo tempo."

"Ho avuto un sacco di aiuto: Maggie, John e persino Alfred, che non approvava l'idea, ma alla fine si è convinto riguardo al teatro. Detrazione fiscale," ridacchiò Penn. "È incredibile ciò che le persone capaci possono riuscire a fare in così poco tempo."

"Pensavo che non sarei mai stata di nuovo felice. Pensavo di aver perso la mia casa e anche te."

"Non mi perderai mai, Mira."

"Spero di no." Miranda chiuse gli occhi e respirò il suo profumo, mescolato al suo dopobarba preferito. Gli accarezzò la guancia, mentre Penn le passava le dita tra i capelli. Si sdraiarono sul divano, guardando il cielo farsi scuro, fino a diventare totalmente nero man mano che scendeva la notte. Le luci dell'albero illuminavano l'oscurità.

"Domani andremo a casa della tua amica a riprendere Romeo e Giulietta."

"Non sarebbe Natale senza di loro."

"Partiremo presto."

"Questo sarà il miglior Natale di sempre," disse Miranda. "Non ti senti a disagio per la presenza di Joe, vero?"

"Perchè dovrei?"

"Era il mio ragazzo, una volta."

"Acqua passata. Inoltre, se è stato tanto stupido da perderti, la sua perdita è il mio guadagno."

"Bene." Prima che potessero iniziare a fare qualcosa, una porta al piano di sopra si aprì e Cress scese le scale. "Non avete ancora finito l'albero, vero?"

Miranda scosse la testa. "Fa' pure, Cress." La ragazza bionda si sedette a gambe incrociate sul pavimento e sistemò le decorazioni. Joe scese le scale, fermandosi a guardare Miranda e Penn, rannicchiati sul divano. Miranda notò un lampo di gelosia nei suoi occhi prima che riuscisse a nasconderlo. Aggrottò la fronte. *Spero che Joe non diventi un problema.*

Cress e Joe finirono di decorare l'albero, mentre Miranda cercò in frigorifero per decidere cosa preparare per cena. Le canzoni di Natale risuonavano in sottofondo. Alle cinque e mezza, Susan si svegliò dal suo pisolino. La cena fu chiassosa. Non facevano che passarsi il pane all'aglio, l'insalata e l'enorme ciotola di pasta con il sugo di carne. Miranda non riusciva a ricordare l'ultima volta che aveva avuto tanta fame.

Joe e Cressida ammirarono il suo anello, ma Miranda percepì un pizzico di invidia nel loro tono di voce. Susan era entusiasta e si complimentò con loro. Prese Penn da parte per una conversazione privata in cucina, ma Miranda origliò ciò che dicevano.

"Grazie mille per esserti preso cura di Mira."

"Adesso è anche mia."

"Non lasciare che ti metta i piedi in testa." Susan agitò un dito.

"Non lo farò. Beh, cercherò di non farlo," disse Penn ridacchiando. "Sinceramente Susan, non l'ho fatto per lei, l'ho fatto per me e per Miranda."

"So che la ami. L'ho sempre saputo. È facile amarla."

"Già. C'è qualcosa che voglio mostrarle."

Susan spalancò gli occhi, incuriosita. Penn la fece cenno di avvicinarsi alla porta. Indicò il muro. Susan sorrise. "L'hai mantenuto. Hai mantenuto le misurazioni delle loro altezze."

"Beh, ho pensato che avendo intenzione di salvare la casa avrei dovuto salvare anche questo."

"Mira ne sarà entusiasta."

"Me lo auguro."

Dopo cena, Cressida e Miranda litigarono su come disporre le decorazioni sull'albero. Penn e Joe non parteciparono. Joe aprì una birra e ne offrì una a Penn. Miranda li guardò in silenzio dal suo angolo della stanza.

Joe allungò la mano. "Diventeremo parenti. Tanto vale seppellire l'ascia di guerra."

"Nessuna ascia di guerra, da parte mia," disse Penn, stringendo la mano di Joe.

Miranda sorrise tra sé e sé e sospirò.

"No, no, Mira. Quello va lì," disse sua sorella.

Miranda si alzò in piedi e raggiunse Penn. Gli strinse le braccia intorno. Penn la abbracciò. Miranda socchiuse gli occhi, ma li riaprì quando sentì suonare il campanello.

Erano Maggie e John. Joe aprì la porta.

"Buon Natale, mia cara," disse Maggie abbracciando Miranda, dopo aver appoggiato la torta sul tavolo della sala da pranzo. Si scambiarono i saluti. John mise sotto l'albero una borsa della spesa piena di regali.

"Doppio cioccolato con glassa al cioccolato, la mia preferita," disse Penn.

"Una torta speciale per te, caro," disse Maggie, tirando fuori un coltello. "Ci servono i piatti, tesoro," disse a John, che andò a prenderli nello stipetto. Maggie tagliò delle porzioni generose.

"Ormai il nostro ragazzo non ha più bisogno di noi, John." Maggie porse una fetta a Susan.

"Sciocchezze," rispose Penn.

"Dato che non ha più bisogno di noi, abbiamo in programma un viaggio, un lungo viaggio," aggiunse John.

"Avrò sempre bisogno di voi."

I due sorrisero e scossero la testa. La torta fece restare tutti in silenzio.

Penn finì per primo e si diresse verso l'albero di Natale. "È ora di un regalo," disse. "Dammi cinque dollari, John."

Il maggiordomo mise una mano nel portafoglio e tirò fuori una banconota da cinque dollari.

Penn gli porse una busta. "Adesso è vostra. Maggie, John, buon Natale. Per tutto quello che avete fatto per me. Non so proprio come potrei ripagarvi. Questa è l'unica cosa che ci si avvicina di più." Penn si asciugò gli occhi con il dorso della mano.

"Signor Penn, signore. Che cosa ha fatto?" John aprì la busta. Maggie era in piedi accanto a lui. John tirò fuori un documento di carta spessa. "È un atto. Non capisco." John e Maggie guardarono Penn stupiti.

"Si tratta dell'altra casa in pietra arenaria, quella sul lato ovest di questa." Penn tornò a sedersi a tavola.

"Cosa?" John spalancò gli occhi.

"Avete visto il cartello? La residenza di Anne Gold Roberts? È una residenza per anziani a reddito fisso. Vi ho venduto l'edificio per cinque dollari. È stato quasi completamente ristrutturato e contiene appartamenti confortevoli per persone sopra i sessantacinque anni. Voglio che sia vostra. Che la possediate e la gestiate. C'è anche un piccolo ristorante o una sala da tè al primo piano."

"Dovremmo accettare un edificio da lei? Non possiamo, Penn," disse Maggie.

"Non è un regalo. John l'ha comprato per cinque dollari. Adesso è vostro. Per la vostra pensione. L'affitto vi darà un futuro sicuro."

"Inoltre, vivrete qui accanto." Gli occhi di Maggie si illuminarono.

"Esattamente. Ho bisogno di avervi accanto. Siete la mia famiglia. Non posso perdervi." Disse Penn, con la voce leggermente tremante.

Miranda gli si avvicinò da dietro e gli mise le mani sulle spalle. Gli sussurrò all'orecchio: "Ti amo."

Joe prese una bottiglia di champagne dal frigorifero. "Ehi, champagne. Perfetto." Cressida batté le mani mentre Susan prendeva le flûte dalla credenza. Joe lo stappò e lo versò.

John sollevò il bicchiere per il primo brindisi. "Al ragazzo che è diventato un uomo, seguendo le orme di suo padre e portando dentro di sé il cuore di sua madre." Maggie abbracciò Penn e John gli strinse la mano.

Penn tirò fuori dalla tasca un mazzo di chiavi e le lanciò a John. "I lavori finiranno tra un paio di settimane, ma potrete trasferirvi nel vostro appartamento quando vorrete. Andate a dare un'occhiata."

Il liquido frizzante riscaldò lo stomaco di Miranda. Pur amando l'atmosfera di famiglia, era più che pronta a restare da sola con il suo fidanzato. Gli diede una leggera gomitata. "Andiamo di sopra."

Un bagliore gli illuminò gli occhi. La spogliò con il calore del suo sguardo. Miranda gli prese la mano.

"È stata una lunga giornata. Ci vediamo domani mattina."

Salirono le scale insieme. Miranda non vedeva l'ora che Penn la toccasse. Quando chiusero la porta della sua vecchia stanza, si buttarono subito l'uno tra le braccia dell'altra. Strappandosi i vestiti come animali in calore, si spogliarono a tempo di record. Il forte desiderio la fece ansimare. Penn le accarezzò il seno.

"Mi è mancato moltissimo." Abbassò la testa per baciarle i capezzoli inturgiditi.

"A me, invece, è mancato questo," disse Miranda, stringendogli le mani intorno al pene. Penn scoppiò a ridere e le mise le mani sulla schiena, tirandola verso di sé.

"Ti prego, Penn. Ho bisogno di te. Possiamo farlo più lentamente la seconda volta."

"Due volte, eh? Ho sperato e sognato tutto questo per troppo tempo."

Le fece scivolare le dita tra le cosce. "Oh, cavolo. Sì. Sei pronta."

Miranda si sedette sul letto, sollevò i piedi e si sdraiò. Penn si fermo a guardarla per un attimo.

"Forza," lo esortò, aprendo le gambe.

"Devo guardare. Mi è mancato tutto questo."

Miranda gli tirò il braccio, facendolo cadere sopra di sé. Penn si fermò per mettere il preservativo, poi le sollevò le gambe ed entrò dentro di lei. Quando lo fece, Miranda rimase senza fiato.

Chiudendo gli occhi, il desiderio travolse il corpo di Miranda. Le spinte di Penn alimentavano il suo fuoco, finché non credette di andare in fiamme. Penn sollevò la testa e abbassò la bocca per prendere quella di Miranda. La baciò intensamente, chiedendole di arrendersi.

Il bisogno la spinse a lasciarsi andare. Miranda gli gemette sul collo, mentre Penn spingeva dentro di lui più velocemente e profondamente. La tensione si accumulava dentro di lei, aumentando sempre di più. Un orgasmo la travolse come un fulmine e il piacere le attraversò il corpo fino alla punta delle dita.

Un gemito e qualche forte spinta le fecero capire che anche Penn aveva avuto un orgasmo. Penn rimase sdraiato, ansimando, appoggiato sui gomiti, con il sudore che gli scendeva sui muscoli della schiena, lungo la spina dorsale. Miranda gli passò le unghie sulla pelle, facendolo rabbrividire.

"Adoro quando lo fai."

"Bene."

"Sei una donna fantastica. Adesso sei mia."

"E tu sei mio."

"Non sono mai appartenuto a nessuno. Tranne i miei genitori, Maggie e John."

"Adesso appartieni a me. Anima e corpo. Non dimenticarlo mai." Miranda finse di fare un'espressione seria, ma una risatina la tradì.

"Mira, ti amerò per sempre."

Con un sospiro, Penn lo tirò fuori.

"Hai fatto una cosa meravigliosa per Maggie e John."

"Mi hanno aiutato quando pensavo di averti persa. Sono i migliori."

"Mi avevi persa."

"Ma ti ho riconquistata."

Miranda si sollevò a sedere e gli accarezzò la guancia, poi gli passò il pollice sul mento. "Come avrei potuto resisterti? È impossibile."

"Bene." Penn la baciò e scivolarono tra le lenzuola.

"Amare o non amare? Amare, decisamente."

"Che cosa direbbe Shakespeare se ti sentisse?"

"Direbbe che sto rovinando il suo verso, ma io gli risponderei che, però, funziona."

"Amare, decisamente," ripeté Penn, mentre tirava su il piumone per coprire entrambi. Si rotolarono sui fianchi e si misero ad amoreggiare.

Miranda sospirò. Si rannicchiò di nuovo vicino a Penn. *Voglio andare a letto così ogni notte per il resto della mia vita.* Il sonno li travolse, portando loro un dolce riposo.

QUANDO GISELLE SCOPRÌ che Miranda aveva intenzione di rimanere a Manhattan, tornò da Pine Grove con Romeo e Giulietta. I carlini apprezzarono molto la ristrutturazione della casa e si misero a correre avanti e indietro, inseguendosi da una stanza all'altra come se avessero la coda in fiamme. Dopo quindici minuti di pura follia canina, i cani esausti si rannicchiarono accanto, formando un mucchietto, ansimando e chiudendo gli occhi.

Il periodo natalizio passò velocemente per Miranda. Penn portò tutti a vedere la *Suite dello Schiaccianoci* al Lincoln Center. I venti gelidi che spazzavano i viali e i marciapiedi scivolosi avevano tenuto la famiglia al chiuso. Partite competitive a Saltinmente e Trivial Pursuit, accompagnate da litri di cioccolata calda al caramello, riscaldavano le giornate nevose. Grandi ciotole di popcorn, del buon brandy e un mucchio di film romantici riempivano le notti gelide. Penn si prese una pausa dal lavoro per recuperare il tempo perso con Miranda.

Dopo cena, il giorno dopo Natale, Mira prese Penn da parte. Lo condusse al piano di sopra.

"Ho dei regali speciali che voglio darti in privato."

Penn sollevò un sopracciglio e la seguì nella loro stanza.

Miranda gli porse due regali. Penn aprì per primo quello più grande. Era il suo dipinto a olio di Buddy, incorniciato. Le lacrime si accumularono negli occhi di Penn mentre guardava il quadro che aveva dipinto personalmente.

"È stupendo," sussurrò Penn.

Mira gli diede un colpetto con il secondo pacchetto. Penn strappò rapidamente la carta e trovò un grosso blocco da disegno e un raffinato set di gessetti.

"Voglio che tu disegni. Hai talento. Io credo in te. Proprio come tu credi in me."

Penn aprì la bocca, ma non riuscì a dire nulla.

"Va tutto bene," gli disse abbracciandolo, "non devi dire nulla."

"Sei la migliore," borbottò Penn, chiudendo gli occhi.

Più tardi, quando rimasero da soli, Penn mostrò a Miranda la sua gratitudine. Dopo un'intensa notte d'amore, dormirono fino alle sette, svegliati solo dal suono del cellulare di Mira.

Un messaggio di Geoffrey Reed la informava dell'incontro con i produttori Max Webster e Gunther Quill. Il luogo stabilito per l'incontro la stupì: il teatro Shaw Bradford. Cressida aiutò Miranda a scegliere cosa indossare.

Il giorno dopo, Mira aveva i nervi a fior di pelle. Fece cadere una tazza di caffè caldo sul pavimento della cucina e quasi si tagliò un dito mentre imburrava una fetta di pane tostato.

Penn la prese dalle spalle e la fece sedere. "Resta qui. Faccio tutto io. Sei uno straccio."

"Lo so. Vuoi venire con me?" Gli chiese Miranda, con un'espressione supplichevole.

"Se vuoi. Comunque, penso che te la caveresti benissimo anche da sola."

"Come hanno fatto a sapere del teatro?"

"Ho qualche conoscenza." Penn mise il pane nel tostapane, mentre Susan metteva le uova strapazzate in un piatto. "Inoltre, volevo che alcune persone che contano nel settore lo vedessero."

Quando finirono di mangiare, Miranda indossò i suoi abiti, tutti scelti da Cressida. Indossò un maglione di seta color lampone, un paio di jeans aderenti, una giacca di pelle nera, una sciarpa di seta e un paio di stivali neri scamosciati.

"Wow!" Quando la vide scendere le scale, Penn fischiò.

"Possiamo andare? So di essere in anticipo, ma sono molto nervosa. Preferirei essere lì."

Penn indossò la giacca, fece l'occhiolino a Susan e porse il braccio a Miranda. Aveva la chiave così, quando arrivarono, aprì la porta.

"Lasciamo la porta aperta."

All'interno, sul palco, c'era un lungo tavolo con una dozzina di sedie. Un grosso bricco di caffè giaceva su un tavolino, insieme a un vassoio di rugelach e di croissant al cioccolato di Zabar. C'erano due pile della sua commedia sul tavolo. Miranda si tolse la giacca e la appoggiò sullo schienale di una sedia. Si mise a passeggiare.

Un'improvvisa brezza gelida attirò la sua attenzione sulla porta. Due gentiluomini, vestiti in modo impeccabile, entrarono nel teatro.

"Miranda Bradshaw and Penn Roberts?"

"Max Webster?"

"E Gunther Quill," disse il più anziano, indicando l'uomo che aveva accanto.

Gli uomini salirono la mezza dozzina di gradini fino al palco e strinsero la mano a Miranda e Penn. Miranda rimase senza parole sapendo di essere lì con quei produttori famosi.

"Siamo stati i primi ad arrivare?" Chiese Gunther Quill.

"Sì. Volete un caffè o un dolcetto?" Disse Penn.

"I primi?" Gli sussurrò Mira.

Penn la zittì e indicò la porta. La porta si aprì di nuovo e diverse persone entrarono nel teatro.

"Chi sono quelle persone?"

"Penn, bastardo. Come cavolo stai?" Quinn Roberts, la star del cinema, abbracciò Penn.

"Quinn, pezzo di merda. È bello rivederti, amico. Grazie di tutto."

"Quindi, questa è la signorina che scrive commedie grandiose e ha preso all'amo mio cugino? Benvenuta in famiglia." Quinn abbracciò Miranda.

Poi arrivarono Cara Brewster, Jake Matthews e Chaz Duncan. Dorrie Rodgers, una nota coreografa, fu l'ultima ad arrivare.

"Faremo una lettura della tua sceneggiatura, Miranda," disse Max. "E queste persone hanno accettato di leggerla. Credo che sperino di avere un ruolo. Vedremo."

Circondata da celebrità, Miranda era senza parole. Penn e Miranda si sedettero all'estremità del tavolo e guardarono gli artisti e la ballerina mentre parlavano. Gli attori presero le loro copie e cercarono le loro battute. Iniziarono a scambiarsi un mucchio di domande. Studiarono le loro parti mentre i produttori prendevano del caffè e qualcosa da mangiare.

"Sei stato tu a fare tutto questo?" Sussurrò Mira a Penn.

"Sono stati Quinn e Max. Hanno adorato la tua commedia," sussurrò Penn.

"Ti sarò debitrice per sempre per questo."

"Bene. Perché ho intenzione di rimanerti accanto per sempre per riscuotere." Le sfiorò le labbra con le sue e appoggiò la schiena alla sedia, facendole cenno di tacere.

"Cominciamo," disse Max Webster.

Gunther aprì la sceneggiatura alla prima pagina e iniziò a leggere. "Un giorno di primavera a Pine Grove. Gavin è in piedi sul tetto della caserma dei pompieri con un paio di binocoli..."

Epilogo

Seduta in prima fila, circondata dalle sue amiche del Dinner Club, Miranda riusciva a malapena a respirare durante la serata di apertura del suo spettacolo. Stringendo la mano di Penn alla sua sinistra e quella di sua madre alla sua destra, si concentrò su ogni parola. Il cast stellare fu perfetto e non sbagliò nemmeno una parola.

Poi, arrivò l'ultima battuta. Le luci si spensero e il pubblico iniziò ad applaudire. Gli artisti si inchinarono alla standing ovation. Il pubblico iniziò a urlare: "Autrice! Autrice!" Miranda arrossì. Brooke le diede una spintarella.

Susan le tirò la mano. "Ti stanno chiamando, Mira. Va' a prenderti i tuoi applausi. Te li meriti."

Mira si voltò e notò che Penn era sparito. Si alzò sulle gambe traballanti. *Questi tacchi sono troppo alti. Non ce la farò mai.* Mentre si avvicinava al palco, barcollando quasi fino a cadere, Quinn Roberts scese rapidamente e le porse il braccio. La accompagnò fino al centro del palco. Temporaneamente accecata dalle luci, fece un piccolo inchino a un applauso scrosciante.

Penn, alla sua destra, le mise tra le mani un mazzo di rose rosse. Si avvicinò per darle un bacio. Miranda prese una rosa, la annusò e la sollevò. Il pubblico rimase in silenzio, aspettando che iniziasse a parlare.

"A Shaw Bradford. La mia fonte di ispirazione. Il mio idolo. Mio padre." Sollevò il fiore verso il cielo mentre il pubblico ricominciava ad applaudire. Miranda fece un passo indietro e gli attori si inchinarono un'altra volta.

Quando le luci si accesero, le sue amiche del Dinner Club si avvicinarono. Si abbracciarono e si congratularono con lei, poi si difessero alla festa del cast, che si sarebbe tenuta nell'elegante sala di vetro del Boathouse.

I festeggiamenti continuarono fino alle due del mattino. C'era dello champagne vicino alla vetrinetta. *Hors-d'oeuvres* raffinati, dolci italiani della pasticceria di Arthur Avenue e fragole ricoperte di cioccolato. Alle due e mezza, John riaccompagnò a casa Mira, Penn e Susan.

Miranda si lasciò cadere sul divano, sollevò leggermente il lungo vestito e appoggiò i piedi sul tavolino. Aveva sorriso tanto che le faceva male il viso. Penn si slacciò il papillon abbinato allo smoking. Susan si sedette accanto a sua figlia.

"Puoi andare, mamma. Sarai sicuramente esausta."

Mira guardò Penn mentre le mandava un bacio, salutava Susan e si dirigeva verso le scale.

"Te la mando su tra un minuto," disse Susan.

Mira aggrottò la fronte. "Che succede, mamma?"

"Dobbiamo parlare."

Miranda raddrizzò la schiena. "Riguardo a cosa?"

"Non so come dirtelo," esitò Susan. "Mi trasferisco."

"Cosa?" Miranda ebbe un sussulto e fissò sua madre.

"Ascoltami bene."

"Ok."

"Devo dirti un paio di cose. Per prima cosa, tu e Penn avete bisogno del vostro spazio. Della vostra privacy."

"Mamma, noi..."

"Silenzio. Devo dirti una cosa." Susan fece un respiro profondo. "Sono innamorata."

Miranda sbatté le palpebre. "Cosa?"

"Sì. Ok. Adesso te l'ho detto. Sono innamorata da molto tempo. Circa un anno dopo la morte di tuo padre, ho iniziato a frequentare Geoffrey Reed."

"Tu e zio Geoff?"

Susan annuì. "Si era innamorato di me più o meno nello stesso momento di tuo padre. Shaw, però, beh, era unico. Geoff e io siamo diventati buoni amici. Era naturale che mi appoggiassi a lui quando Shaw mi è stato portato via."

"Hai una relazione con Geoffrey Reed da tutto questo tempo?"

Susan annuì, iniziando ad arrossire sul collo.

"Perché non ci hai detto niente?"

"Eravate entrambe molto piccole. Vostro padre era il vostro idolo. Abbiamo deciso di tenerlo per noi. Geoffrey mi ha chiesto di trasferirmi da lui."

"E tu hai accettato?"

"Ti prego, non arrabbiarti, Mira. Non so quanto tempo mi resti. Voglio passarlo con lui e con la mia famiglia."

"Arrabbiarmi? Ne sono felicissima."

"Veramente?" Susan rimase sorpresa.

"Certo. Mi sono sempre chiesta perché non lo frequentavi. Pensavo che sareste stati perfetti insieme. Lo facevate alle nostre spalle?"

Susan arrossì in viso. "Sì. Era molto divertente."

Mira scoppiò a ridere. Le due donne ridacchiarono insieme fino alle lacrime.

"Lasciati andare, mamma. Divertiti."

Una settimana dopo, le ragazze del Dinner Club si riunirono. L'argomento della serata furono i matrimoni. Brooke e Rory portarono delle riviste e le quattro amiche le sfogliarono mentre mangiavano la torta di mele di Bess.

"Quando volete sposarvi? Qualcuno ha già stabilito la data?" Chiese Brooke.

Tutte le ragazze scossero la testa.

"Penso che i matrimoni estivi siano i migliori," disse Bess.

"So che sembra una follia, ma potremmo fare due matrimoni doppi..." Iniziò a dire Rory.

"Uno a luglio e uno ad agosto," concluse Miranda.

Le ragazze si misero a strillare.

"Chi vuole luglio?" Chiese Brooke.

Miranda stappò una bottiglia di champagne e riempì di nuovo le loro flûte.

Si divisero in due gruppi. Scelsero le date. Parlarono dei fiori. Decisero che sarebbero state le damigelle ai matrimoni delle altre.

Quando i carlini si svegliarono dal pisolino e ricevettero e i loro biscottini, le ragazze si alzarono.

Miranda propose un altro brindisi. "Al vero amore, per tutte noi."

Il tintinnio dei bicchieri delle ragazze del Dinner Club cementò le loro amicizie durature.

FINE

Notizie sull'autrice

Jean Joachim è un'autrice di romanzi d'amore di successo e i suoi libri sono in cima alla classifica Amazon Top 100 fin dal 2012. Scrive per lo più romanzi d'amore contemporanei, che includono romanticismo sportivo e suspense romantica.

The Renovated Heart ha vinto il premio come miglior romanzo dell'anno al Love Romances Café. *Amori e bugie* è arrivato in finale alla RomCon nel 2013. *La lista di matrimonio* è arrivato al terzo posto pari merito come miglior Romanzo d'amore contemporaneo al Gulf Coast RWA. To Love or Not to Love si è aggiudicato il secondo posto nel concorso Romance Writers of America Reader's Choice 2014 del New England Chapter. Jean Joachim è stata nominata Autrice dell'Anno nel 2012 dal New York City chapter of RWA.

Sposata e madre di due figli, Jean vive a New York. Al mattino presto, potrete trovarla al computer, intenta a scrivere, con una tazza di tè, il suo carlino Homer al suo fianco e una scorta segreta di liquirizia nera.

Jean ha pubblicato più di 30 romanzi, novelle e racconti. Ecco dove potete trovarli: http://www.jeanjoachimbooks.com

Qui sotto, troverete la ricetta della torta al caffè a tre strati di Bess!

TORTA AL CAFFÈ A TRE STRATI DI BESS

I ngredienti:

1 tazza di burro salato, ammorbidito
(se utilizzate il burro dolce
o europco, aggiungete un pizzico di sale in più.)

3 tazze di zucchero di canna chiaro o scuro

4 uova grandi

3 cucchiaini di estratto di vaniglia

•

3 tazze di farina multiuso

•

3/4 di tazza di cacao in polvere

•

3 cucchiaini di bicarbonato

●

1/2 cucchiaino di sale
1 tazza e mezza di caffè, che va lasciato raffreddare
1 tazza e 1/3 di panna acida

Glassa

●

340 grammi di formaggio spalmabile, ammorbidito

6 cucchiai di burro salato, ammorbidito

170 g di cioccolato non zuccherato, sciolto

●

6 cucchiai di caffè

2 cucchiaini di estratto di vaniglia

●

da 4 tazze e mezza a 5 tazze e mezza di zucchero a velo

Procedimento

Preriscaldate il forno a 180° C. In una ciotola capiente, mescolate il burro e lo zucchero di canna fino a ottenere un composto soffice e leggero. Potete utilizzare un robot da cucina capiente. Poi aggiungete un uovo alla volta, continuando a sbattere dopo ogni aggiunta. Aggiungete la vaniglia e continuate a sbattere. Aggiungete farina, cacao, bicarbonato e sale; aggiungete il tutto al composto di burro e zucchero, alternandolo con il caffè e la panna acida e sbattendo bene dopo ogni aggiunta.

Suddividete il composto in tre teglie rotonde da 23 cm di diametro, precedentemente imburrate e infarinate. Infornate per 30-35 minuti, controllando la cottura con uno stuzzicadenti. Lasciate raffreddare le tre torte per dieci minuti prima di rimuoverle dalle teglie per farle continuare a raffreddare sulla griglia di raffreddamento.

Glassa

In una ciotola capiente, sbattete il formaggio spalmabile e il burro fino a ottenere un composto soffice. Aggiungete il cioccolato, il caffè e la vaniglia e mescolate fino a quando non saranno ben amalgamati. Aggiungete gradualmente lo zucchero a velo e continuate a sbattere. Quando la torta sarà completamente raffreddata, stendete la glassa tra gli strati e sulla cima e i bordi della torta. Coprite la torta e conservatela in frigorifero fino al momento di servirla. Dosi: 14-16 porzioni.

www.ingramcontent.com/pod-product-compliance
Lightning Source LLC
Chambersburg PA
CBHW061435150726
47987CB00001B/228

© 2018, José Micard Teixeira

Título original:

Entre muitas verdades e alguns segredos

Autor – José Micard Teixeira

Foto contracapa – Daniel Mendonça

Grafismo, Impressão e Acabamento:

Tipografia Ideal Ovarense, Lda.

1ª Edição, Fevereiro 2018

Depósito Legal nº 311/2018

ISBN – 978-989-20-8156-4

*Entre muitas
verdades

e

alguns segredos*